U0133456

书与回忆

周越然书话集

周越然 著

吉林人民出版社

图书在版编目(CIP)数据

书与回忆:周越然书话集 / 周越然著. -- 长春:
吉林人民出版社，2020.12

ISBN 978-7-206-17884-9

Ⅰ.①书… Ⅱ.①周… Ⅲ.①随笔—作品集—中国—
当代 Ⅳ.①I267.1

中国版本图书馆 CIP 数据核字(2020)第 259640 号

出 品 人: 常 宏
选题策划: 吴文阁 翁立涛 四季中天
责任编辑: 张 娜
助理编辑: 刘 涵 丁 昊
封面设计: 观止堂_未 氓

书与回忆：周越然书话集

SHU YU HUIYI : ZHOU YUERAN SHU HUA JI

著 者: 周越然
出版发行: 吉林人民出版社（长春市人民大街 7548 号 邮政编码: 130022）
咨询电话: 0431-85378007
印 刷: 天津雅泽印刷有限公司
开 本: 650mm × 960mm 1/16
印 张: 24 字 数: 285 千字
标准书号: ISBN 978-7-206-17884-9
版 次: 2021 年 3 月第 1 版 印 次: 2021 年 3 月第 1 次印刷
定 价: 59.80 元

出版说明

周越然，原名周之彦，字越然，浙江吴兴（今湖州）人，著名藏书家、编译家、散文家、南社社员，曾任商务印书馆函授学社副社长，兼英文科科长，其编著的《英语模范读本》长盛不衰，风行了几十年。周越然师从严复，戴季陶是其学生。周越然还因精通英语、富藏西书，更得辜鸿铭的赏识。

周越然一生以书为伴，他淘书、读书、藏书、著书，和书打了一辈子交道，诚如陈子善所说："以独到之眼，窥视现代中国的社会万象；以清新之文，书写脱俗人生的自然意趣。"周越然的文章以清丽的文笔、丰富的知识、广博的内容而闻于世，他发表在《晶报》上的书话专栏，更因其宽广的视野、细微的探索、幽默博洽、意蕴深远，读者众多、引人入胜。

鉴于此，我们编选了本书，编选说明如下：

一、从周越然大量作品中编选出其书话与回忆的代表性作品。

二、保留原作中符合当时语境的表述，只对错别字、常识性错误进行改动。

三、参照 2012 年 6 月实施的《出版物上数字用法》国家标准，在"得体""局部体例一致""同类别同形式"等原则下，对原书中涉及年龄、年月日等数字用法，不做改动（引文、表格和括号内特别注明的除外）。中华人民共和国成立后的年、月、日统一采用公元纪年法表示。

正如有人说："书写出来并不是为了藏在高墙之后，而是为了向世界传播，激励和启发世人。"我们出版本书，希望读者朋友能够从中得到有益的启示和借鉴。

编　者

目录

contents

第一辑　书　话

第二辑　六十回忆

第一辑　书　话

书·书·书

日记选录

余之日记，最不可靠，或多日不写一字，或连日只记晴雨。自省之语，劝人之言，全然无有，绝无刊刻行世之价值也。后见日记中，每年必有关于购买书籍之事数则，似乎尚有兴味。特选录十条，以供同好。阅众中有读书较多，研究版本之学较深者，万勿笑我浅薄。

一　占晴雨法

（二十一年六月廿六日）在申杭两地购得《姚弓斋日记》手稿本多册，计（一）道光十三年正月初一日至七月十四日，（二）光绪四年全年，（三）五年正月初一日至四月十三日，（四）八年十一月二十三日至十二月三十日，（五）九年正月初一日至六月初二日，（六）十年全年，（七）十五年正二两月，（八）十六年四月十三日至十月朔日。所用之纸，尺寸行格，逐年不同。丝栏之色，或红或蓝，亦不一律。惟书法饱满，甚为悦目。

《姚弓斋日记》所载者，或为学问，或为经验，虽不及李莼客之详尽，然皆为有益之谈。他日倘有机会，当影印之以广流传。

其光绪十四年正月十二日所载之“占晴雨法”，颇饶兴味，照录于此，以便查用：

“、（点）晴丨（直）雨宀（盖）滂沱，丿（撇）雾一（横）风雨不多，惟有糸（搅丝）连夜雨，亅（勾）（环）午后唱晴歌。”（其法可信，手拈一字，以起笔为验。）

姚弓斋，名觐元，字彦侍，浙江吴兴人，刻有《咫进斋丛书》。

二　巨书巨价

（二十二年十月八日）美国牛顿（Edward Newton）氏所著之四书：（一）《大笑剧》，（二）《聚书之乐》，（三）《聚书之愉快》，（四）《最巨之书》。余于一·二八时均失之矣。书已绝版，不能向外洋补购。其中所言，皆西洋买卖古书之轶事，足供吾人参考之处不少。余欲得之而不能，颇为不乐。今晨偶入愚园路俄国旧书铺，见四书全在，且索价不昂，余立购之，自觉得意之至。

三　人皮书面

（二十三年二月二十五日）余购读中西书籍二十馀年，不知有所谓“人皮书面”者。吾国书面，大都以纸为之。竹纸最下，连宣较善。皆染色糊裱，使之且美观耐久也。宋金元刊本，或精校精刻之本，藏家往往以绸绢为面，且撒金于其上。日本书面，有以光滑之布为之，既雅观而又牢固，甚合爱护之道。洋装书籍，于纸板之外，覆以薄纸薄布，贵重之书，则覆以羊皮。——此世界书面之大概也。今日阅西文杂志，始知西人有以人皮作书面者，兹略述其事如后，以见世界之大，无奇不有也。

公历一八二八年，英国有高德（Corder）者，将一女子名马鼎（Mortin）者杀死，并将其尸藏于“红棚”中。被害者之母，常常梦见一红棚。心觉奇异，托人访问，果得其地。暗杀案因之而破。高德审实有罪后，即受死刑。其尸送入医院，以作解剖之用。当时有葛理德（Creed）医生者，将其皮剥下，制成干革（即熟皮）并以之为装钉高德暗杀案各种文件之封面。闻此书现尚有存在，且全不损坏。

上述者，尚非人皮装书之始。先此有一罪人名霍武德（Horwood）者，其犯案文件亦有以其自己之皮装钉之者。但人皮装书，不限于罪案一种。当法国革命时，羊皮难得，人皮易求，名家诗文集，以人皮为面而代羊皮者不少。

四 《御制文集》

（二十四年一月十日）去年底余所获之明太祖《御制文集》，经厂本也。全书二十卷，版框高十英寸又四分之三，广十三英寸，大黑口，四周双栏，半叶十行，行二十字，前有细目二十叶。分钉四册，明代蓝色粗绢封面及原有黄纸签条均存，极可珍贵。

明太祖好“打官话”，其《谕西番诏》全用土白，如“俺（我）大位子里坐地有”，又如“你西番每（们）怕也那不怕。你若怕时节呵，将俺每礼拜者”是也。

《明太祖文集》，另有洪武本、嘉靖本及万历本。

五 《圣散子方》

（二十五年九月十六日）余家藏书中有一特异之医书，题曰“圣散子方”，似为宋刊本也。全书共计二十七叶（原缺第二十五叶），每半叶九行，每行十七字，小字双行，字数同。大黑口，单鱼尾，四周双栏，序文无撰人姓氏，惟内有“谪居黄州”一语，知为宋苏文忠公（轼）所制。

是书南北藏家各目均不载，惟钱遵王之《读书敏求记》中有之。钱氏提要云：“此方不过二十二味，诸病可治。东坡得之于眉山人巢谷：谪居黄州时，时疫甚行，合此药散之，所活不可胜数。因制序以传不朽。惜其方世罕之见。郭五常得之于都宪袁公，即为梓行于郧阳，附录华佗危病十方及经验三方。继得者复刊为续录。坡序称济世之具，卫家之具，真此书之谓也。”

余之藏本与钱氏云云，完全符合，但决非也是翁旧物也。

六 小版书籍

（二十六年五月五日）当清末科举时代，书肆中有所谓铜版四书者，高约三寸，广约二寸，可谓书本之至小者矣。此种书专为场屋之用，字细如蚁，非用显微镜，不能读其正文或注释。

吾国古书——宋刊元椠——均以尺寸高大著称。宋版《博古图》高约一尺，广约一尺七寸，栏外空白不计。然此决非古书之最大者。

但古书亦有奇小者，余家所藏之元刻本《山堂先生章宫讲考索》，版框高约四寸，广约二寸（栏外空白不计），似甚小矣。未知尚有较此更细者否。

元刻《山堂考索》，半叶十三行，行二十字，白口，双鱼尾，左右双栏，栏外有耳。常熟翟氏有元刻十五行，二十四字本，想与余家所藏者不同也。

西文书亦有极小者，高一英寸之四分之三，广一英寸之八分之五，厚一英寸之八分之三，英国某氏所藏《新约》全部是也，出版于公历一八九五年。

七 分量最少

（二十七年一月二日）今晨整理藏书，发现分量最少之诗集两种:（一）《南明纪游诗》,（二）《高峣十二景诗》，均明刊本也。

《纪游诗》，明黄中著，嘉靖刊本，蓝印，白口，单鱼尾，双栏，半叶八行，行十九字。全书十四叶，内前后序四叶，图一叶，纪游诗四叶，诸家次韵五叶。黄中，字西野，括苍人，平那氏之乱，滇人德之。

《十二景诗》，共计四叶，每半叶七行，每行十五字，字大如钱，统作颜体。上白口，题“高峣诗”三字。下黑口，其上作横乌丝二。单黑鱼尾，鱼尾与乌丝间记叶数，四周单栏。此书不著撰人，据说乃明杨慎所作。

杨慎，字用修，号升庵，其著作甚富，清《四库》所收所存者有三十一种之多。

八 米珠薪桂

（二十八年六月三日）《金山野史》全书，余已今日阅毕矣。其中奇闻轶事甚多，他日有暇，当全译之。兹节译物价篇，以见现今上海之衣食住行（生活程度），尚不及当时金山之高也。

一八五〇年前后，旧金山发现大量黄金，开掘极易。凡在其地工作者无不大发横财，于是“米珠薪桂”矣。当时鲜菜最贵，非十分富有者，无力购食。但农产物并不稀少，且皆绝佳。例如萝葡有长至三英尺者，甜菜有巨如水桶者是也。然苹果每枚五元，鸡蛋每打十元至五十元，小面包每个七角半至一元，茶或咖啡每磅五十元——此皆黄金太多之故。

房屋之租金尤贵。所谓房屋者，木棚布篷而已。在堡子末次方场（Portsmouth Square）之某铺，其铺面约阔十五英尺，每月租金三千元。街角一烟店，其中空间约容一人站立，每月四千元。派克公寓造价三万元，每年可得租金十二万元。

金山当时铁一磅可换黄金一磅。黄金每磅十六元。砖每片一元，屠刀每把三十元。医师出诊，每次百元，否则不肯开方。安眠药最贵，某矿工因失眠需要鸦片少许，其价竟在五十元以上。

公历一八五〇年旧金山物价之高涨，因地方畸形发展也，非因国家战争离乱也。

九 借书还书

（二十九年四月十四日）“借书一痴，还书一痴”之说，始于宋代。杜元凯遗其子书云："书勿借人。"赵令畤在《侯鲭录》中云："比来士大夫借人之书，不录，不读，不还，便为己自有。"可知有书不肯借人，实因借人之书者，不肯归还之故。余意：书不可不借，亦不可不还。"借书一痴，还书一痴"，应改为"有书不借为一痴，借书不还亦为一痴"。

数日前余向西友某君借得一书，其封面背后粘一短歌，兹译其大意为三字经体如下：

一　君姓谢，我名夏；我有书，君可借。

二　我购书，化大价；君取去，莫乱卸。

三　要读书，趁闲暇；读完了，速归架。

四　第三者，最可怕；他人产，毋转借。

此公肯借书与人，但不许转借，似甚合理，且大方也。

十　柳抄钱跋

（三十年六月二十六日）今日午后在四马路朱姓书摊上购获北方精写本《双珠记》两卷三十八折，价储币五十元。卷首书名下有"柳如是手抄"五字，又卷末有钱大昕手跋一则——两者皆伪造也。

《双珠记》演王楫（字济川）事。唐明皇时，天下承平。后遭安禄山之变，朝廷有通查天下军籍之举。王楫从军立功，授靖虏将军。当其离家之时，其母将明珠二颗，一赠其子，一留为日后"合浦还珠"之用，故名"双珠记"。

余家藏精写剧本之类此者，尚有《玉环记》二十二折，《幻奇缘》二十六折，《玉尺楼》三十二折及王国维旧藏之《金锁记》等等。此种写本，一望而知其可贵，何必加以柳抄钱跋等伪造，以为号召耶？贩卖古书者，其注意之！

一九四三年四月二十七日

古书一叶

引　言

吾国线装书与西人之硬面卷册（volume）不同。西书页（不作叶字）只有所谓边白（margin）者。吾国书叶（不作页字）则有口有脑，有眼有目，有头有尾，有面有眉，有心有耳，有角并有根，惟无手足，无腿臂，无肝肠，无肺肾，无鼻无腮，无颈无腰。研究版本者对于此类术语，不可不知，犹习理化者之不可不明公式也。否则决然不能上进，不能成就，因其全无凭藉之故。在本篇中余将以谈古书者沿用最久、应用最广之专名，如口如尾者，各作一定义，俾后之购书者、读书者、贩书者及修理者，皆得不讲外行话，皆得相互谈天而不发生误会。篇中并附数种名著之版本，或为余所亲见者，或为余所购得者，均一一注明，请注意之。

版本之学，开始于赵宋而盛行于前清。尤袤（音茂）《遂初堂书目》中所载者，一书多至数本，如成都石经本、秘阁本、旧监本、京本、江西本、吉州本、杭本、旧杭本、严州本、越州本、湖北本、川本、川大字本、川小字本、高丽本是也。至于清代，则辨别版本之事，虽政府亦为之。乾隆四十年于敏中奉敕编《天禄琳琅书目》十卷，分别宋版、元版、明版、影宋等类，于刊刻时地，收藏姓氏印记，一一为之考证。嘉庆二年以前编未尽及书成以后所得，敕彭元瑞等为后编二十卷。后来私人书目，虽间有略述书之内容者，但无不兼及版本。莫友芝之《知见传本书目》，极通常之检查本也，但其中一书有多至十种不同之版本者，如史部地理类之《中吴纪闻》六卷（宋龚明之撰），有（一）明单刻本，（二）学海类编本，（三）珠丛别录本，（四）知不足斋本，（五）津逮秘书本，（六）墨海金壶本，（七）嘉庆壬申朱麟书校本，（八）粤雅堂本，（九）元刊本，半叶十一行，行二十一字，（十）胡心耘有校棣竹堂本，第六卷多翟超一条，其余颇异同。何焯勘定，精为考审。近人叶德辉之《郎（音奚）园读书志》，内容与版本并重，尽量描写，可称绝善之作。

诸家于描写版本之时，往往袭用一种专门名词，如耳目，如头尾，如心如口，其义为辞典字书所不载。兹特将常见者提出，各作一定义如下：

（一）口

口，折缝也。吾国古书先将文字印于纸之一面，再在其中间折齐而成前后两个半叶——古书应称“叶”，不宜称“页”。中间折叠之直缝，即谓之“口”。

书籍之常用者或年久者，其口多断。重装时非接不可。接口之纸，愈薄愈好。普通者本国粗绵纸，最善者日本薄皮纸。浆糊不可过浓，亦不可过淡；浓者不伏，淡者易脱。精于修整古书者，目下极少。与其修理而反损坏，不如暂时包好不动。

口有“白口”与“黑口”之分。白口者，折缝中无乌丝也；

黑口者，折缝中有乌丝也。——乌丝，即黑线之意。口又有“大黑口”与“小黑口”之别。大黑口者，粗阔之乌丝也；小黑口者，细狭之乌丝也。大黑口与小黑口，皆所以助折叠之整齐也，想原发明者必无其他用意。宋元本及明初刊本，黑口居多。余家有大黑口本明永乐九年《浙江乡试录》一卷，小黑口明刊本宋王安石《荆公文集》一百卷（集中间有白口之叶），及白口明刊本李贽《李氏文集》二十卷。——此但举例耳，余家所藏之白口黑口本尚不止是也。

（二）脑

脑即各叶钻孔穿线之空白处，亦即书本阖闭时之右边也。纸大版小则脑阔，脑阔则“天地头”（另有定义）亦高广。

书脑不可伤，因其不易修补也。修补旧书，以接口为最易，补脑为最难。

古书有不穿线者，如永乐九年《浙江乡试录》是也，但脑际必有细孔，必有纸线。普通穿线之书，至少有六孔，且封面之内、护叶之外，另有两孔，以为纸钉之用。纸线者，用纸搓成线状之物也。纸钉者，用纸捏成钉状之物也。两者皆所以接合散叶使之不易分离也。

（三）眼

眼，孔也，用以穿线或插钉也。眼孔愈小愈好，大者伤脑。打眼有专器，不可以普通之铁钉代之。

（四）目

目即目录。书之卷帙多者，总目之外必有分目。卷帙少者，无此需要。购古书时，吾人不可不注重目录。缺目之书，果然可疑，即有目录者亦应审慎。书贾得到残缺之本，往往抽目挖目，以充足本也。

（五）头

头有（一）天头与（二）地头之别。天头者，一叶上面之空白也。地头者，一叶下面之空白也。吾国古书，上面较下面为高。天头亦称“眉”。近来所见西书，地头往往较天头为高。

（六）尾

尾，“鱼尾”也，即版心（另有定义）中作或之形者是也。体黑者曰“黑鱼尾”，体白者曰“白鱼尾”。在版心之上端而两角下向者曰“上鱼尾”，在版心之下端而两角或上向或下向者曰“下鱼尾”。上端下端，或上下两端有两个鱼尾者，谓之“双鱼尾”。

（七）面

面有两义：（一）封面，（二）叶面。封面者，保护书叶之物也。叶面者，文字所在之处也。封面与叶面间之空白叶，谓之

“护叶”。封面应用何种材料，护叶应用何种纸张，收藏古书者不可不注意之。

（八）心

心为“版心”，即前后两半叶之中间也。心与口（见定义一）不同：心为两叶分界之空隙，口为两半叶正中之折缝。鱼尾、叶数、字数，及刻工姓氏，皆在版心。

（九）耳

耳之全名为“耳子”，附于下半叶（版外）左首上角，以识书之篇名，见于经传者最多，如明仿宋相台本《春秋经传集解》第一叶是也。明仿宋《春秋》，余家有之，每半叶八行，每行十八字，小字双行，字数同，独山莫氏旧物也。

（十）角与根

角与根虽在叶上而又不在叶上。合数十叶或百馀叶而成一册，切齐，“沙”（用沙皮磨擦也）光，钉好后，右边及上下两边，完全平滑。左边为口，故无不整齐。右边上下两隅，其名曰“角”，珍贵之书，人以湖色或蓝绫包之。包角固可保护书叶，但亦易受虫伤。

根在全书地头切齐之处。卷帙繁多之书，藏家往往倩人“号书根”，即于角隅线之右边写书之册数，而于其左边写书之名称与分类是也。大部书非号书根不可，否则不易检查，且不易整理。商务印书馆之《四部丛刊》，皆于发行之前，印成书根。

（十一）行 格

术语既明，可以进言行格与边栏矣：

行格边栏，亦术语也。直者为行，横者为格。诸家藏目所称“每半叶 × 行，每行 × 字”或简称“× 行 × 字”，即是此意。研究版本者，有行格专书，如江标之《宋元本行格表》两卷是也。

边栏者，书版四周之丝（线）也。边栏有单双之分，“单栏”即单线之意，“双栏”即双线之意。

双栏一粗一细，粗者在外，细者在内。双栏有左右双栏，又有四周双栏。单栏粗而不细，总在四周。抄本有有栏者，有无栏者。无栏者，名为素纸抄本。西书无栏。

诸家藏目中，所以详言行格边栏，黑口白口，鱼尾印记者，因旧时写真（照相）之术未曾广行，不能影印耳。杨守敬手摹古本之叶，复刻之而成《留真谱》初二两编，其用意可谓巧矣，但终不及故宫、盍山、瞿氏、刘氏、陶氏各家书影之明晰正确。惟边栏表、鱼尾表、藏书印记谱、刻工姓名录，尚未见过，将来或亦有好事者为之也。

结 语

最末，余试作家藏明素纸抄本《愧郯录》版本考，以见上述各术语之应用焉：

宋岳珂《愧郯录》十五卷，吴县黄氏、常熟瞿氏、吴兴陆氏，皆藏有宋本。黄、陆二氏之书早已散失，在人间与否不可知。瞿氏之书尚为其后人所守。查《荛圃藏书题识》卷五，《铁琴铜剑楼藏书目录》卷十六，《仪顾堂集》卷二十，知三氏之书，行格相同（半叶九行，行十七字），而缺叶之数（共计十叶）亦复相合——是三书同出一源也。宋以后重雕之本，有明岳氏校刻本、学海类编本、鲍氏知不足斋丛书本。鲍氏之书，行格一遵宋刊，校订精详，实为各书之冠，惟其缺叶与宋明清各本均同。岂世间竟无完本耶？民国十九年之春，余以重价购得此本于申江，即所谓祁氏澹生堂馀苑本也，有澹翁手跋，且有毛子晋、季沧苇、朱锡鬯等图记，系明人写本。惜只存首七卷，不得称为完璧。幸各本缺文均在此七卷，后来商务印书馆编印《四部丛刊续编》，即藉以校补，亦一大快事也。

一九四二年九月二日

《贞观小断》

“贞观”者，唐太宗之年号也；“小断”者，后代史学家之批评也。——此余家所藏一小册子之题名也。

余家所藏之明刊本《贞观小断》，不著撰人，亦不见诸家藏目，分量虽小，而语气极大。论贞观之治者，有宋孙甫之《唐史论断》三卷，但不如此书之简而赅，小而有趣。此书文字，浅显而雅，最易提醒初学者之史学兴味。余儿时不喜阅读史鉴而嗜小说，后得王船山《读通鉴论》，始知读史，始知史胜于小说也。他日倘有机缘，余当覆印《贞观小断》以为史评启蒙。兹先说明本书之“构造”，再引用一事，以见其文字。

《贞观小断》全书三十一叶，载三十八事。每事有一批评（即本书之主体）。兹举一例如下：

（甲）史　事

（贞观二年）上曰：“为朕养民者，唯在都督、刺史。朕常疏其名于屏风，坐卧观之。得其在官善恶之迹，皆注于名下，以备黜陟。县令尤为亲民，不可不择。”乃令内外五品已上，各举堪为县令者，以名闻。

（乙）批 评

断曰，太宗诚知致理之本，然此乃天子下行宰相之事，失大体矣。尧以不得舜为己忧，舜以不得禹皋陶为己忧，岂暇及此乎？故人主之责，惟在修身以择相耳，馀不敢知也。使三公六卿各举其职，何患刺史县令不得其人？

此"侮蔑"唐太宗之词也。唐太宗姓李，名世民，高祖之次子。隋末天下大乱，太宗劝高祖举兵，征服四方，成一统之业，封为秦王。建成元吉死，立为太子。即位后，锐意图治，宽刑整武，去税轻赋，海内升平，域外来附。当时贤相有房玄龄、杜如晦；谏臣有魏徵、王珪；名将有李勣、李靖。在位二十三年（自公历六二七至六四九年），年号"贞观"，庙号"太宗"。

正史无不赞誉唐太宗者，但《贞观小断》作者，对此英明之主，全是讥讽语。兹随便再录二事以明之：

（一）掇食蝗虫

（甲）史事。——畿内有蝗。上入苑中，见蝗，掇数枚，祝之曰："民以谷为命，而汝食之，宁食吾之肺肠。"举手欲吞之。左右谏曰："恶物或成疾。"上曰："朕为民受灾，何疾之避？"遂吞之。是岁，蝗不为灾。

（乙）批评。——断曰，蝗害稼穑，诚为可恶。然苟能侧身修德，清问下民，求其所以致灾之由，与其所以御灾之术，虽不掇食，将不为灾。今曰“宁食吾之肺肠”，竟不避疾而吞之，——是以稼穑果重于吾之肺肠也，岂人情乎？倘因是遂致殒身灭性，何异死于岩墙之下？天下失其所赖，所丧为益多矣。太宗固切于忧民，然三代哲王所为，似不如此；蝗不为灾，盖他道有以致之，不系乎此也。

（二）称天可汗

（甲）史事。——四夷君长诣阙，请上为天可汗。上曰：“我为大唐天子，又下行可汗事乎？”群臣及四夷皆称“万岁”。是后以玺赐西北君长，皆称“天可汗”。

（乙）批评。——断曰，人主之有称号，所以辨华夷，正名分，一体统，肃观听，不可不慎也。今有贱夫于此，无故加之以禽兽之号，则必艴然而怒。夷狄者，禽兽之与邻，太宗以万乘之尊，冒其号而不以为耻何哉？盖其震而矜之之心，有以张之也。

最末言《贞观小断》之版刻、行格、题跋、藏印：

书系明刊白口本，每半叶十行，每行二十字；单栏，行间有直格，无圈点。第一叶有“独山莫氏铜井文房”“莫棠所藏”两印记。旧封面有莫棠题“贞观小断”四大字。

又手跋两则，兹转录如后：

（一）“此书名甚新，岂明人以宋孙氏《唐史论断》改为耶？”

（二）丙寅五月在上海冷摊买此，异其名也。疑为孙氏书节出，顷检对绝非。书系明刻而有补版，其字体当在明中叶以后。读一过，决为明人撰，而未著名氏，终疑为摘本也。姑记以志陋，俟再考之。（莫棠，字楚生，独山人，莫子偲之侄也，其书斋之名曰“铜井文房”。）

一九四三年二月十六日

鲍钞《宝峰集》

（一）小　引

“鲍钞”者，鲍氏知不足斋之抄本也。《宝峰集》，亦称《赵宝峰先生文集》，宋赵偕之著作也。吾国抄本书之最著名者，除明虞山毛氏汲古阁，山阴祁氏澹生堂外，当推清之鲍氏知不足斋。鲍氏校刊书籍甚伙，将于本篇后幅略述其故事。兹先言余家藏《宝峰集》之行格与内容。

（二）行格与内容

《宝峰集》二卷，余家藏者系知不足斋（主人姓鲍，名廷博，字以文）素纸抄本，每半叶九行，每行十八字。前有乌斯道序，门人祭文，友祭文。后有（附录）嘉靖十三年吕柟《世敬堂记》，嘉靖十一年赵继宗后序，又十二年赵文华两跋。卷二末叶有“乾隆己丑六月借钱塘汪氏刻本影写。七月八日毕，并校一过。知不足斋识”一跋。收藏有“宪珪”及“瑞花”（山东孔氏）两印，又“知不足斋鲍以文藏书”九字朱文方印。

《宝峰集》入清《四库》别集类存目一。提要云：“宋赵偕撰。偕字子永，慈溪人，自以宋宗室，入元不仕，隐居大宝山东麓。是集为其外孙顾恭所编，后兵燹散失，明嘉靖中其裔孙广东佥事继宗得旧本于杨时济，向纯夫处，重梓行之。今所传钞，即其本也。上卷多与邑令陈文昭所论治县规条。下卷皆古今体诗，亦多陈腐。盖其学以杨简为宗，故不免所语录为文云。"据此可知下列两事：

（一）赵集之宋本早已佚亡，明本亦极稀传。清《四库》馆臣所见者，只抄本而已。

（二）《四库总目》不"收"赵集而"存"之者，因偕为文类似语录也。惟"文章自古无定评"，提要之言，是否准确，请阅众于读过本篇下节所引《大得人心》（文）及《题节妇方景渊母翁氏诗卷》（诗）后，自定之可也。

除上述两事外，另有两事亦应注意之：

（甲）提要中所称之杨简，即世所称之"慈湖先生"也。简字敬修，宋乾道进士，知乐平县时，兴学训士，邑人以讼为耻，夜无盗警，路不拾遗。后知温州，民爱之如父母。卒谥文元。著有《杨氏易传》等。

（乙）赵集前有乌斯道序。乌斯道，慈溪人，字继善，与其兄本良，字性善，皆赵偕之友人也。性善继善家贫，自相师友，穷经博史，精诗词书法。继善序中称赵偕之文"不追琢，不矫揉，皆发乎道心之正，非蹈袭乎末世之弊者也。使有道者观之，则当叹当赏不暇，使不知道者观之，则必以咀嚼无味"，似甚适当。

（三）文与诗

下引赵集中文一篇，诗一首，虽非代表作，然亦足见其修辞之一斑矣。

（一）《大得人心》

干戈易举，人心难收。若得人心，则近者悦，远者来，虽地方百里，亦可以尊天子，令诸侯。不得人心，近者既不悦，远者亦不来，虽统强兵百万，横行于天下，终为独夫。考之古史，纵观时事，历历可鉴。大得人心，则为仁义之师。小得人心，则为伯者之兵。汤武吊民伐罪，天下仰之，如大旱之望云霓，不过得人心而已。管仲伯诸侯，一匡天下，民到于今称之，亦不过得人心而已。得土地易，得人心难。天下人心归之，天地鬼神之心亦归之；天下英杰有众之人，孰不倾心而宗仰？今天下干戈甚众，奇谋秘术不一，虽为天下所畏，终有胜负。岂若得人心为天下敬服？凡有志于平天下者，莫不欲收天下人心，但至难收者，天下人心也。天下人心，难以名利收，难以威力收。以名利惠之，不协公论，面虽感恩，退有后怨。自古以来，尚名利，尚威力者，终以内叛。况以有限名利，以惠无限人心；以有限威力，以制无限人心，岂不大难？今欲收天下人心，惟有大行至公之道为上策。若欲大行至公之道，又全在乎修己任贤而已。

（二）《题节妇方景渊母翁氏诗卷》

人言方氏母，守节良不易。吾观方氏母，行其所无事。寡居四十春，坦然无所嗜。事上孝且恭，训子慈且义。闺门衽席间，蔼蔼生和气。老安而少怀，家肥自兹致。孝义人所同，光辉烛天地。惟彼昏者多，方母斯为异。三纲人之常，吾人毋自弃。

（四）鲍氏故事

赵集已毕，继述鲍氏故事：鲍廷博，字以文，号渌饮。先世为歙人，其父携家居于浙，故又称仁和鲍氏。廷博年二十二，补诸生。后即绝意进取，竭力购求典籍。乾隆三十八年，清高宗诏开四库馆，采访遗书，海内藏书家踊跃进献。廷博聚家藏善本六百馀种，命其子士恭进呈。书皆旧版名钞，又手自校雠，一无讹误，故为献书之冠。乾隆四十年，奉诏还其原书。其中《唐阙史》有御制诗云："知不足斋奚不足？渴于书籍是贤乎？长编大部都庋阁，小说卮言亦入厨。"

廷博既因进书受知，名闻当世，遂以所藏善本付之梨枣，公诸海内，而以《唐阙史》冠诸首，名曰"知不足斋丛书"。朝夕校雠，寒暑不辍，数十年如一日。

嘉庆十八年，浙江巡抚方受畴晋见时，帝问："鲍氏丛书续刻何种？"受畴以第二十六集进。奉上谕："生员鲍廷博，于乾隆年间恭进书籍，其藏书之知不足斋，仰蒙高宗纯皇帝宠以诗章。朕于几暇，亦曾加题咏。兹复据浙江巡抚方受畴代进所刻《知不足斋丛书》第二十六集，鲍廷博年逾八旬，好古绩学，老而不倦，书加恩赏给举人，俾其世衍书香，广刊秘籍，亦艺林之胜事也。"（见嘉庆《东华录》卷十一）于是廷博又欲刊行二十七、二十八两集。二十七集将刊成时，忽患心痛，顾士恭曰："若继志续刊，无负乃翁意。"言讫而瞑，时手中尚执卷未释也。廷博储书之处曰"知不足"者，取戴礼"学然后知不足"之义也。

一九四三年一月十八日

袁集版本考

友人平君将重刊《袁中郎集》，欲余作一简明版本考，余已允之。惟余对于袁集实鲜研究，错误之处，愿阅者原谅。兹将余所知所见者，述之如后：

（一）清《四库》所存之诸种

袁中郎（宏道）著述，清《四库》存而不收，共计四种：（一）《觞政》一卷（谱录类存），（二）《瓶花斋杂录》一卷（杂家类存），（三）《袁中郎集》四十卷（别集类存），（四）《明文隽》八卷（总集类存）。以上诸种，均不知其为何时版刻也。

（二）所见各本

中郎之著作，有明清二代多种刊本。余已见者，则为：（一）《袁中郎集》四十卷，明崇祯中陆氏刊本，叶德辉旧藏；（二）明刊《三袁先生集》五卷，内有袁中郎未刻遗稿二卷，现藏北平图书馆；（三）《袁中郎全集》二十四卷，清同治中刊本，市上常有之。

（三）自藏之本

余家藏之袁集，系明万历中刊本。最早刊本也。共计十种：（一）《锦帆集》四卷，（二）《瓶花斋集》十卷，（三）《破研斋集》三卷，（四）《广陵集》一卷，（五）《桃源咏》一卷，（六）《瓶史》一卷，（七）《潎篋集》二卷，（八）《广庄》一卷，（九）《觞政》一卷，（十）《狂言》一卷是也。其中（一）、（二）、（六）、（七）四种，皆赵体写刻，极精美，每半叶九行，每行十八字。馀均作通常宋体，每半叶九行，每行二十字。全集前有姚士麟集，（一）前有江盈科集，（二）前有曾可前序，（四）前有朱一冯序，（五）前有引，又曹蕃跋，（七）前有江盈科序，（十）前有宏道自序。余家藏本中有“十镜堂藏书印”“姚溪潘南二广阁藏书”“海陵汪氏珍藏”“鋆臣私印”“上口汪氏铁生珍藏印”等图记。

据同治八年中郎五世从孙照刻书后跋，知袁集之刊刻者，在明有袁无涯、周九真、何欲仙、谭友夏等，在清则有道光中之袁菘圃及同治中之袁照也。清同光两本，及明谭友夏本，均无《狂言》，因其为赝作之故。明何欲仙刊本最广，世称梨云馆本，是为中郎全集之始，照跋未提崇祯中陆氏刊本。

袁宏道，字中郎，又字无学，公安人，万历二十年进士。选吴县知县，听政敏决。后授顺天教授，迁礼部主事，吏部主事。谢病归。中郎诗文，务求本色，不事虚饰，其势力足以涤荡当时文人摹拟涂泽之病。然识解多僻，颇为通人所讥。且后之学之者，破律坏度，以为文字非浪漫不可，此岂原始之改革者预料所及乎。

一九三五年三月十日

《剿闯小说》

有人说："明朝亡于李自成。"也有人说："明朝的亡，从李自成开始，终结在吴三桂。"我不喜欢谈论史事，不喜欢评论历史中人物，我只知自成和三桂两个人，是明清间敢作敢为的人，尤其是李自成。

李自成变成"流寇"的简史如下：

己巳年间，奴酋毁墙深入，围困京城。兵部传檄各边，征兵入援。有甘肃巡抚梅之焕，（略）至是奉命勤王。（略）才出界口四五日，地方粮饷，就不接济了。前队之兵，口出怨言。总兵官不用好言抚慰，（略）动不动便是捆打。军中有几个不善良的，率众鼓噪起来，四散奔走。后队梅公大兵已到，将总兵官参处了，下令招安。点起名来，已少了二十馀人矣。那二十馀人，大率是军中出尖倡乱的，恐怕梅公访实治罪，所以走避开去。（略）内中单表一人，姓李名自成，陕西延安府未脂县（原作未字，实米之误）人，多力善射。平时不守本分，专一好说大话，闯没头祸，绰号闯踏天。在甘肃总兵标下充做一名队长。鼓噪之事，是他起头。走到山东地方，遇着一伙北来的逃兵，将他裹住，索取财帛。李自成说出来历，又自夸一身本事。这伙逃兵道："我等无处安，只想落草。没有个头目，你来得凑巧。"就尊他为长，拣一匹好马与他骑了。自成就去结连九十八寨响马强盗，做伙打劫。

上引李自成简史，见我家里所藏的《新编剿闯通俗小说》。这小说又名“孤忠小说”。孤忠，指平西王，就是吴三桂。全书十回，骂自成为逆闯，称三桂为孤忠。大概作者只知弘光南都中兴的美事，不知三桂勾结“× 虏”的结果。

《剿闯小说》，入清代禁书书目，行世极稀。孙子书君在日本内阁文库见到过一部。他所著的《日本东京大连图书馆所见中国小说书目提要》中，说这部书为“明刊本，图五叶，十面。正文半叶八行，行二十二字。（略）凡涉朝廷皆顶格，馀一律低一格。”这是和我的书相合的。至说撰人是“西湖懒道人”，就全然不同了。我的书题“润州葫芦道人笔，龙城待清居士漫次评”。两书插图相等，行格又相同，但撰人完全不同，不知道是不是一本书。孙君未将回目载入，不能比较。我今抄录在这里，以便后来往内阁文库看书的，得以对照，也足以露示全书所述的事。目如下：

第一回　李公子民变聚众　闯踏天兵盛称王

第二回　北京城文武偷安　承天门闯贼射箭

第三回　伪相籍地点朝官　忠臣捐躯殉圣主

第四回　众逆臣甘受伪官　宋矮子私谭朝政

第五回　迫金钱贼将施威　求富贵降臣劝进

第六回　吴总镇举义勾东虏　李逆闯大败走关西

第七回　芦沟桥樵夫叹歧路　金坛县秀士閙黉官

第八回　肇中兴南都正位　感时事草莽上书

第九回　愚百姓怕死迎伪官　旧阁部用计复德州

第十回　黎巡抚协力剿伪党　吴平西孤忠受上爵

这部书虽然名为小说，却并没有小说的规模。它所载的，大半是诗词和文件。小说最重要的元素，如结构（plot）、描写（portraiture），作者完全未曾顾及。不过其中有几篇文字，如殉难诸忠姓氏（三回），伪官名单（四回），金坛合邑诸生公讨降赋诸臣檄（七回），龚云起上钱牧斋书（八回），钱牧斋复书（九回）等等，都是"有埤旧闻"，似为正史所不及，可惜太冗长，不能附录在这里。五回中附贼事奇闻多则，都极有味。现在录一则在后面，以供本刊阅者的阅读，即以显示本书文字的一斑：

"五贼"起同事。内一胡子贼，性最狡猾，人皆惮之。胡贼获一妇独享。四贼亦共获一美妇，匿于静室，将为合欢之乐。胡贼已知其事，诳谓四贼曰："我独有妻，其奈汝等孤另何？昨于东首见一富族，有美女三四，不见男子在宅，若合力取之，尔我之愿皆遂矣。"四贼方虑朋奸必有嫌隙，及闻此言，便随胡同往。至一宅，空空如也，止存美酒数瓮而已。众贼从未见此佳酿，遂饮者饮，而扛者扛。倏尔不见胡贼。及抵静室，胡贼已搂美妇，了巫山之梦矣。四贼恨极，共擒胡贼，割其阳。胡死去一日方苏。数日后，髭须尽落，喉音低小，见众贼不容，遂投杜太监门下效劳。日后同剿贼见之，俨然一内官形容矣。

这则原书中有评语说："十个胡子九个骚，胡子报应，可谓得其所哉。"

孙子书君的《小说书目题要》中，附录西吴九十翁无竞氏一序。这序为我藏本中所没有。但我的书中另有一序，也为日本藏本中所没有。现在特抄录在这里，以便研究小说者参考。序文如下：

（上缺）中夏未奠，尚待勤王之师，能为攘夷急病，除乱讨贼者。且其间有十穷见义节，不受辱而死者，厥声喤喤矣。其有所过而迎降者，有舞踏而称颂者，有远邦而鼠窜者，皆沦于夷狄，而伤教害义者也。此其人要不过不能明义而迷于利之一念为之耳。子舆氏义曰："苟为后义先利，不夺不厌。"管子曰："金满中饱，国必大伤。"今见金之夫，不顾百万疮痍之生命，百万貔貅之刍瘡，惟知嘘肤吸髓，以充扑满，请借箸焉。朝廷为流寇新设额饷百八十万，新增三协饷五万，又节省光禄水衡，节慎库，八九十馀万，草场召买五十馀万，新增蓟密永昌共百八十万，通津登岛十四万，并议裁三吴织造，与江右之陶，滇粤之贝，蜀之漆扇，各省直等料，及水脚铺垫诸费。各州县预征带征加派之练饷，亦不下数十万，皆滋诸阉当道有司穴耗，以为荣身肥家计。讵为狡寇垂涎，用非刑逼勒，颈枷，胁折，妻掳，子因不胜痛苦而死。象以齿焚其身，而天网恢恢，又疏而不漏也。此其人之利于何有？三代直道之人心，皆为痛快。而贼寇又于死难诸臣之家，愈加培护，则隐然之良，岂夷狄还有，而诸夏反无耶？是以葫芦道人，有感于心，由心而宣之口，由口而载之笔。据事直书，随文生义，成其一编，名曰"馘闯小史"。盖寓其至痛不能忍，存其维世不得已之心耳。其文简而信，文而深，复而不乱，绎而不厌。真能上窥麟室之一斑，下翼当代之信史。公之一国，亦可以献天子，传四方，垂后世矣。然降夷诸人，著其姓氏，惟据征史，原无成心，而葫芦道人，犹嫌其近于黜陟为恐。夫人之所行，或不副其情之所存，则尊者或有时而杀焉。且以古人言之。如商鞅、李斯、李林甫、丁谓、蔡京、秦桧、贾似道，彼岂无名位乎？而不肯推尊之者，其奸贪无义，诚可鄙也。况为莽操哉？今道人之书，其名字亦义所宜，矧与间阎村鄙之父子兄弟，相对谈论，叙述于荜门圭窦之间，其抑扬舒惨，以发挥其喜怒爱恶，尊尊而亲亲，善善而恶恶，岂无情哉？东坡曰："嬉笑怒骂，皆成文章。"苏老泉曰："祷杌为小人而作。"今葫芦道人，为笃行潜修之士。以卢扁医和之技，直探岐黄灵素之典。铨其精蕴，羽翼经史。效春秋而存天理，以遏人欲。攘夷狄以辨人禽，呼醒人心。如石关通，起死回生，俾正气生而血复流注。不惟良医，兼之良相，真素王能有素臣矣。今新天子定鼎金陵，修明国策，则职史之官，又以是编为文献征矣，岂止于衍义小史之流哉？不佞待罪词垣，末尽臣义，乃欲赞以游夏之辞，毋乃自忘其丑乎？虽然，诗云："君子有酒，鄙人鼓缶，虽不见好，亦不见丑。"谨书之简端以就正。甲申中秋前三日毗陵学士题。（按：甲申当是清世祖顺治元年，就是公历一六四四年）

我家藏的《剿闯小说》，系白口本，单栏。版框高约八英寸半，广约十英寸。每半叶八行，每行二十二字。上栏外有评语，行间有圈点。首列毗陵学士序。草书写刻，又目录二叶及精图五叶。

一九三五年一月五日

瓶 说

（一）引 言

章回小说，如俗所谓诲淫之《金瓶梅》（在本篇中以后简称“瓶书”），吾国素来视为“闲书”，素来视为游戏笔墨，不能登大雅之堂。故《四库》不收不存，而诸家藏目亦不载入也。旧时读书人，虽有暗暗欣赏者，但决无公然自认为阅读者。友人杨君，现代文学家也，曾提出一问：博学好古如清之顾亭林，何以其著作中全无一字提及瓶书耶？岂其竟未之见乎？此问题初视之，似不重要；细思之，实有价值。顾亭林博览群书，一生中决无不见章回小说之理。彼所以一字不及著名之瓶书者，以其秽也，且非正经正史也，非正式文学也。

吾国之人，确然轻视小说，不以为文学。在阅读者固有此种心理，即在著者本人亦何尝不然？余为此言，有证据二：（一）章回小说，大都以白话写成。古人以为白话者，便于下流社会之文学，非“文章”也。（二）因此，著作人往往用“笑笑生”或类似之笔名，不肯以真姓氏自露而授后人以口舌。是故《三国演义》《水浒传》，及其他著名小说，其著作者之姓名，非独无人确知之，且无法为之考证也。李卓吾、金圣叹、张竹坡辈，敢在此种书上细加批点，并爽然自露其名，当时之人自然以“狂徒”视之。今则不然，新文学家无不称瓶书为文学矣。

复次，此类书籍，尤其是有污誉之瓶书，其著作年月亦不一定。因著作者虽为多才之“狂”人，而印行乏资，必赖有财且好事者为之刊刻。故脱稿后，先由知己者借读、传抄，经过十年或数十年之流浪而始有人刊刻行世。余意吾国许多巨著，因此失传者，为数想必不少，例如余家藏精抄《姑妄言》残本，其文笔，其数量，似不在瓶书之下，但研究家如鲁迅、郑振铎诸君，均不知其名，竟不知世间有此一奇书也。但瓶书虽有恶名，虽时时被禁，然至今不失传者何故乎？曰，因其写实也。瓶书言一大宅之盛衰，言一代官吏之腐败——瓶书言西门庆之为人，言彼之“酒肉”朋友，言彼家之妇女与当地之土娼，言官吏之公然受贿，无恶不作；瓶书所言，似乎甚泛，但不重复繁琐。瓶书所言，无不详细，但专及主要之事，而不尚文字上之虚饰。瓶书之“进行”，粗观之，似不疾速，但颇近希腊悲剧，于不知不觉之间，已抵达高点矣。瓶书之辞，有时所以过于冗长者，因欲使各个人物以言语自见其品性也；有时所以过于简洁者，欲使任何读者非阅毕不肯放手也；忽繁忽简——简者如电文，繁者如释典——瓶书之笔真奇哉！瓶书之刊行，许多研究家以为至早在万历丁巳（一六一七年）。

引言太长，似离题矣。今当继言书之本身。

（二）瓶书之著者

本书著者，或称欣欣子，或称笑笑生。其真姓真名虽不可考，然决知其为山东人。余得证据二：（一）书中多鲁省土语，非他处人所能。（二）明末清初之鲁人，最喜且最善于写此类小说。《绿野仙踪》之撰人亦是鲁人。据友人郑君口头告我云："北方某校图书馆藏《绿野》原稿本。《绿野》原名《白鬼传》，较刻本多二十回。温如玉，冷如冰实是一人，亦即著者本人。其中文字并不较瓶书为逊。"余一向未得《绿野》精本，未尝卒读，不能比较。郑君为著名研究家，想其言必可靠也。

世有因瓶书文笔之奇，描写之妙，或直击，或旁敲，或敷衍，或简洁，或两面并陈，使自见其优劣，或单方猛进，突然而抵高峰——世人以为此种奇妙之笔，非"名士"不能，遂疑王世贞为瓶书之著者——此大误也。王世贞，太仓人，字元美，自号凤洲，又号弇州山人，虽为诗文大家，虽在鲁省服官数年，然决不能明了许多土话而用之无误也。且"凤洲以治史著名，书中年代错误，与史实多不合。宋明二代官制国故，多所混淆；为路为省，且不能别。清河又何能属之东平府？沿水浒阳谷属东平之误而不知改，此皆其谬误也。谓出凤洲手可乎？"（见姚灵犀《瓶外卮言》第三十九页）

（三）参考书

《瓶外卮言》为研究瓶书者最佳最便之参考书。此书于民国二十九年由天津法租界天津书局出版。书内含（一）著者时代及社会背景，（二）词话，（三）版本之异同，（四）与《水浒传》《红楼梦》之衍变，（五）小札，（六）集谚，（七）词曲等篇，共二百六十页。小札系专名或土语之字汇，如盖老（某妇之夫也）色系女子（绝好也），刮刺（勾引也），油水（侵润也），四海

（交游广也），眼里火（目中出火，见则心爱也），不听手（不听指使也）等等，无不一一详解之。

除《瓶外卮言》外，下列四书，亦可作参考之用：

一、《中国小说史略》（第十九篇，二二一页至二二九页），鲁迅著，北新书局出版。

二、《小说旧闻抄》（第六七页至七〇页），鲁迅著，联华书局出版。

三、《小说闲谈》（第七六页至八一页），阿英著，良友图书印刷公司出版。

四、《中国小说史》（下卷第六章，三五八页至三七七页），郭箴一著，民国二十八年商务印书馆出版。

（四）瓶书提要

本书主角西门（姓）庆（名），号四泉，清河人，一不识文字，专好游荡者也。其正妻月娘，为人尚属正派。妾三人——潘金莲、李瓶儿、春梅——皆淫妇也。本书在三名中各取一字，合而为题。潘系武大之妻，经王婆作合，庆奸之。后毒死武大而纳以为妾。武大胞弟武松，勇而有力。来报仇时，寻庆不获，错杀李外傅，充配孟州。李瓶儿为邻友花子虚之妻，庆亦先奸而后"娶"之。春梅者，金莲之美婢也。

西门庆因鸩武大无罪，又因多次取得横财，遂行使贿赂，取得金吾卫副千户之职。此后胆更大而行为愈妄——或求药纵欲，或受赇枉法，举凡贪官污吏、土豪劣绅之一切恶事，无不为之。

李瓶儿生子，金莲妒之，屡设暗计使婴儿受惊，后果以瘈症

（惊风）死，而李因痛子而亡。

瓶儿死后，金莲愈媚其夫。一夕，庆饮药过量，暴死。

本书至此，已抵达高点，凡为阅者皆有不忍卒读之之意矣。但余作提要，不得不继续言之：

西门庆死后，其妾金莲、春梅，与其婿陈敬济通。事露，二人皆被斥卖。

金莲出居，在王婆家待嫁时，适武松遇赦归来，见而杀之。

春梅卖为周守备妾，有宠，生子，册为夫人。春梅称陈敬济为弟，罗致府中，仍与之通。后金人入寇，守备阵亡。其前妻之子与春梅通，亦因纵淫暴卒。

金兵将至清河时，庆妻（月娘）携其遗腹子孝哥逃奔济南，途遇普净和尚，引至永福寺，以因果现梦化之。孝哥遂决意出家，法名明晤。

总之，瓶书是一部社会小说，描写一“流氓”之发迹，及其家庭之丑事也。吾国人之类似西门庆者，即由“大郎”而变成“大官人”，由“管些公事”而“结交官场”者，太平时有之，战争中亦有之，城市中有之，乡村内亦有之——无时无之，无地无之——可知瓶书虽详述当时之代表者，然亦可谓骂尽古今之“恶少”（去声）也。世人以为瓶书描写淫夫荡妇之言行，实则暗讥缙绅权贵之污浊，盖作者深痛衰世人情之虚伪，政治之不纲，故发苦言以为警戒耳。

（五）各种版本

余家所藏之瓶书，及余历年所见者，有下列各种不同之版本：

（1）《金瓶梅词话》十卷一百回，影印明刊本。白口，单鱼尾，单栏，每半叶十一行，每行二十四字。前有欣欣子序，东吴弄珠客序，甘公跋。此书除北京、上海之影印本外，另有民国二十四年世界文库（上海生活书店出版）本，计四卷三十一回，郑振铎细校，惜非全本也。又有上海杂志公司铅字本，每半叶十五行，每行四十二字。书尾有施蛰存跋。书中之所谓淫辞秽语者皆删去之，而于方括弧内注明“以下删去若干字”。

（2）《新刻绣像批评金瓶梅》二十卷一百回。明崇祯间刊本，白口，不用上下鱼尾，四周单栏，每半叶十行，每行二十二字，眉上有批评，行间有圈点。卷首有东吴弄珠客序三叶，目录十叶，精图一百叶，此书版刻、文字均佳。

（3）《张竹坡评第一奇书》一百回，半叶十行，行二十五字，图百叶又袖珍小字本，半叶十一行，行二十五字。又湖南木活字本，半叶十一行，行二十二字。以上三种，皆有谢颐序。

（4）《批评第一奇书金瓶梅》（即《多妻鉴》）一百回。东洋大号铅字洋装本（两册），每叶十六行，每行三十字。卷首有凡例，竹坡闲评，西门庆房屋，读法，冷热金针，非淫书论，寓意说，趣谈，目录，杂录小引，西门庆家人名数，西门庆家人媳妇，西门庆淫过妇女，潘金莲淫过人目，苦孝说等，此书误排之字甚多。

（5）《古本金瓶梅》一百回，王凤洲著。上海东鲁书局铅字本，每叶十三行，每行三十八字。此书删节之处，似乎较少，与旧时卿云图书公司出版者不同。

（6）英译本《金莲记》（The Golden Lotus）四册一百回（首册序文等十六叶，正文三八七叶，二册三七六叶，三册三八五叶，四册三七五叶），译者艾吉登（Clemens Egerton），公历一九三九年英国罗赉基（Routledge）父子公司出版。译文甚佳，信、达、雅三质全具也。卷首有译者绪言、小引及姓氏表。书中污秽之字，不译英文，而以拉丁语代之。吾国将来复印瓶书，其实不必缺文，可采用艾氏之法，而以篆书为替。

（7）节译本《金瓶梅》（Chin Ping Mei）一册四十九章（共八百五十二叶）前有韦立（Arthur Waley）序。韦氏，英国人，曾译汉文诗歌为英文，世皆知其为中国通者也。

（六）结 语

瓶书为全世界著名之作。除其祖国多种不同之版本外，另有满文译本、德文译本、英文译本。西方学者，极赞美此书，称为研究心理之资料。葛乐坡（Grube）云："著者观察力如此之强，描写法如此之精，虽拼合中国所有其他小说而成一书，亦不能与之争美也。"劳佛（Laufer）氏曰："依艺术言，此书诚杰作也。有称之为秽亵者，误也，吾人当否认之，今以本书与左拉（Zola）及易卜生（Ibsen）之小说、剧本互相比较，所谓淫辞秽语者，彼此绝无多少轻重之别。但彼此有相同之点，即富于艺术性也。彼此均出自名家之手，均深知同时代之男女，而将其心绪行为，明明白白、细细底底描写出来——描写彼辈之实在情形，而不描写彼辈所应为之事。"葛、劳两氏，皆德国文学家。

一九四二年十二月二十日

《续金瓶梅》

继《金瓶梅》(参观“瓶说”篇)后而作之劝善小说，有《续金瓶梅》《隔帘花影》及《金屋梦》三种。其中最著者，第一种《续金瓶梅》也。

《续金瓶梅》，据孙子书小说书目，有旧刻九行二十字本，余未之见。余家藏者，坊刻十行二十四字本，及旧抄十行二十四字本也。坊刻本与旧抄本，行格虽同，而内容不一，当于本篇后幅详细言之。兹先开列各“劝善小说”之版刻、作者，及其他有关诸事，如下：

(一)《续金瓶梅》

(甲)旧抄本八卷五十四回，紫阳道人编，湖上钓史评。每半叶十行，每行二十四字，卷首有目录，无序文。收藏有“镇洋毕沅”及“灵岩山馆藏书”两印记，知是毕沅旧物。沅字孃蘅，一字秋帆，自号灵岩山人，乾隆进士，官至湖广总督。经史、小学、金石、地理之学，无所不通。著作甚多，有《经典辨正》《续资治通鉴》《关中中州山左金石记》《灵岩山人诗文集》，等等。

(乙)巾箱本十二卷六十四回，紫阳道人编。每半叶十行，每部二十四字，卷首有南海爱日老人序，西湖钓叟序，凡例四则，《太上感应篇》《阴阳无字解》（即功过格），引用书目、总目录、图像二十四叶。——此书系多年前友人郑振铎兄所赠。

（丙）铅字本（不分卷）六十回，紫阳道人编，民国二十二年卿云书局印行。每叶十二行，每行三十六字。全书分钉三册。第一册前有浪漫室主人校读题记、烟震（霞）洞隐序，南海爱日老人序，西湖钓叟序，凡例及回目。

（二）《隔帘花影》

旧刻本四十八回，不著撰人。每半叶十一行，每行二十四字。前有四桥居士序，又回目。——此系未曾完成之作。

（三）《金屋梦》

莺花杂志社铅字本六十回，每半叶十二行，每行三十字，前有凡例又目录。

上述各种，皆《金瓶梅》之后身。除《隔帘花影》外，所有人名如西门庆、吴月娘、潘金莲等均不改易，《隔帘花影》，亦名《三世报》，其中西门庆易名南宫吉，吴月娘易名楚云娘，潘金莲易名红绣鞋……盖作者志在避免“盗取”紫阳道人原著之讥耳。紫阳道人姓丁，名耀亢，字西生，号野鹤，清山东诸城人，官容城教谕。《金屋梦》则全为增补《隔帘花影》而成之书。

关于丁野鹤之《续金瓶梅》，鲁迅在《中国小说史略》中，言之綦详，兹节录如下：

……前集谓普净是地藏菩萨化身。一日施食，以轮回大簿指点众鬼，俾知将来恶报，后悉如言。西门庆为汴京富室沈越子，名曰金哥。越之妻弟袁指挥居对门，有女常姐，则李瓶儿后身。尝在沈氏宅打秋千，为李师师所见，艳其美，矫旨取之，改名银瓶。金人陷汴，民众流离。金哥遂沦为乞丐，银瓶则为娼。……后集则叙东京孔千户女名梅玉者，以艳羡富贵，自甘为金人金哈木儿妾，而大妇凶妒，篡取虐使之。梅玉欲自裁，因梦自知是春梅后身，大妇则孙雪娥再世，遂长斋念佛，不生嗔恨，竟得脱离。至潘金莲则转生为山东黎指挥女，名金桂。夫曰刘瘸子，其前生实为陈敬济，以夙业故，体貌不全。……（见原书二二九页）

总之,《续金瓶梅》者，借小说之名，作《感应篇》注解，借饮食男女，讲阴阳报复，戒色戒淫，劝人为善之书也。唯究以淫秽之处太多，旧时不敢公然发售。余家藏之木刻本与旧抄本，非独回数不同，并且文字亦略有出入，兹比较而说明之如下：

（一）旧抄本题“紫阳道人编，湖上钓史评”，木刻本不题“湖上钓史评”。

（二）旧抄本第一回云：“我今为众生说法，因这佛经上说的因果轮回，遵着当今圣上颁行的《劝善录》《感应篇》，都是诫人为恶，劝人为善，就着这部《金瓶梅》，讲出阴曹报应、现世轮回……”木刻本缺中间“遵着当今圣上颁行的《劝善录》《感应篇》”十五字。——两本文字之不同，不止此也，不细述。

（三）旧抄本每回后有总评，木刻本无评。抄本第一回之评云：“此第一回为一部书之开案，将西门庆等死人名目，尽从月娘眼中看出，线索在手，后千头万绪，尽发源于此。作者真才识高旷，阅之阔人心目。”

（四）旧抄本五十四回，木刻本六十回。木刻所溢出之十回（即十四回、十九回、廿一回、三十五回、四十六回、五十二回、五十四回、五十八回、六十二回及六十四回）疑是后人增补。

一九四三年二月一日

《续金瓶梅》(《金瓶梅后集》)

余近获旧抄本《续金瓶梅》，其卷首有“镇洋毕沅”及“灵岩山馆藏书”等印记，知是毕沅旧物也。沅字纕蘅，一字秋帆，自号灵岩山人，乾隆进士，官至湖广总督；经史、小学、金石、地理之学，无所不通；好著书，有《经典辨正》《续资治通鉴》、关中山左《金石记》《灵岩山人诗文集》，等等。

《续金瓶梅》者，借小说之名，作《感应篇》注解；借饮食男女，讲阴阳报复，戒色戒淫，劝人为善之书也。余旧藏之木刻本与近购之旧抄本，卷数回数均不相同，文字亦略有出入，兹一一说明之如下：

（一）旧抄本八卷五十四回，木刻本十二卷六十四回，所多十回，似系后人补写，其回目另见本篇下文。

（二）旧抄本题“紫阳道人编，湖上钓史评”，木刻本不题“湖上钓史评”。

（三）旧抄本有目录无序跋，木刻本除目录外有南海爱日老人序，烟霞洞隐序、西湖钓叟序、凡例四则、《太上感应篇》《阴阳无字解》(即功过格)、引用书目、图像二十四叶。

（四）旧抄本第一回云：“我今为众生说法，因这佛经上说的因果轮回，遵着当今圣上颁行的《劝善录》《感应篇》，都是戒人为恶，劝人为善，就着这部《金瓶梅》，讲出阴曹报应，现世轮回……”木刻本缺中间“遵着当今圣上颁行的《劝善录》《感应篇》”十五字。此言两本文字之不同。文字不同之处，不止此也，今因限于篇幅，不及细述。

（五）旧抄本每半叶十行，每行廿四字，木刻本同。

（六）旧抄本第一回后有总评，木刻本无评。抄本之评云：“此第一回为一部书之开案，将西门庆等死人名目，尽从月娘眼中看出，线索在手，后千头万绪，尽发源于此。作者真才识高旷，阅之阔人心目。”

木刻本中溢出之十回，其目如下：

（一）梦截发大士解冤，不食牛帝君救劫

（木刻十四回，插入抄本十三、十四回之间）

（二）宋道君隔帐琵琶，张邦昌御床半臂

（木刻十九回，插入抄本十七、十八回之间）

（三）宋宗泽单骑收东京，张邦昌伏法赴西市

（木刻廿一回，插入抄本十八、十九回之间）

（四）清河县李铭传信，齐王府银姐逢时

（木刻三十五回，插入抄本三一、三二回之间）

（五）俊公子枉受私关节，鬼门生亲拜女房师

（木刻四十六回，插入抄本四一、四二回之间）

（六）刘学官弃职归山，龙大师传舟入海

（木刻五十二回，插入抄本四六、四七回之间）

（七）韩世忠伏兵走兀术，梁夫人击鼓战金山

（木刻五十四回，插入抄本四七、四八回之间）

（八）辽阳洪皓哭徽宗，天津秦桧别挞懒

（木刻五十八回，插入抄本五十、五一回之间）

（九）活阎罗销罪了前身，死神仙坐化知来世

（木刻六十回，插入抄本五三、五四回之间）

（十）三教全归感应天，普世尽成极乐地

（木刻六十四回，加于抄本末回之后）

《续金瓶梅》一名《金瓶梅后集》，作者萦阳道人，即丁耀亢，字西生，号野鹤，清山东人，继《金瓶梅》而作之劝善小说；除此之外，尚有《隔帘花影》及《金屋梦》两种。后一种，铅字排印，系前一种之改作。《续金瓶梅》有九行廿字之刊本，余未之见。

一九三八年五月七日

外国《金瓶梅》

"外国有《金瓶梅》么？"

这是我许多友人的一个问题——口头的或者通信的。碰到这个问题，倘然是口头的，我笑笑不响；倘然是书写的，我不答复。友人责我"守秘密——卖关子"。其实，外国何尝有《金瓶梅》？

《金瓶梅》是中国的特产——是一部文章极美的巨著，是一部篇幅最大的淫书。"金瓶梅"三字是书中女主角潘金莲、李瓶儿及春梅的姓名。她们三人，都是西门庆（男主角）的同居者（妾）。外国人虽然也有好色者，虽然也有婚外行为者，虽然也有像西门庆那一类的人，但是他们只能偷偷摸摸，不能公然纳妾。并且在外表上，西洋女子决无甘心为人妾者，决无自愿为潘金莲、李瓶儿，或春梅者。小说固然是虚构的，但不能不描写人生，描写社会。东西洋的社会情形这样不同，他们哪里能够写《金瓶梅》？近来——近数十年来——他们西洋人很喜欢研究我们的生活，我们的社会情形——尤其是古代的。所以他们除了翻译四书五经之外，除了翻译《老子》《庄子》《杨子》《墨子》《论衡》《三国演义》《红楼梦》《西游记》之外，又把那部《金瓶梅》写成西文。写成西文的《金瓶梅》，在英语中，已有两种：一种是节译的（一厚册），一种是全译的（四厚册）。

照这样讲，外国岂不是已经有了《金瓶梅》么？不，不，翻译等于借贷。《金瓶梅》是创作，创作《金瓶梅》者是中国人。翻泽不是创作，西洋依旧没有《金瓶梅》。

西洋既然也有像中国一样的好色者，为什么他们还没有创造一部像中国一样的《金瓶梅》？

有，有——这是有的。像中国《金瓶梅》的淫书，西洋也有。赫立司的《我的生活和我的恋爱》就是一个例子。不过《金瓶梅》与赫氏书，虽然相似，但不相同。《金瓶梅》是小说，赫氏书是自传。小说虚构，自传实在。小说是随意描写的，自传是自己陈述的。那末，西洋人岂不是比我们“老实”，比我们呆笨——连那些丑事丑态，都肯用自己的笔来形容自己么？

西洋固然有呆笨的人，但是能够用笔写高级文章者哪里会傻得这个样式？他们所以写无耻的自传，有两个理由：（一）写那种自传者，天性好色；因为身体不合格，或者经济不充足，非独不能畅所欲为，并且连婚姻都不圆满。但是他们有笔，他们可以用他们的笔，作为报复的武器。他们说长说短，说来说去，总离不了称自己为“美男子”“伟丈夫”“力健者”。他们的自传以“全世界妇人，见了他们，没有不心心愿愿地服从他们”为主旨。其实，全是虚构事实，侮辱异性。赫氏一生，没有一个知心人，没有娶得贤妻；娶的离去。这是他“鼠牛比”的证据。赫氏在意大利某村时，招了许多本地女子，展开裸体大会，恣意行淫，颇似古代暴君。他用笔真健，他的描写，真能入神。然而全是虚伪的。那事在现代任何文明邦国中，决不能办。我想他不过在肮脏的下级妓院内大打“野鸡”而已。我们的《痴婆子传》《肉蒲团》《姑妄言》《灯草和尚》，及其他淫书的作者，都是自传，都是自

“鼠牛比”，存心报复的自传。

（二）第二个理由是这样的：我们中国旧时“失意”的文人，颇多闲暇。女人因为他们的面目可憎，或者因为他们的“才力”不足，瞧不起他们，不理睬他们。他们到处碰壁，无法可想，只得用笔来写一本小说，以泄心头之愤。古时刻板之价甚廉。百叶的小本子，所费不多，文人虽穷，这一点点力量，总易求得。但是西洋人不能这样。他们写了淫书，无人排印，无法出版，写淫书以为泄愤之计者，无不失败。所以他们改变方法，改用自传式——在自传中插入几章污浊的故事，非独阅者信以为真，并且遇到禁止时可以抽去。你想这个方法巧不巧？妙不妙？法人卢梭的《忏悔录》中，也有许许多多淫句淫事。因为他夹杂在全书中，不能立时抽去，所以除法语外，没有足本，而法语的足本，非成年人不能购买。可见卢氏不及赫氏的“聪明”了。

但是外国也有真性的淫书，非自传式的淫书。阅众总还记得多年前流行的《银梨花下》（亦名《半日轻狂记》）罢。这本小说，太粗俗了，太不近情了。好好的一个处女，在数小时内，被人“前前后后”地奸污多次。她的“仇”人，立时变成“爱”人。她满心称意（？）地，行同绵羊地道谢而去。你想世界上有这种事情么？

《银梨花下》及其他类似的特制西洋淫书，专为狂嫖烂赌的英美水手而作。他们出售的地点是下级妓院。他们的笔墨虽然粗通，然而不像我国的《金瓶梅》，不为学者所知，亦不作文学看待。

我国的《金瓶梅》既然不是自传，而又写淫书，既然是淫书，而又不为文人所弃。这是什么道理呀？

我的答复如下：

《金瓶梅》这部巨著，一定出自名家之手。据说，那位名家的父亲，遭显宦某姓的暗算，不明不自地死了。他想要为父亲报仇，但显宦总是深居简出的，他又手无寸铁，全然无法行刺。后来他知道那位显宦最喜阅读小说，且于阅读之时，无不以手指先取唾液（口水）而后捻取书叶。得到这个消息之后，他就钩心斗角地写小说。结果：一部百回愉情悦性的《金瓶梅》。

写成之后，他请好手誊写。抄成装订之后，他在每叶角上，敷以浓重的砒质。他希望显宦于捻取书叶，沾取唾沫时，将砒素不知不觉地带入口中，吞入腹中，因之毒死。显宦死不死，我不知道，不过著者的用心——倘然传说是确的——可谓苦矣。

那末，《金瓶梅》也是泄愤的。西人泄愤，西人为父报仇，决不动用笔墨，所以他们所写的小说虽多，然而至今还没有《金瓶梅》。我对于我众友的问题，已经在此处总答复了。我并非卖关子，并不为西洋人守秘密。

一九四四年十二月二十五日

《西厢记》研究

我五六岁的时候，家中有一个“半痴半癫”的女仆，常在工作之际口中唱道，“……莺莺红娘出绣房……”。我不知道她所唱的是何种俗本；她所唱的，当然不止这一句。我今天听她唱，明天听她唱，天天听她唱——听惯了，听熟了，我自己也会唱十多句。现在除了“莺莺红娘出绣房”一句外——这一句开了我后来阅读《西厢》之门——其余的我都忘记了。

当时我听她唱得很悦耳，所以学她。我并不知道莺莺红娘是什么人，并不知道莺莺是小姐，红娘是侍婢，并不知道绣房是在哪里。我并不知道莺莺红娘之外，还有老夫人，还有张生，还有和尚与将军，还有郑恒与欢郎。我并不知道绣房就是西厢，就在普救寺中。后来——在廿岁后——我在书橱中偶然找到一部广东朱墨套印版的《西厢记》。一打开来，我就看见了多年老友（？）莺莺与红娘。我马上拿到书桌上来，竭两个半天，一个黄昏之力，把它粗粗念了一遍。我才知道我从前所唱的故事，完全出在那本书中。

《西厢记》的浮面故事，我知道了。不过它的词曲我实在不懂。后来我时常购版本不同的《西厢》（篇末有《西厢》版本考），时常翻读它；直至四十多岁，始知它的美丽。我现在先把《西厢》的故事，简述如下：

《西厢》是一个“一见钟情”（love at first sight）的故事。吾国古时的婚姻，无不成于“父母之命，媒妁之言”。所以道学家都不赞成张生莺莺的偷情，都蔑视《西厢》，并且禁阻少年人阅读。

张生名珙，字君瑞，西洛人，是唐朝的才子。他上京应试，经过山西蒲州时，因为要拜望好友白马将军杜确，所以在旅馆中住下。

住了一天，颇觉寂寞，想要出外游玩。他差小使琴童打听，知道本地的普救寺是一个著名之处。

当时暂居于寺中者，适有崔相国之眷属。相国已死，其妻郑氏，即“老夫人”，带了女儿莺莺，小厮欢郎，侍婢红娘，扶柩回籍；因路途不便，在寺中停息。《西厢记》中，老夫人的白道：“老生姓郑。夫主姓崔，官拜前朝相国。不幸因病告殂，只生得个小姐，小字莺莺，年一十九岁，针黹女工，诗词书算，无不能者。老相公在日，曾许下老身之侄，乃郑尚书之长子郑恒为妻。因俺孩儿父丧未满，未得成合。又有个小妮子，是自幼伏侍孩儿的，唤做红娘；一个小厮儿，唤做欢郎。先夫弃世之后，老身与女孩儿扶柩至博陵安葬，因路途有阻，不能得去。来到河中府，将这灵柩，寄在普救寺内。这寺是先夫相国修造的……况兼法本长老又是俺相公剃度的和尚。因此俺就这西厢下一座宅子安下；一壁写书附京师去，唤郑恒来，相扶回博陵去。……”

张生到普救寺的那一天，却巧老和尚法本不在——赴斋去了。“小和尚”法聪，引他在佛殿、钟楼、塔院、罗汉堂、香积厨，各处盘桓一会之后，忽然间，无意中，张生遇见了莺莺。他问法聪道：“和尚，恰怎么观音现来？”法聪道：“休胡说！这是河中开府崔相国的小姐。”

张生遂暗暗决定不赴京师应举，向和尚借屋。次日即迁入。

三月十五日，老夫人为老相公做好事（法事）。张生付钱五千，带一分斋，追荐他的父母。那一天张生当然看得小姐。不过他在莺莺每夜带着红娘烧香时，早已把小姐偷看饱了。他称她“好女子”，称她“月殿嫦娥”。他又自言自语（唱）道：“……可喜娘的脸儿百媚生，兀的不引了魂灵。”

一方面张生这样情痴；另一方面，红娘已将张生的年貌籍贯告知莺莺了，并且莺莺自己也会见过张生，知道他是一个美貌多才之士。所以，一天晚上，小姐在烧香时听得墙角吟诗，即依韵和了一首。张生吟的是：“月色溶溶夜，花阴寂寂春。如何临皓魄，不见月中人？”莺莺和的是：“兰闺久寂寞，无事度芳春。料得行吟者，应怜长叹人。”可知两人于发生“免不了”的事情以前，莺莺早有文君之意，而张生亦自以为司马相如了。

后来贼将孙飞虎（名彪），围住寺门，要强掳莺莺为妻。正在无可如何之际，老夫人吩咐长老发命道：“两廊僧俗，但有退兵之计的，倒陪房奁，断送莺莺与他为妻。”张生鼓掌答道：“我有退兵之策。”张生此言，并不虚伪。因张识白马将军杜确，得以书札求其来助的缘故。

事平之后，老夫人设宴，招待张生，命莺莺作陪。她自称张生为“先生”，令女儿称他为“哥哥”，全然不守急难时的“合同”。君瑞因此成病。

莺莺差红娘去张生处问病——前夜又听得张生的琴声——心中着实不安。张生托红娘带去一信，莺莺以诗作复道：“待月西厢下，迎风户半开。隔墙花影动，疑是玉人来。”这就是着他跳墙过去，她在那边开门相待的意思。

等到张生跳过墙去，搂住莺莺时，她大怒道：“张生，你是何等之人？我在这里烧香，你无故至此？……”张生道：“呀！变了卦也！”

次日莺莺借送药方之名，送去一诗，末句道：“今宵端的云雨来。”是夜小姐果然“御驾亲征”，曲中最著最艳之句，所谓“……将柳腰款摆，花心轻折，露滴牡丹开”者，即在其时。莺莺在离开枕席之时，向张生说道：“妾千金之躯，一旦弃之，此身皆托于足下。勿以他日见弃，使妾有白头之叹。”

小姐如是暮出早归者，约一个月。老夫人见女儿的言语体态，与向日不同，遂满腹疑惑，唤红娘来问。红娘直言相告。老夫人无可奈何，只得差人招张生来，并对他说道：“好秀才呵！岂不闻非先王之德行不敢行？我待送你去官司里去来，恐辱没了俺家谱。我如今将莺莺与你为妻。则是俺三辈儿不招白衣女婿，你明日便上朝取应去。我与你养着媳妇。得官呵，来见我。驳落呵，休来见我。”

次日张生即启程赴京。

以上所述，王实甫正本的故事。正本分四本，每本分四折。第五本为关汉卿续本，亦分四折。续本张生赴京应试，中状元；郑恒来蒲，要娶莺莺；状元归来，正式成婚等事。正本四，续本一，合称《西厢记五剧》——此为《西厢》之最通行者。

王关五剧，皆出自《董西厢》。董，金章宗时人，名字不详，世人皆称他为董解元。他的《西厢》是优人弦索弹唱体——自弹自唱并说白。诸般角色，都由一人担任。后来五剧，则变为般衍（戏文）者。

《董西厢》又出自唐元稹的《会真记》。稹字微之，唐河南人，元和初对策举制科第一，拜左拾遗，后拜监察御史。长庆中擢知制诰，未几入相。研究《西厢》史者，均称张生实无其人，而为微之的假托。微之在姨母郑氏墓志中云："其既丧失遭军乱，微之为保护其家备至。"——与传奇所叙正合。白居易稹墓志云："以太和五年薨，年五十三。"则当以大历十四年己未生，至贞观十六年庚辰，正二十三岁——与传奇"生年二十三"又合。……此类研究，散见诸家著作者，当必不少。

上文谓五剧出自董著。所谓"出自"者，不是抄袭其文字而是采用其大意。我将两本中张生遇艳的词句抄录于后，以见它们的全异：

（一）董著

朱樱一点衬腮霞，斜分着个庞儿鬓似鸦，那多情媚脸儿，那鹘鸰渌老儿（作"双目"解），难道不清雅？见人不住偷睛抹，被你风魔了人也嗏，风魔了人也嗏。

（二）王本

想着他眉儿浅浅描，脸儿淡淡妆，粉香腻玉搓咽项。翠裙鸳绣裙金莲小，红袖鸾销玉笋长。不想呵其实强，你撇下半天风韵，我拾得万种思量。

两段引文所形容的，是一件事，但其文字何等不同呀！

不论董著，不论五剧，《西厢》的故事，并不希奇。简而言之，偷情而已。男女的偷情，随时随地总能发生。《西厢》的著称，《西厢》所以受人敬服的缘故，实在词曲的美丽。例如：

【元和令】绣鞋儿刚半折，柳腰儿勾一搦（音奈），羞答答不肯把头抬，只将鸳枕捱。云鬟仿佛坠金钗，偏宜髻儿歪。（上张

生唱）

【上马娇】我将这细扣儿松，把搂带儿解，兰麝散幽斋，不会把人禁害。怎不肯回过脸儿来。（亦张生唱）

这种字句，还不艳么？古语说得好，“十种传奇九相思”。我以为《西厢》的相思，虽然与他种相差不远，但它的文字超过他种。我上面所引，不过两段。全书中类乎此者，指不胜屈。所以旧时少交游、少出门的“士子”，有读《西厢》而成相思病者。今之学生，多闻多见，又易接近女性，又无暇专在诗词上用功夫，偶然将《西厢》一瞥，决然不会发痴，决然不会暗想莺莺。

末言版本：

《西厢》传世之本甚多。我家所藏者，也有十馀种，开列如下：

（一）《董西厢》四卷，明汤显祖评。

明朱墨套印本，每半叶八行，每行十八字，前有清远道人序。商务印书馆《万有文库》曾借印此本。

（二）《董解元西厢》二卷，明屠隆校正，周居易校梓。

明写本，白口，每半叶十行，每行二十四字，小字双行，字数同。前有无姓氏序。

（三）《西厢记》五本，元王实甫、关汉卿填词。

明朱墨套印本。每半叶八行，每行十八字，前有即空观主人凡例十则，旧目、及精图二十面。后附《对弈》《会真记》。每本末附解证。

（四）《西厢》六种：（一）王实甫《西厢记》四本，（二）李日华《南西厢》二本，（三）陆天池《南西厢》二本（附《园林午梦》），（四）关汉卿《续西厢记》，（五）《围棋闯局》（元晚进士王生撰），（六）《五剧笺疑》（明闵过五撰）。

明刊本，每半叶十行，每行二十字，小字双行，字数同。收藏有“王国维”印记。

（五）《西厢记》二卷二十出，明李卓吾批评。

明刊本，黑口，每半叶十行，每行二十二字，有图。末附《会真记》，又张楷《蒲东诗》。

（六）《西厢记》二卷二十出，明陈继儒评，萧鸣盛校，余文熙阅。

明萧腾鸿梓本，每半叶十行，每行二十六字。前有陈继儒序，《会真记》，及《钱塘梦》。每卷后附释义。末卷有《园林午梦》及《蒲东诗》。全书图二十面，皆极精细。

（七）《南西厢》二卷三十四出，不著撰人。明汲古阁《六十种曲》本，九行十九字。

（八）《北西厢》二卷二十九出，不著撰人。明汲古阁《六十种曲》本，九行十九字。

（九）《西厢记》五卷，清毛甡论定并参释。

清学者堂刊本，半叶十行，行二十二字。小字双行，不顶格，二十一字。前有延陵兴祚伯成序，毛甡序，杂论及崔娘遗照。此书有武进董氏石印本。

（十）《西厢记》八卷，清金圣叹批。贯华堂原刻初印本，半叶九行，行十九字。

（十一）《第六才子西厢记》八卷，清金圣叹评。巾箱本，八行十六字。前有吕延镛序，又图像二十二叶（不精）。

（十二）《西厢记》十六卷清朱璐评。稿本，十二行二十八字。

（十三）《西来意》四卷，渚山恒忍雪铠道人说意。

清康熙中刻本，九行二十二字。前有今释、净挺、查嗣馨、褚廷、俞汝言等序，后有《西厢辨伪》。此书反驳圣叹，识见甚长。

（十四）刘刻《西厢》:（一）《董西厢》一本，（二）《西厢记》五剧五本，（三）附录（重编《会真杂录》二卷，《商调蝶恋花词》一卷，《西厢记五剧五本解证》一卷，《元本北西厢记释义音字大全》一卷，《古本西厢记校注》一卷，《批评西厢记释义字音》一卷，《五剧笺疑》一卷，《丝竹芙蓉亭》一折，《钱塘梦》一折，《园林午梦》一折，明李日华《南西厢记》二卷，明陆采《南西厢记》二卷）。

贵池刘氏暖红室刊本，半叶九行二十字。

（十五）英文译本，熊式一译。

英国伦敦美瑞安（Methuen）公司排印本，附图极精，文字亦佳。我从前有法文译本一种，不佳。

《西厢》的元代刊本，似无传世者；《董西厢》的金刊本，更不必谈。上列十五种中的一、三、四、五、六、十三，几乎等于凤毛麟角，目下极不易得。其实研究《西厢》者，不必广求多本，刘氏一种（即第十四种），已足应用。

一九四四年九月一日

红 剧

《红楼梦》《续红楼梦》《红楼重梦》等章回小说，及批评《红楼梦》之各种作品，如《红楼梦广义》，前闻红学者言，共有四十八种。惟查阅孙君《小说书目》，其数不及此，恐旧时告我者误也。

依据《红楼梦》故事而作成之传奇，王国维《曲录》五只载二种：一是高兰墅撰；二是陈锺麟厚甫撰。余已收得者有三种，想尚不止此数。世之藏家，其愿以其他刊本之著者，题名及行格开示乎？余之藏本如后：

（一）《红楼梦传奇》卷上三卷，卷下两卷，共五十六出。吴州红豆村樵填词，同里邗亭居士按拍，光绪壬午常熟招芳阁刊巾箱本。白口，单鱼尾，左右双边，半叶十行，行大二十四字，小不顶格，二十三字。前有乾隆重光（辛）大渊（亥）韩藻序，诸家题辞，凡例，目录，又图象。此书余旧藏者极初印，已失。现藏者系友人陈君所赠。

（二）《红楼梦传奇》八卷四十出，元和陈锺麟厚甫填词。大字刊本，上白口题书名；下小黑口。半叶九行，行大十九字，小不顶格，十八字，眉上有批。前有海宁俞思谦题词，凡例，又目录。

（三）《红楼梦》散套，不分卷，共十六套，附曲谱，荆石山民填词。蟾波阁大字刊本，白口，无鱼尾，上题书名，下题“蟾波阁”三字，左右双边。字旁有工尺者，半叶六行，行十七字；无工尺者，半叶八行，行大十九字，小不顶格，十八字。前有乙亥（疑是嘉庆二十年）听涛居士序，璞山老人题词，山民自题，又总目。每套前有图一叶，皆半霞张泰所作。

一九三三年七月五日

《红楼梦》的版本和传说

二十五年以前（民国八年），某星期日的上午，我正在四马路某某书店讲价还价，购买王希廉评《红楼梦》的时候，忽然步入一位全市闻名、全国闻名的老学者。他也来掬书。他东张西望，最初没有看见我。我早已看见他了。我不愿意和他多说话，想要避他，然而来不及了。他忽然回头一顾，我就被他“找着”了。他快步跑到我的身旁问道：“你买什么好书？”我答道：“没有什么——一部很普通的《红楼梦》。”他接口道：“噢，《红楼梦》？为什么买《红楼梦》？《红楼梦》还没有买够么？还没有看够么？”他有意取笑我，但是我向他微微一笑，付去书价十六元，马上就离开那爿书店。

近来《红楼梦》已经编成话剧，并且已经上了银幕。某刊主编不肯落时，要我写一篇关于《红楼梦》的文字。她知道我不像那位老学者；她知道我不反对《红楼梦》，不取笑少年人。《红楼梦》的的确确有研究的价值——“买不够”“看不够”的。但是我非红学专家，哪里有资格谈宝玉和黛玉呢？我在十八岁，开始看《红楼梦》；不到十回，就抛弃了。二十岁入泮之后，闲时较多，又重复读它；不到二十回，又抛弃了。嗣后每年必读一次，每年必不全读；直至三十多岁，我竟向办事处告了一星期假，把那部名作从头至尾细读一遍。当时我并非想做红学家，我的目的全在找它的优点，察它的结构。我全读《红楼梦》的时候，新派红学专家，如蔡元培及胡适，已经出现了。

“红学”两字有出典，不是我所杜撰。《清稗类钞》中说道：“《红楼梦》一书，风行久矣。士大夫有习之者，称为红学，而嘉道两朝，则以讲求经学为风尚。朱子美尝讪笑之，谓其穿凿附会，曲学阿世也。独嗜说部书，曾遇目者，几百种，尤精熟《红楼梦》。与朋辈闲话，辄及之。一日，有友过访，语之曰：‘君何不治经？’朱曰：‘予亦攻经学，第与世人所治之经不同耳。’友大诧。曰：‘予之经学，所少于人者，一划三曲也。’友瞠目。朱曰：‘红学耳。’盖经字少巛，即为红也。朱名鼎昌，华亭人。”

《红楼梦》，亦名《石头记》，又名《金玉缘》《情僧录》《风月宝鉴》《金陵十二钗》，有八十回本，有一百二十回本。朱子美所研究者，想是高鹗增补的百廿回本。鹗字兰墅，汉军镶黄旗人，乾隆进士。高本最初出现在清乾隆五十六年辛亥，由程伟元用木活字排印。书中有高程两氏序，并图像二十四叶（前图后赞）。正文每半叶十行，每行二十四字。次年（乾隆壬子）萃文书屋出版的活字改订本，除校去讹字外，其他如图像行格，与辛亥本同。卷末有一跋云：“初印时不及细校，间有纰缪。今复聚集各原本，详加校阅，改订无讹。”余于十余年前，曾出巨价，购获壬子本，惟至今无暇细阅，实在可惜之至。王希廉评本，有图像，每叶十行，每行二十二字，出自高本无疑。后来一切木刻本铅字本，大都出自王本。至于八十回的原本，传世极稀；有正书局据旧抄本石印者（每半叶九行，每行二十字，有戚蓼生序），不知是否为确实可靠的原本。百廿回本《红楼梦》，尚有仝（从人从工）卜年的《妙复轩评石头记》，几乎每句有批，比较《四书》上的朱注更多；“语虽近击，而于《红楼梦》味之亦深矣”（刘铨福跋语）。此外另有两本，刷印精良，皆便携带：（一）悟真道人的《红楼梦索隐》（中华书局），（二）胡适的《红楼梦》（亚东图书馆）。这两种都是铅字排印本，校对着实可靠。

因《红楼梦》而产生的书有下列者：

（一）《续红楼梦》××回，秦子忱撰。

（二）《绮楼重梦》四十八回，王××撰。

（三）《红楼复梦》一百回，×××撰。

（四）《红楼梦补》四十八回，×××撰。

（五）《补红楼梦》四十八回，魏××撰。

（六）《增补红楼梦》三十二回，魏××撰。

（七）《红楼幻梦》二十四回，×××撰。

（八）《红楼梦影》二十四回，×××撰。

（九）《红楼梦偶说》二卷，×××撰。

（十）《红楼梦论赞》一卷，涂瀛撰。

（十一）《读红楼梦杂记》一卷，江顺怡撰。

（十二）《红楼梦偶评》×卷，张其信撰。

（十三）《红楼梦约编》×卷，×××撰。

（十四）《红楼梦广义》×卷，×××撰。

上面开列之书，虽不详尽，然而关于《红楼梦》的版本，关于《红楼梦》的研究，关于《红楼梦》在嘉道间的“红而且紫”，我们可以知道了。现在让我来略述《红楼梦》的传说。

《红楼梦》作者曹雪芹，名霑（?），系曹寅之孙。曹寅，号楝亭，清康熙间为江宁织造（官名）。或谓作者系江南一士子，为六王、七王的上宾。六王七王，即《红楼梦》中的宁国公荣国公，为雍乾间赫赫有名者。江南的那位士子，“才气纵横，不可一世。二王倚之如左右手，时出其爱姬（即书中的金陵十二钗），使执经问难，从学文字。以才投才，如磁引石；久之，遂不能自持也。事机不密，终为二王侦悉；遂斥，不予深究。士子落拓京师，穷无聊赖，乃成是书以志感”。又《能静居笔记》称“曹寅楝亭先生子（孙）素放浪，至衣食不给。其父执某，钥空室中，三年遂成此书云”。然则江南士子，就是曹雪芹么?

曹雪芹为《红楼梦》作者，经胡适的考证而更确定。但寿鹏飞及马水臣则不承认。寿氏谓芹非曹霑。马氏谓《红楼梦》作者系上海人曹一士。一士字鹗廷，号济寰，雍正进士，工诗文，有《四马斋集》。若是，则《红楼梦》究为何人之著作?

《红楼梦》全书的纲要如下：

贾宝玉、林黛玉和薛宝钗等同居大观园中。宝玉善于奉迎女性。黛玉多愁多病。宝钗倒是一个贤惠女子，但是性格不及黛玉那样爽直。这一男两女，形成三角恋爱，常常发生暗斗。宝玉自幼便和姑娘们及丫头辈鬼混。后来年长，他的父亲贾政欲先为他完姻，然后赴外任做官。因为黛玉身体不佳，恐怕不能生育，故决定娶宝钗，婚事由从嫂王熙凤谋划。熙凤知宝玉属意黛玉，不得已采用偷梁换柱之计，待结婚晚上，始令宝玉知道所娶者，不是黛玉，而是宝钗。黛玉就在宝玉成婚的那一天咯血而亡。宝玉愤婚姻之不如意，恹恹成病，后来随僧道亡去。

《红楼梦》所隐何事，谈者纷如。陈康祺《郎潜记闻》云："小说《红楼梦》一书，即记故相明珠家事。"金武祥《粟香随笔》云："纳兰容若，名性德，原名成德，满洲人。十八举乡试，十九成进士，大学士明珠子。生长华，勤于学问，有绝句云：'绿槐影转小栏干，八尺龙须玉簟寒。自把红窗开一扇，放他明月枕边看。'"张船山《诗人征略》云："世所传《红楼梦》，盖即指容若也。书中所云，乃其髫龄时事。其诗善言情，又好言愁。有句云：'幽谷有美女，无言若有思。含颦但斜睇，吁嗟怜者谁？予本多情人，寸心聊自持。私心托远梦，初日照廉帷。'书中美人，即林黛玉耶？"《赁庑笔记》云："纳兰容若眷一女，绝色也，有婚姻之约。旋此女入宫，顿成陌路。容若愁思郁结，誓必一见，了此夙因。会遭国丧，喇嘛每日应入宫唪经。容若贿通喇嘛，披袈裟居然入宫。果得彼姝一见。而宫禁森严，竟不能通一语，怅然而出。故书中林黛玉之称潇湘妃子，乃系事实。否则黛玉未嫁，而诗社遽以妃子题名，以作者心思之周密，不应疏忽乃尔。其第一百十六回，宝玉重游幻境，即指入宫事，故始终亦未与妃子通一语。而宝玉出家做和尚，即指披袈裟，冒充喇嘛事。"

上述陈金张诸氏，均言《红楼梦》为刺明珠而作。惟《瀛室随笔》则谓此书系刺和珅家庭。其言曰："和珅秉政时，内宠甚多。自妻以下，内嬖如夫人者二十四人，即《红楼梦》所指正副十二金钗是也。……"原文甚长，不便全录。阅众倘然有意红学，请自己去翻查那部笔记罢。

我最末应该报告诸君的，是我家那部英译本。它的译者裘理氏（H.B.Joly）颇能明白我们的北方土白，竟把原书的大意表达了出来，真难得呀！可惜他的译本不完全，只有五十六回。其实看《红楼梦》看到这一回，已经够了。再看下去，岂不太伤心么？裘氏书于公历一六九二年、一八九三年在澳门出版。英文另有节译本。西人看了，倒可以过过《红楼梦》的瘾。但是文字太简，原本中情节，十九伤失，阅读的时候，全无兴味。

一九四四年二月一日

古滑稽文汇

本篇所讲，是一部传世极稀，并且极可珍贵的明刊本。这五个字——古滑稽文汇——不是它的名书，它的书名叫作“广谐史”。我在一·二八前购买的时候，并不明白它的真价值，我见它纸张佳，刷印精，所以付以重价。后来翻阅董先生（康）的《东游日记》，才知道《广谐史》之可贵。

《广谐史》是《谐史》的增补。《谐史》成于明万历七年（公历一五七九年），著者徐常吉。常吉，字士彰，武进人，万历进士，著有《事词类奇》《六经类集》，清《四库总目》皆入类书存目二。《谐史》在清初，想已失传；馆臣未曾遇目，故不能将其收存，只于《广谐史》的提要中，一提其名。

《谐史》原本，虽已失传，但常吉自序尚保存于《广谐史》中。兹录其全文如下：

齐谐者，志怪者也，又谐者，谑也。何言乎怪与谑也？天地之间，无知者为木石，无情者为禽兽，以至服食器用，皆块然物也，蠢然物也。今一旦饰之以言动举止，灵觉应变，又举所谓须眉面目，衣冠革带者而与之相酬酢焉，岂不可怪而近于谑哉？嗟夫！天地之间，神奇为臭腐，臭腐复为神奇，何所不化，何所不育！故苌私之化碧，青宁之生程，亦理之不能无。今吾安知须眉面目者之不幻而为物乎？吾安知块然蠢然者之不幻而为人乎？吾又安知真者之非幻，而幻者之非真乎？是其怪也不足怪，而即其谑也为善谑矣！于是刻所谓谐史者，而书之时万历七年八月也。

《广谐史》成于万历四十三年乙卯（即公历一六一五年），著者陈邦俊，字良卿，秀水人。清《四库总目》，不收此书而入存目（小说家类存目二），其“批评”如下：

明陈邦俊编。邦俊，字良卿，秀水人。先是徐常吉尝采录唐宋以来以物为传者，七十馀篇，汇而录之，名曰“谐史”。邦俊因复为增补，得二百四十馀首。夫寓言十九，原比诸史传之滑稽，一时游戏成文，未尝不可少资讽谕。至于效尤滋甚，面目转同，无益文章，徒烦楮墨。搜罗虽富，亦难免于叠床架屋之讥矣。

《广谐史》所载之文，共计二百四十二首。撰著人一百十四，其姓氏如下：（唐）韩愈、司空图，（南唐）李从谦，（宋）苏轼、陈元规、马揖、林景熙、王柏、吴应紫，（元）胡长孺、吴观望、任士林、杨维祯、程文、高明、陈基、涂几、牟献之，（释）克新，（明）贝瓊、孙作、唐肃、叶绶、王景、何文渊、支立、杨守陈、何乔新、姚绶、程敏政、吴宽、王鏊、沈周、卢格、程楷、罗圯、钱福、姚镆、易宗周、孙承恩、严时泰、王銮、常伦、陈九川、董穀、卢恩、鲁藩中立王讳观炬者、浦南金、徐珊、王经、孟思、赵时春、陆埗、范言、陆奎章、沈恺、陈恺、陶泽、徐袍、王宗沐、胡膏、徐子英、陈师、徐熿、王君赏、闵文振、方宇、丘云霄、龚持宪、毛有伦、萧韶、王格、俞允文、贾三近、张应文、徐熥、袁宗道、周应愿、项良枋、焦竑、刘启元、胡光盛、沈玄锡、罗冲点、许锺岳、周念祖、陈诗教，（世次不详）文嵩、洪璐、李珮、方清、尹二文、史致詹、林金、高应经、杨攀龙、危恕斋、刘鸿，（释）祖秀，又（姓氏不详）周云望家藏抄本，荣谦吾手录本，张凤岩手录本。

上列人名中，固然有许多“不见经传”者，但大半皆唐宋元明知名之士。可见良卿此作，确然用过苦功，决非今之随意“剪割”者可比。清《四库》之所以不收此书，因其“叠床架屋”的缘故——增补之文，超过原书两倍。但吾国许多稀见之奇文，因得借以传世，陈良卿亦算不得无功。请看下面的《混沌子（蛋）传》：

混沌子不知何许人，或曰鲁人也，为人多含容，不露圭角，因号曰混沌子。着胎息，兼通黄白，人或叩之，辄倾尽肝胆，未尝有忤容。尝语人曰：“此特躯壳耳。若羽翼既成，不当委之如蜕耶？”居恒好居糠秕中以自全，召为光禄卿，不起。或诮之曰：“大丈夫当雄飞，安能雌伏？”曰：“吾岂坚匿不出乎？顾世无覆翼我者，纵欲无翼而飞，不胫而走，乌可得也？”人服其论。既闻五德君名，往受脱胎换骨之法。旬余忽跃然而起曰：“我飞腾有日矣。”遂尸解去。后有遇之于桃都，冠缨甚伟，闻者异焉。

谐史氏曰，广成子有言：知雄守雌，为天下谿，知白守黑，为天下式。混沌子其殆是与！宜乎结圣胎而登仙籍也。

上文系陈诗教作。诗教，字四可，号绿天，明万历间嘉兴府人。

《广谐史》十卷，明万历间写刻本，白口，单栏，每半叶九行，每行二十字。余家藏者，系最初印本，序目凡例等等均全。现在我节录李日华为本书所写的序文，以为全篇之结束：

余昔与良卿同学，日购隐文奇牒，对案雠校研摩为乐……余不自坚，中岁折而之今，以薄技售……不若良卿之广也。余自戊申迄今乙卯，手翻二十一史乘竟，良卿手所汇《广谐史》一编，闯余关曰：“子史功适竟乎？夫史职记载而其神骏在，描绘物情，宛然若睹，然而可悲可愉，可诧可愕，未必尽可按也……于是滑稽于艺林者，史裁悉具，又宁独才局意度与其际用之微，可借形以托，即……人间亹亹之故，悉伍楮墨出之，若天造然。是则反若有可按者……因记载而可思者实也，而未必一一可按者，不能不属之虚。借形以托者，虚也。而反若一一可按者，不能不属之实。古至人之治心，虚者实之，实者虚之。实者虚之故不系，虚者实之故不脱，不脱不系，生机灵趣……”余跃然曰：“然！然则是编也，不徒广谐，亦可广史，不徒广史，亦可广读史者之心……”

一九四五年五月一日

《四游记》

《四游记》者，(一)《西游记》，(二)《北游记》，(三)《东游记》，(四)《南游记》也。

(一)《西游记》四卷，齐云杨致和编，天水赵毓真校。余家藏者，系绣谷锦盛堂梓本。每叶上图下文，图粗劣，文半叶十二行，行二十字。

(二)《北游记》，亦名《北方真武玄天上帝出身志传》，共四卷，三台余象斗编，许湾大经堂梓。余家藏者，非明刊原本而为清代复本也。每叶上图下文，图劣，文半叶十行，行十七字。

(三)《东游记》，亦名《上洞八仙传》，又名《八仙出处东游记》，分上下两卷，兰江吴元泰著，凌云龙校。余家藏者，亦复明本也。图像行格，与《东游记》等。

(四)《南游记》，亦名《五显灵位大帝华光天王传》，计四卷，三台余象斗编。余家藏本之图与文，完全与前两种相同。

《四游记》为灵怪小说，其荒诞与《平妖传》《西游真诠》《封神演义》《济公传》等相似。惟明刊《四游记》全部最不易得，即十行十七字之复本，市上亦极难求。孙子书兄在日本所见者，只明刻《东游记》一种。其他三记，或为清道光时之全传本，或为小蓬莱仙馆合传本，市上间有发现者也。四记中除《西游记》全为释教外，其余三记，均劝道家为释家之言也。《西游记》说猴王，说唐僧……释而不道。本书所说，与普通《西游记》同，惟分段不分回，较简略而已。兹引开首七言诗一首，以见本书之旨：

> 混沌未分天地乱，
> 茫茫渺渺无人见。
> 自从盘古破鸿蒙，
> 开辟从兹清浊辨。
> 覆载群生仰至仁，
> 发明万物皆成善。
> 欲知造化会元功，
> 须看三藏释尼传。

本书分段不分回。第一段之标题为“猴王得仙赐姓”，最末一段之标题为“唐三藏取经团圆”。

《北游记》之主旨：行善可以成仙成佛。兹节录原书以见之：

却说广西府牢中犯人甚众。有一禁狱姓孟名山，在府当禁子。有一岁，年终十二月二十五，众囚于禁中悲悲哭哭，惨声震天。孟山问曰：“汝等往日不哭，至今日各各悲哭何故？”众囚曰：“我等本非好人，亦有一点孝心，至年终不见父母，思思切切，故有此哭。”孟山道：“吾听汝等之言……我不如行个方便，放你们回去过年。待等下年正月初五，你各人俱要到来，勿误我事。”……知府姓滕名公义，下牢不见半个人。知府大惊，问孟山。孟山禀说曰：“是小人放去，不日就来。”知府大怒，将孟山打了四十，着令去寻……（孟山出禁门而行，拟自尽以救八百残生）。玉帝一闻其情，即……封孟山为酆都孟元帅。

《东游记》所载，皆“荒唐”故事。请阅众看下面引文：

国王祷毕，将檄文烧化，自回太庙，与群臣商议破妖之策去了。却说玄女览过檄文，登云一看，乃知青牛作祸，因……托梦于国王曰：“可于明日点兵攻击……”国王惊醒……即起呼群臣曰：“适来梦一女子，教我点兵攻击……此梦果可信乎？”群臣曰：“此必玄女指示，可依其言行之，必有应验。”国王次晨即下旨，点兵五万，围定后宫。那妖正在宫中作法，闻兵四面围壅，即喷一口法水，化成火轮火箭。正待要烧秦兵，忽一女子手持净水瓶，从空洒下，其火尽灭。青牛向前一望，只见玄女在上，急欲变去，被玄女将剑一指，现出真形，不能得脱。

《南游记》即华光天王传。华光实“叛徒”。后来皈依佛道，非独自己封为天王，即其父母亦得救可往西方。“华光永镇中界，凡民求男生男，求女生女，买卖一本万利，读书者金榜标名。感灵应验，永收祭享。”

关于四记，鲁迅在《中国小说史略》中，记之极详（见第十六篇，一八九页至一九二页），阅众可参观之。

一九四三年十二月二十九日

谈《游仙窟》

《游仙窟》当然是个虚构的故事，是个理想的妙境。旧时西欧的文家，岂不是写了好几种“乌托邦”（Utopia）么？《游仙窟》就是这一类的文章，就是这一类的理想。不过乌托邦与仙窟，有一大大不同之点：乌托邦论政治，仙窟讲妇女；乌托邦中有明君，有贤相，有清洁的道路，有公平的法律，仙窟中有十娘，有五嫂，有五彩龙鬓席，有八尺象牙床。……

闲话少说，言归正传——让我来讲《游仙窟》罢。

《游仙窟》是唐人所写的小说，不传于中国而传于日本。日本传本，卷首题“唐宁州襄乐县尉张文成作”，世人因定为张（从“族”从“鸟”，仕角切）所撰。字文成，深州陆泽人。调露初，登进士第，授歧王府参军。八举皆登甲科，大有文誉。调长安尉，迁鸿胪丞；凡四参选，判策为铨府之最。然性褊躁，不持士行，姚崇很瞧不起他。开元初，御史李全交劾讥刺时政，贬岭南；旋得内徙，为司门员外郎。他不久就死了。

下笔敏捷，言颇诙谐。日本人颇重其文，凡到吾国来者莫不购其所著而去。书之传者，有《龙筋凤髓判》及《朝野佥载》，均入《四库》。据汪辟疆君云：“（此书）辞旨浅鄙，文气卑下，了无足取。惟唐人口语，尚赖此略存。……唐人著述，日就湮没，此书虽为猥琐之小记，治唐稗者，要未能废。”汪君在《游仙窟》

中发见之唐语，有下列者:(一）穷鬼,(二）古老,(三）面子（即颜面),（四）眼皮,（五）眼尾,（六）腰支,（七）手子,（八）牙床,（九）筵,（十）玉叠（唐人以玉为叠子),（十一）条（如鱼条),（十二）脯（音甫，如凤脯),（十三）脺（音翠，作鸟尾肉解，如雉脺)。

姚灵犀君，极赞美张的诗。他在《思无邪小记》中说道："幼年翻阅《知不足斋丛书》中之《全唐诗逸》，序谓‘此书系自日本抄传者。内有张文成崔五嫂赠答之诗数章，写儿女昵语，极浅白而缠绵’。注载‘全作有过于淫秽者未录’，私心耿耿，常以未窥全豹为憾。前岁见某书舍租书目录，中有《游仙窟》一书，知即为张崔赠答之全文。亟借阅一过，果有数章，较《全唐诗逸》所载，尤为裸亵，而文词之华赡典丽，确为唐作无疑。惜卷帙稍长，未暇抄录。嗣拟购之，询之书肆，据云‘只有一部，不能出售’。于他书肆中访问，亦不可得。此书原本藏日本图书馆，今尚存。至张文成之名确否，已不详记，惟知此书著者，即著《龙筋凤髓判》者也。"

"文成"是张之子，那末我们知道唐代的确有此一人。汪君又在《游仙窟》中查见许多唐语，那末我们可以知道这书决非后人伪造。从前这本书，固然不行于中国，但是现在传本已经很多了。据我所知，共有三本。——我暂且不谈版本，我先把《游仙窟》的故事，略述如下：

张生奉敕授关内道县尉。赴任的时候，途经积石山，险峻非常，向上则有青壁万寻，直下则有碧潭千仞。他洁斋三日，缘细葛，返轻舟，不久抵达一处，香风触地，光彩遍天。见一女子在水侧浣衣，他就问道："我闻此处是神仙窟，故来伺候。山川阻隔，疲乏异常，乞赐停歇。”女子答曰：“儿家堂舍贱陋，恐不堪耳。”张曰：“下官但避风尘，已属大幸。”

女子就引了他到门侧草亭中。他问道：“此是谁家？”女子道：“此是崔女郎家。”他又问道：“崔女郎是谁？”她答道：“博陵王之苗裔，清河公之旧族；容貌如舅（潘安仁），气调如兄（崔季珪），天上无俦，人间少匹。”话犹未毕，内里忽有调筝之声，须臾，十娘（即崔女郎）露半面于门中。张生即咏道：“敛笑偷残靥，含羞露半唇。一眉犹叵耐，双眼定伤人。”片时十娘遣婢桂心以诗来报。诗曰：“好是他家好，人非着意人。何须漫相弄？几许费精神！”

张生坐睡（瞌睡），梦见十娘，惊醒之后，两手空空。他又吟诗道：“梦中疑是实，觉后忽非真。诚知肠欲断，穷鬼故调人！”

十娘见诗，不读而欲烧却。张又吟道：“未必由诗得，将诗故表怜。闻渠掷入火，定是欲相燃。”

十娘得诗后，向匣中取镜，箱里拈衣，袨服靓妆，当阶正履。张生赶快出草亭去止住她道：“既有好意，何须却人？”

十娘敛手向张再拜，张亦低额尽礼而说道：“向见称扬，谓言虚假。谁知对面，却是神仙？——此是神仙窟也。”十娘答道：“向见诗篇，谓非凡俗。今逢玉貌，更胜文章。——此是文章窟也。”

十娘引张生升阶。张问曰：“未见五嫂（即在水侧洗衣者），可否去请？”十娘曰：“五嫂亦应自来。吾公遣通，亦是周匝。”

不久，五嫂果至，带笑向十娘说道：“今朝闻鹊语，真成好客来。”张生道：“昨夜眼皮瞤，今朝见好人。”于是相阶上堂，唤婢取酒。席间说笑吟诗，弹筝唱曲，极尽宾主之乐。后来十娘欲与张生赌酒。张生道："下官不能赌酒，共娘子赌宿。"十娘问道："何为赌宿？"张答道："十娘输筹，则共下官卧一宿。下官输筹，则共十娘卧一宿。"五嫂道："不须赌来赌去。今夜定知娘子不免。"

他们这样调笑，这样调情，直至日落西山而止。其时五嫂道："时既黄昏，不如归房。"遂导张生至十娘卧室。

十娘在后，迟迟不来。张生问五嫂道："十娘何处去？"五嫂道："女人羞嫁，方便待渠招。"语未毕而十娘至。两人对坐，未敢相触。张生情急，咏道："千看千意密，一见一怜深。但当把手子，寸斩亦甘心。"十娘敛色却行。时张生忍心不得，提手挽，两人争力。十娘失声而笑，婉转入怀。……

五嫂起立而说道："女因媒而嫁，不因媒而亲。……娘子安稳！新妇卧也！"

于是十娘唤桂心，并呼芍药，为张生（以下转录原文）"脱靴履，叠袍衣，开幞头，挂腰带。然后自与十娘施绫帔，解罗裙，脱红衫，去绿袜；花容满面，香风裂鼻，心去无人制，情来不自禁；插手红裈，交脚翠被，两唇对口，一臂枕头，拍搦奶房间，摩挲髀子上，一吃一意快，一勒一心伤。……少时，眼花耳热，脉胀筋舒，始知难逢难见，可贵可重。……谁知可憎病鹊，夜半惊人？薄媚狂鸡，三更唱晓？遂则披衣对坐，泣泪相看。下官拭泪而言曰：'所恨别易会难，去留乖隔。王事有限，不敢稽停。每一寻思，痛深骨髓。'十娘曰：'儿与少府（即张生），平生未展，邂逅新交，未尽欢娱，忽嗟别离。人生集散，知复如何！'"

“少时天晓，两人俱泣。……侍婢数人，并皆歔欷。……五嫂曰：‘有同必异，自昔攸然。乐尽哀生，古来常事。愿娘子稍自割舍！’下官乃将衣袖与娘子拭泪。”

故事已毕，继言版本：

（一）民国二十七年光华书局铅字本，每页（不作叶）十行，每行二十七字。

（二）汪辟疆《唐人小说》本，下卷自四一三起至四四〇页止，铅字本每页十二行，每行三十二字至三十五字不等。《唐人小说》，出版于民国二十年，发行者神州国光社。

（三）民国己巳（十八年）海宁陈氏慎初堂校印本，每半叶（不作页）十六行，每行二十四字。陈本出版最早，校印亦精，其卷首题要，虽只四百馀字，实开后来研讨之门。非精于古书者，哪里能够这样简而赅呀！

一九四五年六月一日

谈《上林春》

《上林春》是一部稀罕的剧本。它非独没有刻本，就是传世的写本也很少很少。吾家藏者系明崇祯十二年（公历一六三九年）的写本。

此剧演唐朝武则天皇后腊月游上林，下诏催春花开放的故事，所以它的名称叫作《上林春》。武后的诏语共二十个字，是一首五言诗，如下："明朝游上苑，火速报春知。花须连夜发，莫待晓风吹。"

内监去焚那首诗的时候，口中说道："……娘娘每当政事之余，时作游观之乐。昨日传下旨意，要往上林苑中游玩。只因时届严冬，园亭冷落。为此，御笔题诗一首，与天借春三日。叫那万花齐放，以供圣目。咱家奉谕焚诗，须往御园走一遭也。……"（引文见第一折）

全剧二十六折。其中最重要的人物，是安氏兄弟。兄名金鉴，弟名金藏。他们本是儒家。兄金鉴，因为他的弟弟金藏学习贱业（乐工），瞧他不起，与他断绝。金藏依父执皇甫翁以自活。

金鉴自己常与里中无赖子共游。他的至友有东方白与西门虎两人。他的妻子韩氏常常规谏他，叫他不要同他们兜搭。然而他总不肯听从。

一日，大雪，白与虎招鉴饮酒。那正是武后游上林，催春花的时候。“群芳烂熳，独牡丹不发。后怒，贬牡丹于洛阳。”西门虎将此事告知金鉴，口称国家祥瑞，武后神圣。鉴以为“天翻地覆”，将“万花齐放”为题，制成一诗，隐讥武后云：“夹城簇锦异争传，感应如斯混混天。逐去六龙谁挽救？借来三日便春先。欲烧玉树投秦火，拟代华林作石鞭。自是万花俱贱种，牡丹待放故君前。”（见第三折）虎出扇索书，鉴即以此诗书扇而别。

鉴大醉，仆雪中。藏来探兄，扶掖以归。及醒，以弟扶己为虚伪，半夜中将他驱逐出门。嫂韩氏暗令乳妪持被服使宿门房，并嘱非俟天明不可离去。

鉴因寒得疾，甚危。……不久，白虎两人来告借银钱。乳妪因为他们弄醉主人，即得寒疾，心恨而痛骂他们，并且驱逐他们。

白虎二人愤恨之至。当时武后方置铜匦，使人告密。白虎遂定计以鉴诗投匦，告鉴谋反，说“安金鉴乃是卢陵王的心腹，这诗的是卢陵王所作”。

金藏同皇甫翁来探病的时候，刚巧遇到捉拿金鉴的人。全家当然仓皇失措。皇甫翁对鉴妻韩氏说道：“你们不要啼哭！我想那铜匦告密，是没有首人对质的。况且官府又不认得本人怎样的。只非寻一（形似的）人去代你官人认罪，这就有救了。”韩氏道：“此计虽妙，只是此去有死无生，谁人肯替么？”金藏插口道：“嫂嫂不消愁得！待我金藏去代便了。”（以上引文，均见第十折。）

金藏到理后，大理卿来俊臣加以酷刑。藏剖腹以明卢陵不反。剖腹一事，见于正史。《通鉴纲目》云：“有告皇嗣潜有异谋者，太后命来俊臣鞫其左右。左右不胜毒楚，皆欲自诬。太常工人安金藏大呼曰：'请剖心以明皇嗣不反。'即引佩刀自剖其胸，五脏皆出。太后闻之，令舁入宫，使医内五脏，以桑皮线缝之，敷以药，经宿始苏。太后亲临视之，即命来俊臣停推。睿宗由是得免。"据此，可知金藏实有其人。但正史无金鉴，亦无题诗代行等事。那是剧本的附会。

现在我依照剧本，继续言金鉴在弟弟代行后，自己大病后的情形：

鉴病愈后，韩氏将藏代行的事告知她的丈夫。鉴不相信，他反而与东方西门两人愈加亲密——非嫖即赌，家私荡尽。韩氏劝他不醒，乃与皇甫翁谋，等他回家之时，做改嫁状，与他永诀。

鉴愤恨之至，自言自语道："我被这泼贱出尽了丑，怎生见得人？还要这条性命何用？不如死了罢。"乳妪听到这种话，知道机会到了，即留他到自己的家中去，并且劝他"慢将丑事挂胸头"。她又说道，"自今以后，把那些狐群狗党别，花情柳债一齐休。还将黄卷勤心读，猛向青灯着意修。有朝一日登科甲，那时冤报冤来仇报仇。只教你大娘子总然掬尽湘江水，难洗姣娘面目羞。"（见第十四折）

金鉴的踪迹，被白虎探知了，他们来恐吓乳妪，说题诗的事，已经发作了。他们向乳妪告贷。乳妪转贷于皇甫翁，给他们百金。两人拿了钱，就到妓家去置酒。白想要全得，置毒酒中以饮虎。毒将发，虎持斧砍白。两人俱死。

到了这个时候，金鉴才知道白虎的危险，亲弟的可爱。他去了"安"字的姓，以"金鉴"二字应试。场中的题目是："万花齐放。"他最初想颂扬圣德，他说道："我如今须要换过一付肚肠，极口逢迎，颂扬圣德。再休似当初那些醉后狂言了。"后来一想，他又说道："我安金鉴好差矣。若是别的题目呢，我便好展那胸中学问。这'万花齐放'，乃是天公第一件不平之事。我今日怎为着一忿之气，把朝廷多阿谀起来。千古以后，看安金鉴为何如人也。况我兄弟代名认罪，于心何忍！岂可为了无情之妇，倒忘却有恩之弟？便使身居廊庙，终是名教中的罪人了。……吓，有了！我不若把前日的诗，写在卷子上边，那时官里必然震怒，将我擒拿。我到彼辩明衷曲，不惟把兄弟释放，抑且伦理无亏。岂不一举而两得么？……"（引文均见第二十折）

鉴以前诗应试，主司果然上闻。武后心疑，命大臣审问。是时徐敬业起兵，以迎卢陵为词。卢陵王解散其兵，率敬业归房州，上表请命。太后大悦，召卢陵王。……忽报牡丹盛开，遂以金鉴为状元，金藏为指挥使。鉴藏兄弟同时给假还家。

兄弟两人都感谢乳妪之德，马上就去拜谒她，但是她不在家，到了皇甫翁那边去了。他们赶快去叩皇甫翁的时候，那老对鉴说道："你家大娘子，当初见你迷恋烟花，沉酣曲乐，狂徒起祸，不信好人……与老夫商量；无可奈何，只得托名改嫁，激你读书上进。向日只恐漏泄机关，不好说得。今见大官人衣紫腰金，才敢明言。"（见第二十六折）于是夫妇欢然相见，兄弟益加友爱。

余家所藏的《上林春》二十六折，系明末素纸写本，每半叶七行，每行二十五，六，七，八字不等。卷首封面有明人题"上林春"三字，又"崇祯十二年仲冬录"八字，又王国维手书"上林春四本"五字，又"王国维"三字印记。此剧作者何人，全无查考。

一九四五年四月一日

《遗山乐府》

书籍有不行于本国，而盛传于异域者，《遗山乐府》是也。著者元好问，字裕之，号遗山，金秀容（即今山西忻县西北）人，德明（即“生平不言世俗鄙事，放浪山水间，饮酒赋诗以自适”者）之子也。好问七岁能诗，中兴定进士第，仕至行尚书省左司员外郎。金亡不仕，以著作自任。有《遗山诗集》（别集存一），《遗山集》（别集十九），《中州集》（总集三），《续古今志》（杂家存三），《续夷坚志》（小说存二），《唐诗鼓吹》（总集三），《唐诗鼓吹笺注》（总集存一）及《遗山乐府》（未收五）。除《遗山乐府》为清四库馆臣所未见而不收不存外，其余七种，《总目》均有著录，余已在上文各书名之下注明矣。

《遗山乐府》一书，于《四库》编竣后，由阮元发现而进呈内府。其奏进之提要云：“《遗山乐府》五卷。——金元好问有《续夷坚志》《四库全书》已著录。伏读《御定历代诗余》，载词人姓氏云：‘遗山乐府，钱唐凌云翰编辑。’是编从抄本依样过录，无云翰姓氏，疑转为写者误脱耳。案《锦机集》（云）‘僧李菩萨洒酒作花，开牡丹二株。遗山为赋《满庭芳》（越案：此词牌名也），传诵一时’。是作今载集中，张炎（越案：宋临安人，工长短句）称其词‘深于用事，精于炼句，风流蕴藉，不减周秦’。合观诸作，良非虚美也。”

依此可知当时阮元所见所进者，抄本而非刻本也。余家藏有精美之刻本——高丽古刻本。兹将版框行格等，一一开列如下：

全书分上中下三卷，皮纸初印。大黑口，双鱼尾，四周双栏，版框高约五寸（市尺），广约八寸，每叶二十行，每行十七字。卷首有好问自序，又目录；卷末有弘治元年李宗准（高丽人）跋。收藏有，（一）杨印守敬，（二）向黄邨珍藏，（三）飞青阁藏书印，（四）宜都杨氏藏书记，（五）双鉴楼藏书记，（六）双鉴楼藏书印等图记。卷首护叶有杨惺吾（守敬）小像，上有两印：（一）惺吾五十岁小像，（二）杨印守敬。

书之版本既毕，兹当择其中之词一首，以见好问之"深于用事，精于炼句"焉：

（一）题目：——《永遇乐》。

（二）自序：——梦中有以王正之乐府相示者，予但记其末云："莫嫌满镜星星白发，中有利名千丈。待明朝有酒如川，自歌自放。"然正之未尝有此作也。明日以示友人希颜、钦叔，谓"可作《永遇乐》"。补成之，因为赋此。二公亦曾同作。

（三）词：——绝壁孤云，冷泉高竹，茅舍相忘。留滞三年，相思千里，归梦风烟上。天公老大，依然儿戏，困我世间羁鞅。此身似扁舟一叶，浩浩拍天风浪。中台黄放，官仓红腐，换得尘容俗状。枕上哦诗，梦中得句，笑了还惆怅。可怜满镜星星白发，中有利名千丈。问何时有酒如川，自歌自放。

余家所藏之高丽本《遗山乐府》，分卷与阮元所进，及诸家藏目所载者不同。兹将余所知各本，开列于后：

（甲）抄本一卷（或称两卷）。——藏之者杭州丁氏八千卷楼，江阴缪氏艺风堂。此本系明钱唐凌云翰彦翀编选，即《词综》所谓两卷本也。缪艺风云："遗山旧乐府久佚，新乐府五卷。"然则高丽三卷本，其为旧乐府乎？抑不全之节本耶？

（乙）抄本五卷。——藏之者文渊阁，湖州陆氏皕宋楼，杭州丁氏八千卷楼，常熟瞿氏铁琴铜剑楼。五卷本实名《遗山新乐府》，即阮元所奏进者。

（丙）刻本三卷。——此即余所藏之高丽刊本也。卷首护叶之后背有旧时日本人题诗一首云："蜀魄千年尚怨谁？鲜鲜啼血染花枝。满山明月东风夜，正是愁人不寐时。希上七月廿六日生。"

多年前日本《文求堂书目》中曾影印高丽本《遗山乐府》之首叶，即得自此本者。《遗山乐府》，吾国南北各藏家只有抄本，而高丽反有精美之刊本。语云："礼失而求之野。"余曰："书籍亡可访之海外。"吾国已亡而访得之书，不止《遗山乐府》。其他如《三言》，如《六帖》皆是也。高丽本《遗山乐府》卷末李宗准之跋，为吾国抄本所不载，真"不传之秘"也。兹特照录如下：

乐府，诗家之大香奁也。遗山所著，清新婉丽，其自视似羞比秦、晁、贺、晏（越案：此四人即秦少游、晁无咎、贺方回、晏小山也）诸人，而直欲追配东坡、稼轩之作，岂是以东坡为第一，而作者之难得也耶？然后山以为："子瞻以诗为词，如教坊雷大使之舞，虽极天下之工，要非本色。"李易安亦云："子瞻歌词，皆句读不葺之诗耳，往往不协音律。王半山、曾南丰，文章似西汉，若作小歌词，则人必绝倒，不可读也。乃知别是一家，知之者少。"彼三先生之集大成，犹不免人之讥议，况其下者乎？夫诗文分平侧（越案："侧"即"仄"也，蔡元培先生亦常用“侧”字），而歌词分五音、五声，又分六律。清浊轻重，无不克谐，然后可以入腔矣。盖东坡自言平生三不如人，歌舞一也，故所作歌词，间有不入腔处耳。然与半山、南丰，皆学际天人，其于作小歌词，直如酌蠡水于大海，岂可谤伤耶？吾东方（越案：以“东方”二字，古高丽人用以自指其国也）既与中国语音殊异，于其所谓乐府者，不知引声唱曲，只分字之平侧，句之长短，而协之以韵，皆所谓以诗为词者。捧心而颦，其里只见其丑陋耳！是以文章巨公，皆不敢强作，非才之不逮也，亦如使中国人若作《郑瓜亭》《小唐鸡》之解，则必且使人抚掌绝缨矣！唯益斋入侍忠宣王，与阎、赵诸学士游，备知诗馀众体者，吾东方一人而已。然使后山、易安可作，未知以弊衣缓步为真孙叔敖也耶？以此知人不可造次为之。虽未知乐府，亦非我国文章之累也。愚之诵此言久矣，今以告监司广原李相国。相国曰：“子之言是矣！然学者如欲依样画葫芦，不可不广布是集也。”于是就旧本考校残文误字，誊写净本，遂嘱晋州庆牧使任绣梓。时弘治纪元之五年壬子（越案：此即公历一四九二年）重阳后一日，都事月城李宗准仲钧识。

一九四三年七月一日

《居事集》

今有一书也，上自格言，下至养身，上自读书作文，下至烹饪医药，无所不备，无所不包——此非近人所谓“百科全书”乎？百科全书，大者数十册，小者一二册，现已视为常物，无人不用，无国无之矣。但数百年前——明初，此种书本非独海外绝无，即吾国亦不多。据余所知者，且为余家所藏者，惟《居家必用事类全集》（以后在本篇中简称《居事集》）一种。

《居事集》不著撰人，亦无序跋，细察其纸印，似为明初产物。全书分十集，以甲乙丙丁戊己庚辛壬癸十干计之。版框高约市尺六寸半，广约七寸，大黑口，双鱼尾，四周双栏。每半叶九行，每行十六字，行间有直栏。清《四库全书总目提要》称其“体例简洁”（见一百三十卷，子部杂家类存目七）。兹先将全书要目开列于后，再将本书中有“秘笈”性者三种略述之。

甲　各种要目

卷一甲集——为学，读书，作文，写字，切韵，书籍等。

卷二乙集——家法，家礼。

卷三丙集——仕宦。

卷四丁集——宅舍。

第五戊集——农桑类，种蓺类，种药类，种菜类，果木类，花草类，竹木类，文房适用。

卷六己集——诸品茶，诸品汤，酒曲类，诸酱类，腌藏鱼品等。

卷七庚集——饮食类，染作类，洗练，香谱，闺阁事宜等。

卷八辛集——吏学指南，为政九要。

卷九壬集——卫生。

卷十癸集——谨身。

乙 “秘笈”三种

“秘笈”者，除在《居事集》外，世无传本之意也。《居事集》中有秘笈三种：（一）孙氏荐飨仪范（见乙集家礼），（二）赵氏拜命历（见丙集仕宦），（三）周书秘奥营造宅经（见丁集宅舍）。叶郎园云：“……苟非此书（越案：指《居事集》言）全录其文，则亡佚久矣。”可知《居事集》虽为百科全书性质，然其中实包含不传之秘也。今将秘笈三种之序言，照录如后：

（一）孙氏荐飨仪范

……先王之制礼也，不欲数，数则烦；不欲疏，疏则怠。君子濡春露履秋霜，必有凄怆悚惕之心。是故春禘秋尝，夏商相袭。周公以禘为王者之祭，易名曰祠，而鲁人始杀而尝，闭蛰而烝。至于春以韭卵，夏以鱼麦，秋以豚黍，冬以稻雁，虽庶人不得废时荐也。经曰，祭从生者，盖视子孙之为大夫，为士，为庶人也。传曰，祭从先祖，又重于子孙改作也。礼固不敢轻议，酌古参今，唯其宜，唯其称，或庶几焉。故取上士祭飨之时，传古士庶人之礼，著孙氏荐飨仪范。……绍兴三年孙伟叙。

（二）赵拜命命历

余家旧藏此书，信而有验。略为增益，悉有据依。凡弹冠愿仕，皆所欲知。因版行，以广其传。若选日时捷法，尤便于克择，并附于后。绍兴癸丑元夕，相庵赵师侠书。

（三）周书秘奥营造宅经

屋宅舍，欲左有流水，谓之青龙，右有长道，谓之白虎，前有汙池，谓之朱雀，后有丘陵，谓之玄武——为最贵地。若无此相凶。不然，种树——东种桃柳，南种梅枣，西栀榆北李杏。

一九四三年六月八日

《痴》《梅》之版本

《痴》为沪上最价廉，最易得之书，即石印小字本也。越旧藏者，亦非刊本。惟世间有刊本，版存日本。吾友马君，现居北平，有精抄本，闻与市上出售者不同。此书原题“芙蓉主人辑”“情痴子批校”，主人与痴子，均不知何许人也。

《在园杂志》卷二及三余堂复明本《西晋演义》序文中，均引此书之名，又丁日昌禁书目中亦著录之，可知其为明人作品。传说原著者系日本人，疑非事实也。二十年前，闻同郡陆氏皕宋楼有此书之明版白皮纸大字刊本两册，现其后裔均不知其存在与否。查静嘉堂书目，又无其书，想已毁之矣。（静嘉堂即日本人之得皕宋楼书者。）

《梅》之版本，详见商务印书馆出版之《辞源续编》戌集七页。图二百面，有谓刻于扬州者，亦有谓刻于苏州者，惟越所见者只一种，不能辨其为苏为扬。近年王某影印之图，不依木刻，而依绘画，先照相而后石印，远不及木刻之精，取价又昂，实不必购。某书铺曾送来一部，越已转赠南京某“要人”矣。越之木刻图尚存，又有《素娥篇》残本图三十面，均甚可观。《素娥篇》图大而刻工精细，为明刻中之冠，书亦罕见，各图后均有美雅之诗词。《耶蒲缘》，即除通俗《蒲团》之名外，亦名《觉后禅》《野叟奇语》《钟情缘》《循环报》，有铅字本，醉月轩本（不佳），日本刊本，及写刻本（佳）。越曾藏写刻本，有□□，价约十元左右，已被焚矣。

《绿野》，越读而未毕。开始几回，似甚无味，或者因巾箱本不醒目所致乎？

乘乘按：寒云曾有明刻《梅》图二百页，精美绝伦，以赠丹翁，丹翁赠尹某，予曾见之。

一九三三年四月十一日

《琵琶记》之版本

《琵琶记》高明所作。明字则诚，永嘉平阳人，元至正进士，所著有《琵琶记》及《柔克斋集》。古人多以作《琵琶记》者为高栻，误也。相传高明与王四友善，四以显达改操，遂弃其妻周氏，而坦腹于时相不华氏。明挽救不得，作《琵琶记》以讽之。托名蔡邕者，以王四少贱，尝为人佣菜也。赵五娘者，以姓传，自赵至周适五也。牛丞相者，以百花家居牛渚也。记以琵琶名者，以其中有四"王"字也。张大公者，明自寓也。

《琵琶记》为吾国最著名传奇之一。王国维《曲录》只载《六十种曲》本一种，曲本无图无评，刊工亦不精，似非至善之本也。余所藏者，有后列各本。近年刊本、铅字本及石印本不列入。

（一）影印元刊本二卷四十三出，题《新刊巾箱蔡伯喈琵琶记》，白口，单鱼尾，左右双栏，半叶十行，行大小十八字。前有图十叶，取自吴兴凌氏刻本（见第三种），非此书原有也。后有复翁，枚庵，松禅，云鸿等跋。原书于二十年冬在沪市见过。

（二）云林别墅重刊本，二卷四十二出，题《元本大版释义全像音释琵琶记》，白口，单鱼尾，双栏，半叶十行，行二十五字，小字双行，字数同。眉上栏内有评语，卷首有原标叶，凡例，总评，音律指南，目录。每出末附音释，全书插图五十七面。

（三）明吴兴凌氏朱墨套印本，四卷四十四折，题《琵琶记》，白口，单栏，半叶八行，行十八字，小字双行，字数同。字旁有朱圈，批亦朱色，在眉上栏外。前有即空观主人（即凌濛初）凡例十则，西吴三珠生（即凌延喜）跋，又精图十叶。后有附录四叶，又明弘治戊午白云散仙序一首。

（四）明虎林容与堂刊本，二卷四十二出，题《李卓吾先生批琵琶记》，白口，单鱼尾，单栏，半叶十行，行大小二十二字。眉上，栏内有批；总批附于每出之末。每卷前有目录，又精图二十面。

（五）六十种曲本，二卷四十二出，题《琵琶记》。上白口，题书名又记卷数叶数；下小黑口，无上下鱼尾，左右双栏，半叶九行，行十九字。每卷前有目录。

（六）清康熙中刊本，六卷四十二出，题《绘风亭评第七才子书琵琶记》，白口，单鱼尾，上题"第七才子书"，左右双栏，半叶八行，行大小十九字。前有康熙丙午浮云客子序，康熙乙巳吴侬悔庵序，目录，释义。卷首有"此中有真意"一印记。

（七）三多斋刊本，六卷四十二出，题《绘风亭评第七才子书》，白口，单鱼尾，上题"第七才子书"，下题"映秀堂"，左右双栏，版口较前列第六种略小，半叶八行，行大小十九字。前有原标叶，目录，张大伦题词，图十叶，后附释义，又"写情篇"，篇内载雍正元年陈方平序，目录，又八比文二十三首。每卷前有"赐福堂吴"一图记。

（八）金阊书业堂刊巾箱本，六卷四十二出，题《成裕堂绘像第七才子书琵琶记》，白口，单鱼尾，上题"第七才子书"，四周双栏，半叶八行，行大小十六字。前有原标叶，雍正乙卯程士任序，康熙丙午浮云客子序，康熙乙巳吴侬悔庵序，目录，又图二十四叶。末有一手跋云：“乙丑闰月上浣芳缉读一过”，下钤“熙臣读过”四字白文方印。

以上八种，以凌刻朱墨本为最难得，容与堂本精印者亦罕见。第七、第八两种，均第六种之重刊本也。第一种原本固极可贵，惟细察其字体与纸墨，似非元刊，前年曾在沪市一见，因索价过昂未购，想现已物得其主矣。

一九三三年五月二十日

《西厢记》之版本

吾国剧本，西厢与琵琶并重。余前作《〈琵琶记〉之版本》，而无西厢版本以配之，评者非之。今特补作此篇，以供研究曲本者之参考。

（一）《董解元西厢》二卷，明屠隆校正，周居易校梓。明写刊本，白口，无上下鱼尾，四周双栏，半叶十行，行二十四字，小字双行，字数同。前有无姓氏序。序首叶有“愿天下有情人都成了眷属”一印。余家藏本极初印，市上罕见。

（二）《西厢记》五本，元关汉卿填词。明朱墨套印本，半叶八行，行十八字。前有即空观主人凡例十则、旧目及精图二十面；后附元人增《对弈》及唐元稹《会真记》。每本末附解证。卷首有“玉树堂印”一图记。此书精印全图者，极不易见。

（三）《西厢》六种：（1）王实甫《西厢记》四本；（2）李日华《南西厢》二本；（3）陆天池《南西厢》二本，附《园林午梦》，前有陆自序；（4）关汉卿《续西厢记》；（5）《围棋闯局》，元晚进士王生（名未详）撰；（6）《五剧笺疑》一卷，明闵遇五戏墨。

明刊本，半叶十行，行二十字，小字双行，字数同。收藏有“王国维”三字印记。此实《西厢》丛书，余极珍视之。

（四）《南西厢记》二卷三十四出，不著撰人。汲古阁刊六十种曲本，半叶九行，行十九字，每卷前有细目。

（五）《北西厢记》二卷二十九出，不著撰人。汲古阁刊六十种曲本，半叶九行，行十九字，每卷前有细目。

（六）《西厢记》二卷□□出，明李贽批评，明虎林容与堂刊本，有精图。余家藏本于去岁一·二八乱时失去，故行格、出数，及图之叶数，无可考查。

（七）《西厢记》二卷二十出，明陈继儒评，萧鸣盛校，余文熙阅。明萧腾鸿梓本，版心下方题“师俭堂版”四字。半叶十行，行二十六字，小字双行，字数同。前有继儒自序，唐元稹《会真记》，明汤宾尹《西湖胜景记》（附图），及《钱塘梦》。每卷后附释义，末有《园林午梦》及《蒲东诗》。全书有图二十面，皆极精细。

（八）《西厢记》五卷，清毛甡论定并参释。清学者堂刊本，半叶十行，行大二十三字，小双行，不顶格，二十一字。前有康熙丙辰延陵兴祚伯成氏序，甡自序，杂论，崔娘遗照及甡跋。卷首，又目录。后有卷末，此书有近年武进董氏石印本。

（九）《西厢记》八卷，清金圣叹批。贯华堂原刊初印本，白口，左左双栏，半叶八行，行十九字，小字双行，字数同。收藏有“汪窦”“燕山”二印。

（十）《第六才子书西厢记》八卷，清金圣叹评。巾箱本，半叶八行，行十六字，小字双行，字数同。前有康熙庚子吕延镛序，目录，又图像二十一叶。

（十一）《西厢记》十六卷，清朱璐批评。誊真稿本，半叶二行，行二十八字，小字双行，字数同。前有西厢总论，钱纶序，张珩序，朱璐自序，钟氏原序，读西厢记法，又目录。后有陈正治跋。批评者及序跋者，皆浙江山阴人，事实不详。

（十二）《西来意》四卷，渚山恒忍雪铠道人说意。清康熙中刊本，每半叶九行，每行二十字。前有康熙己未今释序，庚申净挺序，丁未查嗣馨序，庚申蒋薰小引，褚廷琯序，己未俞汝言序，西厢说意，西厢作法，语录，记事，目录，《会真记》，又《会真记》后跋，后有褚元勋《西厢辨伪》一卷。收藏有“看山草堂”“徐书民藏”“江寿翰墨”三图记。此书反驳圣叹评本，其文字亦与通行本多出入之处。《辨伪》十卷，识见甚长。

一九三三年六月二十四日

残本《素娥篇》

此书尚存三十三叶，内文字十八叶，余均为图，余前岁得之于苏州某书贾之手。书为白口本，无上下鱼尾，计叶数，不题书名，四周单栏，半叶九行，行十九字，各图前所题之词，字数行数不等。余所得之明刻残本，前有叶德辉手跋及毛氏汲古阁等藏印六方，均近来苏州某书铺伪造之物。惟原书为海内外各藏家书目所无，想是孤本，而刊刻又精，可宝贝也。

全书之起首五个半叶为总纲。六、七两半叶为总图，内居中坐者唐三思，旁坐者即素娥，三思之嬖姬也；其余有侍立者，有跳舞者，有玩乐器者，亦有采花者，下拱者，共计女子二十四人。八至十三,六个半叶为总图之说明，及开首无名势之图。自第十四半叶起，凡四个半叶载一势，先文字而后图画。兹将残存各势之名列后：

第一　掌上轻盈

第二　花开蝶恋

第三　野渡横舟

第四　驻马扳鞍

第五　暗撞金钟

第六　学骑竹马

第七　东风着力

第八　丁香反吐

第九　倒凤颠鸾

第十　松萝依玉

第十一　折藕栽莲

第十二　推车进宝

第十三　俏婆摇橹

第十四　彩鸾对舞

以上十四势之词与图已失，惟其首半叶之说明尚存，故知其为何势也。

全书之图，刻印精细，词亦美雅可读。今录第八势之《捧莲词》一首于下，以供《晶报》同志：

莺残花兴倦。细卧思量，把禅轮剥转。撑慈航，曲渡屈通，不二门，一般方便。兀的则前，兀的则后，歧中歧，路不远。略回头，凑着舌尖。吐丁香，满身香遍。

一九三三年四月二十日

小四梦

《藤花主人四梦》，俗称“小四梦”，皆杂剧也。“大四梦”，即明汤义仍之《还魂记》《紫钗记》《南柯记》《邯郸记》等传奇，传奇出数无定，杂剧大概四出。“小四梦”者，《园香梦》《昙花梦》《断缘梦》《江海梦》也。“大四梦”版刻不一，有极易购得者。“大四梦”有明吴兴臧晋叔改本，其全套初印有图者，亦不易求获。“小四梦”虽为清刊本，市上反不多见。余家藏者，大小四梦均有之。今先言“小四梦”，均藤花主人填词，其每种大纲如下：

（一）《园香梦》四折。言风流才子庄达，于门户人家遇一女子，姓李小字含烟者，遂深神契。一年后庄中举人，应上京会试，惟李不愿彼去，彼自己亦不愿去，然庄有不得不去之苦。庄在途中梦见李姬已死，立即赶回，而李果死矣。庄大哭，自写经典，为彼超度。后有人扶乩，忽来男女两仙，男为众香园主，女即李姬。李与庄谈论多时，末谓彼已成散花仙女矣。

（二）《昙花梦》四折。言张氏女曼殊，年十八嫁毛西河为妾，三年不身而大妇忽南至。毛恐其不能安身，欲遣之去。曼殊不肯，痛哭气绝，经葛先生力救始醒，嗣是气虚多病，不久即卒。其婢金绒于主母亡后七日亦死（参观西河集中之《曼殊葬铭》及《金绒从葬铭》）。

（三）《断缘梦》四折。言高仰士常于梦中见一佳人，姓陶名四眉者，“体态形容，一一如绘。若说是噩梦无凭，何以时常示现。若说是因缘有在，却又幻境全空”。最奇者，陶氏亦常梦见仰士。一夜，二人互梦，仰士梦寻陶氏，陶氏亦梦访仰士，两不相值，还家各醒。后经梦王道破幻缘，情丝遂解。

（四）《江梅梦》四折。言江采被选为妃，受尽宠爱，因杨玉环入宫遭中弃。后安禄山造反，唐天子与杨妃奔避，惟江妃独留宫中，见贼大骂而死。

余家藏之“小四梦”，系清道光间原刊初印本，白口，双鱼尾，双栏，半叶八行，行六十八字，小不顶格，十六字。每种前有图四叶（前见全集本无图）。《园香梦》系藕香水榭订谱，有龚沅序、各家题词及藕香水榭、畸农两跋。《昙花梦》系红豆村樵评校，有藤花主人自序及附录。《断缘梦》系弹红醉客点论，有藤花主人自序。《江梅梦》系养花精舍点论，有藤花主人题词及自题。

一九三四年五月十五日

《红梨花》

梨花结构，最为奇幻，却不假托鬼神，捏名妖怪，一归之敦友谊，重交情，又何平实也。固知舍平实为奇幻者，非奇幻也。

上引者，快活庵评《红梨花记》总评之一节也。《梨花记》剧本有两种：一汲古阁《六十种曲》本，题《红梨记》两卷，三十出；一快活庵批评本，题《红梨花记》两卷，三十四出。本篇所述，快活庵本也。

快活庵本之情节，与汲古阁不同，兹摘其大要如后：

赵汝州，字君牧，樊城人，姿容朗秀，常"寻花问柳"以遣闷怀。其时有妓名谢金莲者，来自洛阳，汝州访之不值，作诗留题，诗曰："换却冰肌玉骨胎，丹心吐出异香来，武陵溪畔人休说，只悉夭桃不敢开。"金莲见之大悦，拟托终身焉。同邑有无赖子姓胡名行者，挟势求欢，女不从，遂被逐还洛。惟女感汝州知己之恩，有和诗一首，书于扇上，并约彼于洛阳相见。女之诗曰："本分天然白雪香，谁知今日却浓妆。秋千院落溶溶月，羞覩红脂睡海棠。"汝州有同窗友，姓刘名辅，字公弼者，为洛阳太守，久别，来书招之，欲彼在署中温习经史，以备应试也。汝州见辅，即以金莲为问，闻已病死，即成想思病。辅密令金莲伪为王同知女，至园中看花，汝州见而悦之，引至水阁细谈，正欲成好事，被送药者搅散。越夕，女又来，天明即去。辅恐汝州恋女不赴试，复令一老妇，到园中排设祭礼，假哭起来，谓有王同知女死葬园中，往往夜出迷人，吾子为其迷死。汝州询其状，与所见无异，大惊，即日就道，应举及第。

当时元兵造反，樊城已破，洛阳被围。赵状元（即汝州）请兵讨贼，谢金莲弹筝却虏。事平后，由刘辅说明一切，而汝州与金莲遂结为夫妇。此剧所以名为《红梨花》者，因赵谢二人之诗，均以此为题也。

余家藏之《红梨花》系明刊本，白口，无上下鱼尾，单栏，每半叶十行，每行大小均二十一字，栏上有评。卷首有序文，不著姓氏，又总评。两卷之首，各有精图十二面。其三十四出之目抄录如下，以便有《六十种曲》本者，与之比较也：

（一）《开宗》，（二）《选胜》，（三）《寻春》，（四）《期故》，（五）《空题》，（六）《寄酬》，（七）《开隙》，（八）《芳讯》，（九）《诡逝》，（十）《献谀》，（十一）《诘病》，（十二）《巧托》，（十三）《密逅》，（十四）《烽惊》，（十五）《佳期》，（十六）《订姻》，（十七）《惊试》，（十八）《闻变》，（十九）《被虏》，（二十）《砥节》，（廿一）《射策》，（廿二）《报衅》，（廿三）《误拷》，（廿四）《围城》，（廿五）《请缨》，（廿六）《试筝》，（廿七）《虏破》，（廿八）《露计》，（廿九）《谢侃》，（三十）《吟合》，（卅一）《俘白》，（卅二）《还玉》，（卅三）《参成》，（卅四）《圆合》。

《红梨花》亦《富贵团圆》之曲本也。其第一出末，有诗四句，足以包括全书。诗曰：

梨花诗无端写恨，白纨扇有意传情。刘太守全交重义，赵状元退虏扬名。

快活庵本《红梨花》有图初印者，市上罕见。

一九三四年五月十九日

《翡翠园》

《翡翠园》传奇，两卷二十六出。据王观堂（国维）《曲录》，系清朱素臣所撰。余家藏之精写本，不题著者姓氏，王氏旧物也。卷首有“王国维”三字印记，布套之一隅，有王氏手题“稿本翡翠园四本”七字。《翡翠园》似无刻本，而传世之抄本亦极稀，素臣所著剧本，大概如是，非此独然也。

《翡翠园》演舒芬事。芬父德溥，明正德间江西进贤县儒生，母极贤慧。

德溥馆于楚中卢氏，学生名大诰，系承荫官生，将入京候选，故德溥于岁暮告辞，另图他馆。途中遇同县县役王姓，诨名馒头者，亏粮鬻妻，德溥以脩金三十金全数与之，俾得赎还。自己空囊以归。除夕与妻食苦菜，夜半闻空中语云：“今夜烹苦菜，来科中状元。”后其子果中状元。

宁王长史麻逢之，与德溥邻，欲得其居以置台榭。德溥以祖遗，坚执不可。麻以盗陵罪陷德溥，遂据其室，并拟使其仆持王府令牌，往狱中擒德溥，半夜与群盗俱戮，惟为时尚早，且逢之宴后大醉，尚未实行也。麻女翡英怜其受诬，欲为解救，方苦无策。适有赵媪女翠儿至麻园，翡与翠素善，谈及舒冤，遂窃令牌，嘱翠密咐王馒头往狱中救出德溥。王感舒赎妻之恩，故愿为此：又念已无倚，且事必败露，亦即遁去。

赵媪素敬德溥，且爱芬才品，乃以翠许芬，携舒母远避。

逢之知德溥已逃，严行捕缉。

德溥学生卢大诰，赴新任，于驿中遇王役，知师被冤，并访得详情，卢因王役仗义，重用之。

后宁王造反，逢之助之，被擒解京。

舒芬改姓卢，状元及第，经抚臣奏明，诏以翡英仗义赐婚舒芬，芬奏已聘赵氏，诏许翠与翡并婚，诏云：

朕以渺躬凉德，祸起宗藩，赖诸臣效力于疆场，致兆姓奠安于衽席。先因抚臣王守仁，题叙军功，据新料状元，历陈宽迹，朕已一一洞悉。盗陵等罪，并与赦除。状元复姓舒芬，授编修。麻氏忠言谏父，赵女义侠可嘉，并赐舒芬为配，各封恭人。父德溥以军功实授郧阳府同知，母聂氏封孺人。卢大诰升南昌知府，王赏授锦衣卫经历。麻逢之助逆反叛，本应正法，姑念伊女大贤，且以抚臣办奏从宽，免罪放归田里。其所占房屋，准赐给还。特赐御书“翡翠园”金匾以示优异，钦哉。

《翡翠园》亦可称为《翡翠缘》。余家藏者，系乌丝栏精写本，每半叶九行，每行大小均二十字。

一九三四年六月十四日

《齐东野语》

古人校书，有于各卷之末，记其每日之事，类似日记者，此种书籍，余曾购多种，现大半遭劫，所存者只劳权（卿）手校之《齐东野语》而已。劳权，清仁和人，字平甫，一字卿，自号丹铅精舍主人，又号双声阁主人，与弟格均以治经补诸生，后遂不与试，专攻群史。时有二劳之目，格字季言。《齐东野语》各卷末权之“日记”，今一一照录如后：

据明□□刻补抄，□□本每叶二十二行，每行十八字，卷五至卷十，每行十六字。（在目录末）

咸丰戊午十月小尽日，明□□本校，权记。（在卷一末）

昨日午后归学林堂，夜间返别墅。今日申刻校完此卷，初二记于沤喜亭。（在卷三末）

初三日大雪校，朱竺夫来。（在卷四末）

灯下校完，寻抄补目录，卿识。（在卷五末）

初四日校，阴寒。（在卷六末）

黄昏校。（在卷七末）

初五日雨窗校，昨晚已校阅过半矣。（在卷八末）

晡时校，午后雨止。（在卷九末）

乾隆丙午八月九日，陆西屏过访，言宋人《幽居录》所载李全事迹，笔意简净，为胜宋史，余亟借阅之，其书乃割裂周密《齐东野语》为之也，起卷《六解》颐条，终第十卷《冷泉画赞》，改作三卷，因属明人旧抄，以之校勘此书，颇多改正，不为无补云。十一日夜雨初霁，坐松卧居书，翌夙。

《稗海》中所刻《癸辛杂志》，亦即《齐东野语》也。此盖买得抄本，不暇详考，遽而刻之，为作伪人所误耳。书贾作伪，何所不至，明日又书于松卧居。

咸丰丁巳十一月初八日，冬至后一日，临枚庵先生校本。丹铅精舍主人劳权记。

篝灯校毕，漏已二下矣。双声阁主人记。

明刻佳处，正与吴校合者居多，卿又记。（以上五条，均在卷十之末）

初六日夜，卿校阅。（在卷十一末）

初七日校阅，有客携竹垞隶书唐元（玄）宗“早渡蒲津关”诗来看，古逸殊可爱。（在卷十二末）

初八日阴雨，校罢客至。（在卷十三末）

是日又校此卷。（在卷十四末）

黄昏后校，二鼓乃毕，夜长无寐，藉此作消遣。苦目力愈短，灯边作朱书小字，殊不易耳。（在卷十五末）

初十日午过校，昨以先友严修能先生手校抱经堂刻本《逸周书》《白虎通》移誉一本。权记。（在卷十六末）

午夜校，巡檐延伫，霜月弥佳。（在卷十七末）

十一日秋井草堂校。（在卷十八末）

是晚校，钱□□《词源》跋，载田生《台城路》归杭词，令双□补抄《山中白云》卷尾。记。（在卷十九末）

十二日校完，鼎上人来索《职官分纪》书值，屏当偿之，午

饭而去。丹铅生手书。（在卷二十末）

《齐东野语》二十卷，入清《四库》子部杂家五。余家藏之劳权手校本，系汲古阁津逮丛书本，半叶八行，行十九字，前有元至元年辛卯戴表元序，周密自序，又劳权补抄明正德十年胡乂壁序，正德乙亥盛杲序，及目录八叶；后有毛扆识语。权所校字，用朱墨两笔，字皆蝇头楷书。此书于五六年前在申市购得，价值甚巨。

一九三四年七月十二日

《两溪志》

购买浙江旧湖属志书，以宋谈氏《吴兴志》为最难，余有精写本，现由同邑学者俞君借去校阅，不久当可归来。其次为《武康县志》，余曾获得刊本，惜于一·二八难中失去，惟事前有人影写全书，当无失传之患矣。最次则为各镇之志，余所收虽不多，然有极精者，兹先言一种，即《宝前两溪志略》是也。

《志略》十二卷，清吴玉树撰。其目次如下:（卷一）序、凡例、山川,（卷二、卷三）园林,（卷四）津梁,（卷五）寺观,（卷六）祠祀,（卷七、卷八）人物,（卷九）艺术,（卷十）释老,（卷十一、卷十二）著述。

玉树，字灵圃，嘉庆中人。两溪之南为东林山，其东为菱湖，序称宋代“议筑城于宝前两溪之间曰射村，后因事乃寝”，又称其地商贾凑集，人物繁华，金漾之利，三凉之秀，宝蚌狮吼之异，奥夫卖钖之仙，蓬头之僧，又往往托焉”，是两溪亦一大镇也。

卷九艺术门载吴季常事，甚趣，兹辑录如后：

明经吴最良，字季常，因白眉，自号眉公，未冠补诸生，举明经，精医学，好藏书，尤善六壬。时有邻妇难产者，求卜于公，公曰：“产妇床上有物，中空外圆，昼隐夜出，乃灯笼也，弃之即产。”卜者归取出，妇即分娩。公造一舟，卜之曰：“十年后，此舟当毁于众人手。”后十年，舟人夜泛无火，乡人疑盗，毁之。（中略）著有《医学纂奇》四十卷，《六壬汇纂》十巨册。

余家藏之《志略》，系民国二十年海宁赵万里君所赠，白口，上题书名，中记卷数、篇名及叶数，下题“卐蕉园”三字，每半叶七行，每行十六字。此书有吴兴刘氏重刻本，行格已易矣。余家藏本卷首标叶有“蕉村散人”，又“灵圃”二印。序之首叶有“归安宋氏四乐堂”“再苏”，又“万蕉园”三印。末叶有“十快”，又“蕉村散人书画”二印。

一九三四年七月二十日

《海鸥小谱》

前岁一·二八之难，余家藏书，大半遭劫（计一百五十馀箱），内一种题名曰《海鸥小谱》者，“无想道人”四字印记，系著者自藏本，甚可惜也。幸事前已将书内之手跋等誊写于藏书草薄中，今日尚知余曾获见此精品也。

《海鸥小谱》著者，无想道人，即赵执信。执信，益都人，字伸符，号秋谷，晚号饴山老人，清康熙进士，官右赞善，以国恤时燕饮观剧，违制去官，年未及三十也。工诗，本为王士祯甥婿，甚相契重。后以求作《观海集》序，士祯屡失其期，遂渐相诟厉，仇隙终身，卒年八十有三。所著曰《因园集》《声调谱》《谈龙录》，均分别入清《四库》之别集及诗文评两类。

《小谱》系精刊本，半叶九行，行十九字。

余家藏而被焚者，有“子馀”“季芙”“逡郡翰墨争传颂”“云水光中洗眼来”及“无想道人”五印，并有姚朋图手跋，附录如后：

《海鸥小谱》初印本一册，首叶有“无想道人”四字印，乃秋谷自藏本也。

子馀以沈氏新刻晨风阁丛书二函易去，子乃有以羊易牛之喜。用秋谷自题原韵，赋二绝句博笑：

风花憔悴忆当时，小印猩红异代思。马滑霜浓归去晚，送行可有李师师。（美成以本事词得官事，适与秋谷相反）。

风雅年来事事乖，抱书相对好情怀。易牛须忏平生爱，附骥新添本事佳。

癸丑除夕，守岁金菊巷寓庐书。娄东姚朋图古风。（跋下钤“姚”“朋图”两印。）

一九三四年九月二十三日

《续离骚》

长乐郑振铎君，影印清人杂剧初、二两集，各四十种。初集于民国二十年发行，现已绝版矣；二集于民国廿三年出版，想尚有出售者。初集中有《续离骚》一种，郑君向日本长泽规矩也借得，因当时国内无藏之者也。一星期前，余在杭城收获一种，版刻与郑君所影印者，完全相同，惟多一序，倘郑本为孤，则此序更可贵可宝矣。兹抄录原序于后，以供研究清剧者之参考：

天高地迥，无处可寄愁理忧。古往今来，何日能焚书废笔。吊沉湘之屈子，只宜饮酒读骚；念顾曲之周郎，亦可逢场作戏。兹续《离骚》一集者，歌同郢里，哭比长沙。笑固似稷下滑稽，骂亦类渔阳悲壮。濡毫遣兴，何殊七泽之行吟；感事鸣忧，奚啻三闾之独醒。无语不入情，真使人笑啼俱至；有言皆寓意，顿令我块磊能消。斯可谓历忧患两盱衡千古，因发愤而游戏三昧者也。噫，在狱才子，再传四声之猿；搦管文人，已窥一斑之豹。所当亟悬国门，广布海内；庶知有江左新音，何必非楚词别调。在作者不妨托诸意中，在读者尤当索之言外云尔。竹崖樵叟谨识。

《续离骚》作者嵇永仁，字留山，别号抱犊山农，锡山人，在闽时与会稽王幼誉、云间沈天成，同殉范忠贞公之难。据王龙光《次和泪谱》，永仁著作，皆寄友人收藏之。友之者，三山林能任也。郑君跋中所谓“狱中（略）无从得纸笔，则以炭屑书于纸背，或四壁皆满。乱平后，闽人录而传之”者，故事而非历史也。

余在杭又收得民国五年石印大字本《黛玉葬花曲本》（掔戡道人编），附梅兰芳像五面，新货中之“古董”，较《续离骚》更可宝贵。

一九三六年十月四日

《小说闲评》

寅半生所著之《小说闲评》，从清光绪三十二年（丙午，即公历一九〇六年）夏季起，按期在《游戏世界》出版。余家藏卷一、卷二两卷（共五十五叶），不知是否全书，无从查考，因图书馆中及友人家中，罕有此书之故。

《小说闲评》首两卷中，共载小说六十六种，大半皆翻译之本，如《车中美人》《案中案》《赛牡丹》《卖国奴》等是也。其创作诸书，除两三种外，目下市上已不多见。但颇有保存之价值，今开列其名如后：

（一）《狮子血》，保定何迥撰（雅大书社）

（二）《狡童》，仁和顽石著（科学会社）

（三）《邹谈一噱》，菰城秘院抄胥裒辑

（四）《忍不住》，安徽沈友莲著（文明书局）

（五）《海天啸传奇》（小说林社）

（六）《禽海石》，符霖著（群学社）

（七）《洗耻》，厌世者著，冷情女史述（湖南苦学社）

（八）《女学化》（弹词），仁和浦散人著（广益书局）

（九）《学生现形记》《当头棒》《斯文变相》《苏州新年》，以上四种，均遁庐著（乐群小说社）

（十）《恨海》，南海吴趼人著（广智书局）

（十一）《刺客谈》《新中国之废物》（新世界小说社）

（十二）《埋香记》，伯熙陈荣广著（小说林社）

（十三）《天足引》，武林程宗启佑甫演说（新世界小说社）

第三种，即《邹谈一噱》，共二十四回，借《孟子》中事实，参以当时之所谓新学，真“创举”也。其回目之裁对新颖，为自古以来所少有。兹录三例如后：

（一）借好游勾践出重洋，因悦道陈良通四译。

（二）定馆餐乐正吃番菜，辨朝服曹交改洋装。

（三）通古今庄暴出开音乐会，钧大小公都来阅体操场。

《游戏世界》用木版刻成，用连史纸印行，半叶九行，行二十二字，主编者寅半生也。《闲评》之前有寅半生自序，兹录其主要之语如下：

十年前之世界，为八股世界，近则忽变为小说世界。盖昔之肆力于八股者，今则斗心角智，无不以小说家自命。（中略）顾小说若是其盛，而求一良小说，足与前小说媲类者卒鲜。何则？昔之为小说者，抱才不遇，无所表现，借小说以自娱。息心静气，穷十年或数十年之力，以成一巨册。（中略）今则不然，朝脱稿而夕印行。（中略）鄙人素好小说，于近时新出诸书，所见已不下百馀种。（中略）因决意嗣后凡阅一书，必撮其纲领，记其崖略。兴之所到，或间以已意，评隲是非，随见随书，不分体类。汇为一编，颜曰《小说闲评》。（下略）

一九三八年二月二十日

《十年梦》

《十年梦》者，三十年前出版之一言情小说也，取杜诗“十年一觉扬州梦”之意。著者平垞，其真姓氏不详。全书分两卷十二回，述白荷仙小姐与柳谪君秀才之爱情及其痛苦。

白小姐居扬州牛鸣镇，父名意正，典商也。母翟氏，兄耆年，弟彭年，妹小荷。荷仙小姐，貌美，通文墨，兼善烹饪女红。柳谪君秀才，名固言，博通经史，善谈论，品行面貌均佳。一日，白小姐遇见柳秀才于翟密察之家。密察，白小姐之舅父也。柳与白亦有亲戚关系。柳白遇见后，彼此爱慕，而皆无法表现。同时，荷仙之父与其友人富子钧在扬州玩娼，遇见另一嫖客，姓王名木者，孝廉也。王有子名莫固，与荷仙同岁，由富说合定亲，以白玉牌为聘礼。荷仙闻知，一时昏去。谪君亦决意不娶，后经亲友劝解，父母做主，始娶祁氏为妻。

王木因犯事而急死，意正往吊，留宿其家。夜半，木之妻陈氏来谈，并出淫画《十姨图》相示，骚形怪状，丑不可言。意正正色谓之曰：“亲家太太不可自轻。亲家是才去世的，便是亲家太太名誉也要紧，快出去罢。”陈氏又好赌，常常数日不归。其子莫固桀骜不驯，父死后，母不能管束，即结交恶少，溺情娼妓。荷仙所以嫁之者，不敢违约，且希望用苦肉计劝之改善也。不料莫固一味蛮横，初则大骂大打，后竟弃母撇妻，与烟妓遁去。荷仙气死，谪君北北。

《十年梦》，余得之冷摊，价银四角，可谓贵矣。书系四号字铅印本初版，半叶十三行，行三十三字，出版于清宣统元年三月。注释者唐绎如，印刷者毛上珍。卷首卷末有“慰霖”与“公伟”两图记。旧藏人亦是珍视书籍者。

一九三八年二月二十三日

《严陵八景》

严陵在浙江省严州府桐庐县，八景者:（一）千峰古树，（二）八面层峦，（三）双塔兆魁，（四）二江成字，（五）三墩毓秀，（六）九井储清，（七）七里扬帆，（八）两台垂钓是也。余近获明弘治本《严陵八景诗》一卷，共九十叶（前后序不计），大黑口，双鱼尾，四周双栏，每半叶十行，每行二十二字。版心（市尺）长约六寸八分，阔约八寸。前有弘治七年（一四九四年）胡拱辰序、同岁王宾序，又李德恢序，后有邵新后序。三序共十九叶。此书清《四库书目》未收未存，想当时馆臣未之见也。著者李德恢，即弘治初之严州府知府。书中每景之前，冠一图画。全书八图，皆极古雅，惜本《晶》篇幅有限，不能复印于此。

现今游严陵者，大多注重钓台。钓台，即第八景之“两台垂钓”也。兹录“两台垂钓”之事实及诗两首如后：

两台，即严先生东西两钓台也，在府治东五十五里富春山上。两台对峙，高百馀丈，下临大江。《西征记》云：“自桐君祠而西，有群山蜿蜒，如两蛇对走于平野之上。三江之水，并流于两间，惊波间驰，秀壁双峙。上有东汉故人严子陵钓台，孤峰特操，耸立千仞，奔走名利、汩没尘埃客，一过其下，清风袭人，毛发竖立，使人有芥视功名之意。”诚知言也。此景天下惟一，宜居于首，而反在后者，以其去郡稍远也。

（一）双台四面列危屏，台下悠悠拱碧冷。数点青峰清旅思，二三白鹭立寒汀。羊裘自不臣炎汉，太史无劳奏客星。百尺丝竿垂钓叟，巢由千古并高名。（吕声，字廷和，太仆寺寺丞）

（二）台外千山列画屏，台前流水韵冷冷。功名自是寻常事，耕钓何须花草汀。尽把一丝维汉鼎，焉知五夜动天星。清高不独当时话，山水如今亦擅名。（郑堪，字延伍，府学训导）

附注：严光，字子陵，后汉余姚人，少有高名，与光武同游学。及帝即位，即变姓名，隐身不见。帝思其贤，物色之。后齐国上书："有一男子，披羊裘钓泽中"，乃遣使聘之，三反而后至。车驾即日幸其馆，光卧不起，帝即其卧所抚光腹曰："咄咄子陵，不可相助为理耶？"后引入，论道故旧。因共偃卧，光以足加帝腹，明日太史奏客星犯帝座甚急。帝笑曰："朕与故人严子陵共卧耳。"除谏议大夫，不屈。耕于富春山。年八十馀卒。

一九三八年七月四日

袁中郎十集

袁中郎十集者，(一)《锦帆集》四卷，(二)《瓶花斋集》十卷，(三)《破研斋集》三卷，(四)《广陵集》一卷，(五)《桃源咏》一卷，(六)《瓶史》一卷，(七)《敝箧集》二卷，(八)《广庄》一卷，(九)《觞政》一卷，(十)《狂言》一卷是也。(一)、(二)、(六)、(七)皆赵体写刻，半叶九行，行十八字。馀均作通常宋体，半叶九行，行二十字。中郎，即宏道，明公安人，万历二十年进士。选吴县知县，听政敏决。后授顺天教授，迁礼部主事，吏部主事。谢病归。宏道诗文，务求本色，不事虚饰，其势力足以涤荡当时文人摹拟涂泽之病。虽后之学之者，不免破律坏度之讥，然彼确为一大改革者。兹录其诗文各一首，以见其用字之清真：

(一)虎丘

一片千人石，莹晶若有神。剑光销不尽，留与醉花人。

(二)阳澄湖

潼子门下船，北去一里为阳澄湖，湖三面受风。每盛夏时，游舟绮错，清歌缓板，酣呼穷日夜，亦胜游也。王百穀曰，潮上有龙王祠，西望山色，出城头如髻，不知身之为吏也。少顷，邮者报台使者至，客主仓惶，未能成礼而别。百穀又为余言，吴儿以六月之廿四日游荷花荡，倾国而出，虽鱼刀艇，顾觅皆空，士女竟为时妆淡服，摩肩簇舄。舟中之气，如煽热冶，而游人自以为乐，殊觉无谓。余叹曰："六月乌纱，有热于此者矣。噫，今之君子，能不以苦为乐，以热恼为清凉者，几人哉。"

袁中郎十集，全集前有姚士麟序，（一）前有江盈科序，（二）前有曾可前序，（四）前有朱一冯序。

一九三四年七月二十七日

稀见小说五十种

余在过去之十年中，购获清末民初小说数十种，皆孙子书君书目所不载者也。兹择五十种，将书名、著者、出版家等，分组开明，以为研究小说者参考之用。第一组书十种如下：

第一组

（一）《学生现形记》八回，遁庐著，光绪三十二年丙午乐群小说社印行。

（二）《刺客谈》六回，新中国之废物著，南营蛮子评，光绪丙午年灌文新书社印行。

（三）《长岳烽》十六回，蛰园著，光绪丙午新世界小说社印行。

（四）《罂粟花》二十五回，观我斋主人著，光绪三十三年丁未东京活版所印行。

（五）《扬州梦》十回，项苍园著，少老年评，光绪三十四年戊申集成图书公司印行。

（六）《十年梦》十二回，平坨著，唐绎如注释，宣统元年己酉毛上珍印行。

（七）《聪明误》十二回，寓沪医隐著，宣统己酉社会小说社印行。

（八）《宦海》四卷二十回，张春帆著，宣统己酉上海环球社印行。

（九）《血泪黄花》（一名《鄂州血》）十二回，陆士谔著，宣统三年辛亥新小说林社印行。

（十）《广东革命源》十四回，在家和尚著，宣统辛亥年出版。

第二组

（一）《支那哥伦波》（一名《狮子血》）十回，何迥著，光绪三十一年乙巳雅大书社印行。

（二）《忍不住》四卷（不分回），沈友莲著，光绪乙巳年文明书局印行。

（三）《白云塔》四十九段，冷血著，光绪乙巳有正书局印行（此书半译半著）。

（四）《绅董现形记》十回，白莲室主人著，光绪三十四年戊申汇通印书馆印行。

（五）《小额》不分回，松友梅著，光绪戊甲北京和记排印书局。

（六）《女界现形记》五集二十回，慧珠女士著，宣统元年己酉汇通信记书局发行。

（七）《社会秘密史》十四回，陆士谔著，宣统二年庚戌新新小说社发行。

（八）《未来世界》二十六回，春飘著，宣统庚戌群学社图书发行所印行。

（九）《商界现形记》上下两卷八回，天赘生著，商业会社印行，出版年月不详。

（十）《续镜花缘》四十回，古沪醉花生琴珊氏著，卷首有宣统二年庚戌胡宗堉序及著者自序（此系未刻稿本）。

第三组

此第三组书目也。前两组所列各书，皆撰著者而无翻译者，本组（一）、（八）两种，非创作也，所以加入者，一因名人之文笔，二因传本稀少也，本组之书亦有十种，如下：

（一）《十五小豪杰》十八回，新会饮冰子（梁启超），顺德披发生（？）合译。清光绪二十九年五月上海大马路同乐里广智书局印行。（此书有诗有词，决非呆译而成者。每回回目两语，或九字，或十字，或十一字，其作法一依吾国旧时小说。）

（二）《优孟衣冠传》六卷三十回，梦游上海人撰。清光绪二十九年癸卯笑林报印行，卷首有浣纱江上人序。

（三）《梦游天》九回，不著撰人，清光绪三十三年丁未上海科学仪器馆印行（此系最早出版之科学小说也）。

（四）《惨女界》二卷，十回，吕侠人撰，清光绪三十四年戊申三月上海商务印书馆印行。

（五）《新今古奇观》十六卷，不著撰人，清光绪 ×× 年改良小说社印行。

（六）《商界现形记》两卷八回，云间天赘生撰，湖上寄耘氏校，商业会社印行，此书之刊刻年月不详，惟外封面用龙旗，显系清代出品之证。

（七）《现身说法演义》二十回，古燕贾慕谊口述，武林吴和友编辑。刊刻年月不详，惟书中有“方今贤正摄政”之语，可知此书出版在清宣统时也。

（八）《尸光记》二十章，湘乡张黑君译述，清宣统三年辛亥群益书社印行，卷首有嘉定黄守恒序。

（九）《春梦留痕集》四十回，不著撰人，清宣统三年辛亥小说进步社印行。

（十）《十尾龟》四编四十回，青浦陆士谔撰，清光绪宣统三年辛亥新新小说社印行。

第四组

此第四组书目，亦市上罕见者也。

（一）《风流道台》十四回，惜花外史（即醉余）撰，清宣统二年游戏社印行，石印大字本，卷首有图像。

（二）《烈女惊魂》四卷三十回，浙宁陈润生撰。民国元年文兴书局发行，石印大字本，卷首有图像。

（三）《宵光剑》二十章，病瘿撰。铅字本，民国元年中国侦探研究社印行。

（四）《离鸾怨》不分回，指月撰，铅字本，民国元年商务印书馆代印，卷首有剑芬女士小影，卷末有《应庵诗话》。

（五）《绿波传》十六章，孤桐撰。铅字本，民国元年商务印书馆印行，卷首有孤桐自序。

（六）《春阿氏》五卷十八回，冷佛撰，民国二年铅字本，前有冷佛小影，戴鸿慈、绍昌、善佺、沈家本肖像，及春阿氏彩色

图六叶，又马太璞序，石胜华等题词，及冷佛弁言。

（七）《不了缘》二十回，冷佛撰，民国二年爱国白话报刊行，卷首有冷佛自序及禅题词。

（八）《骗》二卷不分回，瘦郎撰，民国三年群强报社刊行。

（九）《红泪缘》十回，南天籁撰，民国二年北京天民报社发行，卷首有天籁肖像及题词自序。

（十）《不可说》不分回，小百姓撰，铅字本，民国二年时事新报馆发行。

以上十种书中，以《不可说》最多意义，因其中所述者，辛亥革命也，革命先烈之"隐秘"也。

第五组

此第五组目也，其名如下：

（一）《嬉笑怒骂》，啸庐编，清光绪三十二年上海愈愚书社发行。

（二）《中国梦》二十六回，笔述者绿天寄庐主人，批评者金圣叹后身（按绿天寄庐主人，即黄岩喻品衡也）。

铅字本，半叶十三行，每行三十五字，眉上有批评，行间有圈点，发行人姓氏及住所不详。

（三）《嫖界演义》十二回，俗子著，民国二年上海文艺编译社石印本，有图像。

（四）《情天宝鉴》十二回，毛谷生编，民国二年京话日报印行。

（五）《蚌蟹缘》六回，不著撰人，民国二年上海新华小说社

铅字线装本，卷首有杨达奇序。

（六）《灰中犯》八回，懒侬编述，痴公校订，民国二年北平华盛印书局发行，铅字本，附彩色图两大叶。

（七）《博徒新史》十回，蒋君缄著，民国三年国学书室发行。

（八）《新冷眼观》十回，八宝王郎编纂。澹秋女士检校，民国三年自强轩铅字本。

（九）《翠花案》不分回，自了生著，民国三年北平富华印刷所铅字本，卷首有竹木川梓箴氏弁言。

（十）《�娘遗恨记》十一章，孤桐著，民国四年上海中国图书公司和记铅字本。

以上小说五十种，非名人笔墨，即市上稀见者。

一九四三年七月十六日

稀见译本小说

一

清末翻译东西洋小说之风甚盛,《小说林》出版者最多,其次则为商务印书馆。商务出品,今日尚可查考。《小说林》重版虽多,不尽可考。他日有暇,当作一《小说林要目》。除此两家外,他家出版之小说,其种数想必不小,兹将寒斋所收藏者,分组在本书露布。每组十种,此第一组也,如后:

(一)《巴黎茶花女遗事》不分回。晓斋主人口述,冷红生笔记,清光绪二十五年素隐书屋托昌言报馆代印。

(二)《狱中花》两卷三十回(附图像),法国散颠原本,美国亮乐月口译,镇江陈春生笔述,清光绪二十七年广学会出版。

(三)《双碑记》不分回,法国金威登著,铁英生译。清光绪二十八年出版(此书原名《媚兰色期克》)。

(四)《瑞西独立警史》十六回,陆龙朔译,清光绪二十九年开明书店发行,卷首有上海脂车荣骥生及云间盛时培铁颜氏两序。

(五)《侠恋记》四十六回,上海时报馆记者译述,清光绪三十年时报馆发行。

（六）《杜德蕾冒险记》十二回，金匮裘错译，清光绪三十一年文明书局发行。

（七）《青年镜》十八回，南野浣白子译，清光绪三十一年广智书局发行。

（八）《机器妻》上下两编十六回，日本罗张氏著，横竖无尽室主人译，清光绪三十三年新世界小说社发行。

（九）《毒蛇圈》二十回，法国鲍福原著，上海知新室主人译，清光绪三十二年广智书局发行。

（十）《海底漫游》十五回，英国露亚尼著，海外山人译，清光绪三十二年新小说社发行。

二

此第二组目也，书名如后：

（一）《新译包探案》（共五案），翻译者之姓氏不详。清光绪二十五年素隐书屋托昌言报馆代印。

（二）《长生术》二十八章，英国解佳撰，湘乡曾广铨译。清光绪二十七年素腾书屋托昌言报馆代印。

（三）《离魂病》不分回，披发生译，清光绪二十九年广智书局发行。

（四）《阿难小传》两卷二十五回，英国笠顿著，支那平公译，清光绪三十二年有正书局发行。

（五）《女人岛》三十二节，孔群子译，清光绪三十二年新世界小说社发行，卷首有驭狂氏序。

（六）《网中鱼》十六回，法国贾爱密著，上海少刚氏译，杭州戊公润词，清光绪三十二年新世界小说社发行。

（七）《司底芬侦探案》，颜茗琴、董漱珠合译，清光绪三十三年广智书局发行。

（八）《花因》十四章，英国几拉德著，林琴南、魏易合译，清光绪三十三年商务印书馆代印，中外日报馆发行，卷首有畏庐居士小引。

（九）《大侠盗》十四章，法国仲马原著，英国合立森初译，中国公短重译，清光绪三十三年新世界小说社发行。

（十）《女学生旅行记》十一节，曼陀译，清光绪三十三年有正书局发行。

三

此第三译本小说书目，亦不及商务或《小说林》之出品，书名如下：

（一）《双线记》六卷二十四回，英儒厄冷著，逸儒口译，秀玉笔述，清光绪廿九年上海中外日报馆发行。

（二）《侦探谈》三卷，冷血译，清光绪三十年上海开明书店发行。

（三）《奇瓶案》一卷，吴紫崖译，清光绪三十四年中国图书公司发行。

（四）《斯芬克斯之美人》三卷二十九章，甘麋伦夫人著，无闷居士译，清光绪三十年广智书局发行。

（五）《扣子记》十章，狄丁氏编，清光绪三十四年华美书局印行。

（六）《双鸽记》一卷，嘉路尔士著，洪如松译，清光绪三十三年新世界小说社发行。

（七）《新魔术》三十章，日本大泽天仙著，山阴金为钱唐吴铸同译，清光绪三十四年新世界小说社发行。

（八）《霜锋斗》三卷五十章，吴下步青译，清光绪三十四年新世界小说社发行。

（九）《血衣冤》一卷二十八章，昆陵逸者、平江浩然同译，清宣统元年集成图书公司发行。

（十）《醋鸳鸳》六编四十一章，盘山克兰著，西冷生译，清宣统元年改良小说社发行。

四

此第四期目也：

（一）《英伦之女贼》一卷，铁樵译，清宣统元年中国图书公司发行。

（二）《红泪影》四卷二十四回，巴达克礼著，息影卢主译，清宣统元年广智书局发行。

（三）《女学生旅行记》前后编，江岛松本楼著。曼陀译辑，清宣统元年有正书局发行。

（四）《美人手》三卷六十一回，红叶阁凤仙女史译述，清宣统元年广智书局发行。

（五）《冷笑丛谈》十三则，陈冷血、包天笑译著，清宣统二年群学社发行。

（六）《刺国敌》二十二回，角胜子译演，清宣统二年群学社发行。

（七）《酸海波》七章，英国哥林斯著，清宣统二年群学社发行。

（八）《左右敌》十二章，知新主人译，清宣统二年群学社发行。

（九）《最贫者》九回，日本筱岭叶著，剑影箫声馆主人译述，清宣统二年保定书局及萃英山房发行。

（十）《薛蕙霞》二十章，葛德耳著，陈鸿壁译，清宣统三年上海广智书局、群益书局及千顷堂代发行。

一九三九年六月二十三日

战中之书

八一三炮响机飞之后，上海古书铺之较有资格者，如蟫隐庐、中国书店等，莫不岌岌自危，或召租门面，或拆除电话，做种种紧束之状。同时河南路（自南京路起至广东路止）两旁人行道上，摆设地摊，出售破旧之书者，有十馀处之多。不知者以为彼等之货，皆劫盗而来。其实，设摊者非小店老板，即大店伙计，将多年无人顾问之烂书，陈列求售，冒充外行以欺外行也。余识其人而又识其货，虽常往参观，而终无交易。数星期后，炮声更响，机飞更狂，而真正之劫货发现矣。当时最使人注意者，北四川路良友之出品也。不论文库或丛书，最早之价，每本不过大洋一角有馀，即名作家阿英之《小说闲谈》，定价一元者，亦可以二角或一角五分得之。

售卖劫货最盛之时，摆摊者，不止河南路一带。英租界之北京路、卡德路，法租界之霞飞路、大世界，亦满地皆书，任人选择。索价极廉，但绝少佳品。除良友出品外，大多数是教科书、翻版西文书，及商务、中华之排印或影印书，如《大学丛书》《四部丛刊》《四部备要》《百衲本廿四史》之零种是也。《丛刊》与《备要》，每本之价，不过角半。

余等所见之摆摊者，非直接往战地自由行动之人也。深入战地，不告而取书者，另有胆大之人。其籍贯不一，扬杭并有。当时出入要道，不论南市或闸北，皆为徐家汇之某点。点之左近有“批发所”，其书籍论斤论捆，不论册数。此事余得之传闻，未曾亲见，不知确否。

后来宁杭沦陷，而较精之书本，渐渐发现于申市矣。但全无古书，所谓宋金元明本，或精校精抄本，绝对无有。即偶尔遇见，亦非不告而取得者，皆有本有源之物，由主人自愿出售也。廿七年春夏之交，余曾见会通馆活字本巨书一种，纸墨均佳，全不污损，后由京客（北平来沪办货者）购去，以重价售之关外矣。余年已五十以外，脑力目力两衰，对于书本之兴趣，因之日减。但二十馀年来之旧嗜好，难以尽除。故在战争中人人应节约之际，仍难脱逃买书之引诱。余虽不大量购书，而意以为不可不保存者，无不尽力为文化服务也。兹将战中所得诸书报告如下：

（一）内府剧本。清内府旧抄剧本六种：（1）《诞生》，（2）《洗三》，（3）《满月》，（4）《祝福》，（5）《太平钱》，（6）《贪欢报》，世不多见，且无刊本，故购藏之。

（二）稿本小说。誊真稿本《续镜花缘》四十回，立意既佳，文笔又美，待太平后，当印行之。

（三）《鼎峙春秋》。戏剧多种，每种均无名称，惟每出有一标题，即前岁由北平某杂志分期登载，题名“鼎峙春秋”，而称为世间孤本者是也。余购获类似者，标题文字与逐出安排，与北平本不同。

（四）影写精本。以下各种，皆由名手依丁氏八千卷楼藏本影写者，甚可珍也。其名如下：（1）《宋人词集》，（2）《宋人词集录》，（3）《明人词集》，（4）《明人词集录》，（5）《升庵长短句》，又《续集》，（6）《玉琴斋词》，（7）《诚斋杂剧三种》。

（五）《觞政》与补。袁氏《觞政》单行本一册，白皮纸印，又精写稿本《觞政小补》一册，皆极少见，可珍之至。此书另有记录，见《觞政》篇。

（六）《梅村诗笺》。此是普通刻本，所以贵者，其中手写之补诗与补注也，崔止园旧藏。止园，名永安，自称崔二，精书法，藏书极富。

（七）《天禄琳琅》。《天禄琳琅丛书》二十八巨册，即数年前由故宫影印而售预约者，余原有一部，今所得者。每册首叶皆钤“于右任”朱印。于君长与余同为某校校董，其前任某大学校校长时，余曾为某系系长。他日重遇时，当以此书赠之。

目下炮响机飞，已不常闻常见矣，而南市闸北及其他沦陷区域来申之书籍，亦几尽矣。昔日繁盛之书铺，如中国书店、来青阁、蟫隐庐、汉文渊、积学斋、富晋、忠厚、受古等，莫不照常营业。但生意似乎不及战前之佳者，一因古书太少，一因购者不多也。战事发生以后，始在四马路新设书肆者，有传经、文汇、国粹、传新四家。传经由蓬莱市场搬来。国粹即受古之化身。文汇、传新，即昔日三马路之二酉拆开者。此四家之宗旨，各各不同：传经不声不响，文汇紧收紧售，国粹多收少售，传新大收大售。因之各家陈设不同，招待不同，售话（Business talk）不同，讨价不同。售碑帖者，人常以“黑老虎”称之，骂其欺骗也；外行遇之，无不入其圈套。售旧书者，大都滥用“白老虎”（西语Bluff之译音，“鼠牛比”也），收藏古本者，万万不可轻视之。

一九三九年七月二十五日

幸 运

做官有幸运，就是连升；经商有幸运，就是赚钱。购古书者，也有幸运，就是:（一）我要什么书，马上买到什么书，并且价钱不大。（二）或者在冷摊上偶然拾得一种毫不相干的破书，归来审察，发见某名士的印记，某名士的批校。（三）又或者书估拿了奇僻的古本来售，索价不高，故留之。后来细作考查，知是海内外孤本。

幸运又可叫作机会，是偶然的，是“可遇而不可就”的。我在过去二十五年中，购买古书不少，而所得的机会，所有的幸运，也是不少。我在购古本书籍的时候，上段中所述的三种幸运，都碰到过。今先言最近的幸运，就是第一种“要什么是什么”。

章回小说（烟粉类）最著名的，同时到处受禁止的（英译本两种除外），是那部《金瓶梅》。其实这种书最易购获。铅字本，石印本河南本活字本，木刻小字巾箱本等，市上常常发现，当然不必提起，即清初张竹坡评的《第一奇书》本刻附图原本，有时亦可遇见。明刻本固然不多，然非绝对无有。藏书之家，哪一家没有《金瓶梅》呀？所以得到一部《金瓶梅》者，不足以自豪，并不可以傲人，最难得的秘书，倒是分量不大的《痴婆子传》和《灯草和尚传》两种。我购书多年，从未见过木刻本。去年

（三十年）十一月七日清晨，忽起购到它们的意念，而同日——真凑巧——杭州某书铺寄到的书目中有此二书。我立即去一快信——有时应当打电报——二天后果然寄到了。今将两部书的行格序文等，开列于后：

（一）《痴婆子传》分上下两卷，芙蓉主人辑，情痴子批校，上卷二十七叶，下卷二十八叶，每半叶七行，每行十五字，小字双行，字数同，白口，版高四寸半（市尺），宽约三寸，有乾隆甲申年序。

（二）《灯草和尚传》十二回，元临安高则诚著，明趋周求详评，共六十九叶，每半叶九行，每行廿四字或廿二字不等，白口，版高四寸六分，宽约三寸，有回目，无序跋。

现在要讲第二种幸运了，就是“偶然购得名家批校本”：

一日下午（约在民国十九年的秋季），我因为外面有酒约，工毕后不返家，又因为时间太早，在旧书铺中闲荡。正欲离去其地而赴约的时候，见他们桌上有一本破旧的抄本，拾起一看，知为《愧郯录》的前半部，携归细阅，见有“秀水朱氏潜采堂图书”“秀水朱彝尊锡鬯氏”“静妙山房”“钱均伯珍藏秘书记”“均伯过眼”“谀闻齐”“竹泉珍秘图籍”“季振宜字诜兮号沧苇”“虞山汲古阁子晋图书”“毛扆之印”“季斧”等图章。卷首有澹翁（祁承）手跋，今转录如后：

士大夫学问，以国朝制度典章为第一。近世宋文宪之外，郑端简、雷司空皆其人也。后生学文，徒猎古人唾馀以相贲饰，而实用微矣。岳亦斋所著述，余及见其三：《桯史》《金陀粹编》《愧郯录》是也。《愧郯录》于国之典制名教，盖三致意焉。书曰：“学古入官，议事以制。”学者得此意，考古通今，不至虚用其力，其可免于面墙也夫。万历戊申四月澹翁命侍吏录成，手校一过，因记。

细阅此书，发见一最足惊人之点，即宋明清各刊本中所缺的十叶，此本完全存在。民国二十三年商务印书馆影印的《四部丛刊续编》，其中宋本《愧郯录》所缺者，即卷一第七、第八两叶，又第十五、第十六两叶，卷五第九、第十、第十一、第十二等叶，卷七第五、第六两叶，共计十叶，都从我藏本中补抄。张菊老在他的跋文中说，“明清鼎革，忠敏（越案：祁忠敏，名彪佳，字弘吉，承之子）遭难，藏书散尽，世极罕见。阅三百年，于有人复印之时，而是书忽出，且亡其半，而有此十叶之半部犹不亡，不可谓非异事矣。”依此，可见我抄本的珍贵了。

第三种幸运，就是“廉价得到孤本”，我也遇得多次，今天先说一事，如下：

大约在民国十八年春季，某书店架上，有一破旧蓝色印的明刊《清明集》。我常常去参观，常常看见它搁在那边。好久好久，总没有人顾问。一天，我想要购买它了。我先问店员：“这部古法政书为什么没有人买呀？”他答：“恐怕那书没有实用，所以没有人购去。”我又问：“你要卖什么价钱？我看它的版子很旧，想要买它。”他答：“从前要卖 × × 元。现在没有人要，已减去一半，× 百元。倘然你先生要，再打九折罢。”我说：“我一定要，请你照八折算。”他说：“可以，可以。不过近几天店中很穷，可否请付现款。”我答：“当然可以。”

我带了这部书，又到别的书店去参观。某店某老板问我买的是什么书。我打开包子给他看，他耸耸肩胛，闪闪眼睛，自言自语地，又似骂人地说：“有了钞票，买这种东西！这不是正经，也不是正史，又不是文集，有什么用处？周先生，多少钱？买定了么？那里买来的？这书没骨子——没骨子。……不要买它。我帮你去退还他们。……买书真要小心，否则上当。”我目瞪口呆地听了半天，慢慢地对他说：“这种书少见得很。……日本有宋刊残本《清明集》。这明刊本似乎是完全的。……倘然可以补宋版的不足，那是秘宝了。”

后来商务影印宋版《清明集》，只有婚户门。我的明本有官吏门、赋役门、文字门、婚户门、人伦门、人品门、惩恶门。商务印的只明本中卷四至卷九等卷，约全书三分之一。

我的明本有隆庆三年盛时选序，又张四维序，盛即校刻此书者。明本每半叶九行，每行二十四字，版高约六寸半，宽约四寸半。

阅者看了我上面所讲的话，可知我购买古书的幸运了。但是我也有恶运：我大部分的古书，统统于一·二八之变在闸北被焚了。我所被焚的书，古本有一百七八十箱，西书有十几大橱。……以恶运告人，闻者心酸，说者心痛，罢了，我不说了。

一九四二年五月一日

清乾嘉间东南第一藏书家

看了这个题目，我推想阅者们已经知道我所指的是什么人了。当然——他当然是黄丕烈，号荛圃，苏州人。

元朝以前，下及明代，下及清初，吾国有许多性喜搜集书籍的人，例如：晁公武、叶梦得、赵孟、祁承业、范钦、毛子晋、钱谦益、季振宜、朱彝尊、徐乾学、鲍廷博、李南涧、周永年等等。但他们不皆属于东南。与黄丕烈同一时期且同一地带者，也有许多嗜书之士，如吴骞、吴翊凤、陈鳣、顾广圻。此外还有聊城杨氏、常熟瞿氏、吴兴陆氏、钱唐丁氏、吴兴刘氏。他们所集古本的数量，虽然有超过黄氏者，他们虽然大半属于东南，但不得称为“第一”。为什么呢？因为他们有后起的，不尽为乾嘉间人，并且他们只知收藏，不善校读的缘故。他们固然好（去声）书，但终不及黄氏那样真诚。

黄氏对于古书，怎样真诚呢？让我来引用几句石韫玉、王芑孙两人所讲的话，以为证据：

（一）石韫玉在他的《秋清居士（即黄丕烈）家传》中说道：“……平生无声色鸡狗之好，惟性喜聚书。遇一善本，不惜破产购之。……每获一书，必手自雠校，一字一句之异同，必研索以求其是。……”（石韫玉，苏州人，乾隆进士，著有《独学庐诗文稿》）

（二）王芑孙在他的《陶陶室（黄氏书斋之名）记》中说道："……今天下好宋版书，未有如荛圃者也。荛圃非惟好之，实能读之。于其版本之后先，篇第之多寡，音训之异同，及其授受源流，翻摹本末，下至行幅之疏密广狭，装缀之精粗敝好，莫不心营目识，条分缕析。……"（王芑孙，苏州人，乾隆举人，官华亭教授，著有《渊雅堂诗文集》）

据此，我们知道要做一个藏书家第一，非具有下列各条件不可：

（一）要真性好书。——碰到精本，虽质衣典屋，也要购买。

（二）要亲自校读。——得到的书，要一一读过校过。倘然专买不读，那末不是藏书家，而是采办员了。校书要对照古本，不可依己意或新本，改易原书。黄氏校书，每以异字书于书叶之上下方（天地头）。

（三）要识别版刻。——不论宋刻元刻，都不可依时代之先后而定其优劣。大半宋本固较元本为善，然亦有不及者。善于鉴别的藏书家，非独知道这些事情，并且要提出证据来。

（四）要知道源流。——例如，某书最初为某氏收藏，后归何氏，等等。

（五）要装钉得法。——应否补蛀，应否衬钉，应用何种封面，应雇何处匠人，应在何时修理。——此种问题，皆应注意。

黄氏是不是完完全全地具有这五个条件呀？

是的，他全具这些条件。

我们怎能知道呢？

因为我们可以读他所写的题识。

题识，亦称跋语。他所校过的书，或者他所读过的书，每部总有一个题识。黄氏书跋，最初由苏州潘氏集合成书。后又由江阴缪氏增广，刻成《荛圃藏书题识》十卷。近年吴县王大隆君又续刻四卷。黄氏的书跋，大概已经收尽，遗漏的想必不多。

黄氏书跋，多趣味，近人情，百读不厌。兹录数则于后，以见乾嘉间东南第一藏书家的特性。

（甲）《文温州集》。——“《文温州集》，相传为其子徵明手书以付剞劂者，故藏书家于明人集中最为珍重。余向从东城顾八愚家得旧刻名抄不下四百馀册，而是集亦在所蓄，则其可贵益见矣。今孟陬下浣，观书学馀书林，主人以新得光福徐氏书，故邀余鉴别之。翻阅一过，大都是有明及国初诸人文集，苦无当意者，惟此尚为名书，且需值不昂，以青趺三星易之。书友相视而笑，莫解其故，余亦未明告之也。近日书价踊贵，遇此等书反有贱售者，坐不识古耳。爰书此以告后之藏书者。嘉庆元年二月八日，书于养恬书屋，棘人黄丕烈。”

（乙）《笠泽丛书》。——“海宁吴槎客老而嗜书。今年春偕陈简庄泛舟访余于县桥（案：苏城街名），尽出行箧所携书相质。宋元旧刻颇有可观者。余因询以唐人文集，可有佳本否。槎客以旧钞陆鲁望先生《笠泽丛书》对。既归，遂寄余一校本，即碧筠草堂刻一钞本于《耒耜经》补《拨去》已下并五歌序，又多《笠泽丛书补遗》一卷并王益祥跋、朱衮记、十一世孙惪原后序、都穆跋、雍正辛亥江都陆锺辉后跋。余病校本冗杂，无可据依。抄本自八卷后，又以他本续入，罗列新旧人题跋，若欲定为何本，几成火枣儿糕，不敢传录。适槎客又寄到一钞本，略旧于前一本，因遂影写传之。卷中间有朱笔，仍用录出，示不紊也。余谓《笠泽丛书》据《敏求记》（案：书名，钱曾著）所载，以为元符庚辰樊开序而镂诸板，政和改元毗陵朱衮又为后序，止分上下二卷。补遗一卷，则此本卷第不符，未必遂为古本。聊存之以备参考云尔。嘉庆乙丑秋分后二日荛翁题。”

覆检槎客先寄抄本，知此所校朱笔，皆据彼也。注云“刻本作某”，亦与抄本同，并记。荛翁。

有上面黄跋的两种书，现为余家收藏。《文温州集》系明刊本，白皮纸初印，每半叶十二行，每行二十字。《笠泽丛书》系素纸抄本，每半叶九行，每行二十字。黄跋之书，十余年前市上偶或发现，今则完全绝迹。余家除《文温州集》及《笠泽丛书》外，尚有黄跋之书两种：《唐语林》（刻本）与《明皇十七事》（抄本）。黄氏书跋，后来藏家除叶德辉外，无不赞美。叶氏对于黄氏，似有微词。他在《郎园读书志》卷四说道：“荛翁题跋，于书目别开一派；既非直斋之解题（案：宋陈振孙著《直斋书录解题》一书），亦非敏求之骨董（案：清钱曾著《读书敏求记》一书）。笔稍多芜累，而溺古佞宋之趣，时流溢于行间。”

黄跋诸书初散时，大概归下开各家：

（一）常熟瞿氏铁琴铜剑楼。

（二）吴兴陆氏皕宋楼。陆氏书后归日本静嘉堂。

（三）吴县汪氏艺芸书舍。汪氏书归山东杨氏，今杨氏书亦散。

（四）仁和丁氏善本书室。丁氏书归盋山。

（五）云间韩氏。韩氏为黄氏至戚，所得最精，今亦散亡。

最末，我当述黄氏的事略。不，不，我将再引石韫玉所写的《秋清居士家传》：

居士姓黄氏，名丕烈，字绍武，一字荛圃。先世居闽之莆田……及曾祖琅始移居吴门。再传至君考维，号耐庵，以忠信直谅训其子弟。君……少岁读书，务为精纯，发为文章，必以六经为根柢……年十九补学官弟子，寻食饩。二十六举于乡，屡赴公车不售，意泊如也。嘉庆六年由举人挑一等，以知县用，签发直隶，君意不欲就，则纳赀议叙得六部主事。旋归里，杜门著书二十馀年，未尝作士宦想。性孝友……与朋友交，然诺必信……惟性喜聚书……得宋刻书百馀种……所刻书有《周礼郑注》《国语》《国策》《焦氏易林》等书，一以宋刻为准，盖惟恐古学之沦亡也，可谓有功艺苑者矣。……道光乙酉春秋六十三，秋八月微示疾，遂不起。当易箦之时，神明不乱，识者知其得力于直养无害云……

除上引家传外，欲知黄氏全史，不可不读江标所辑的《黄荛圃先生年谱》两卷。

一九四五年三月一日

书能治病

余近来常常染病，或咳嗽，或头痛，此去彼来，真所谓“诸病百出”也。虽每日工作如常，虽每夜睡眠如常，然身不自由，医药又贵，自觉烦恼之极。五日前忽忆焦循有以书代医代药之法，即自藏书中提取其手录道家六种而读之。余不觉心平气和，而头痛全停，咳嗽亦几乎止矣。

焦氏所录道家六种为：(一) 文子，(二) 尹文子，(三) 亢仓子，(四) 黄石公，(五) 无能子，(六) 天隐子。六子之文字，当在本篇后幅备引数语以见之。兹先述焦氏对于六子治病之意见。焦氏之言曰：“余庚戌岁之冬患吐血病，虽愈而精气不足。或劝服丸药。余谓以药石若以书，乃留心于道家者流；日诵老子、庄、列及《黄帝素问》凡二年，不知病之何所失也。壬子癸丑间馆于郭舍人家，与黄解元居相近，时时相过论诗。黄所藏崇德书院所刻诸子书，有余未之见者。无能，天隐尤为当时所好，乃借而写之，得六种。越十年癸亥正月八日，风雪之下，不能出户，取此诵之，憧憧之心，颇为之平，乃知却无病之病，更良于却吐血之病也。灯下书此。江都焦循记。”

据此可知书籍可疗头痛，疗咳嗽，即吐血及“心病”等重症，亦有治之之能力。兹将焦录六种各引数语，以见其文字焉。

一 文子《通玄真经》

文子姓辛，名钘，一名计然，葵邱濮上人也，师事老子。楚平王问曰："闻子得道于老聃，可得闻乎？"对曰："道德匡邪以为正，振乱以为治。醇德复生，天下安宁，要在一人。故积德成王，积怨成亡。尧舜以是昌，桀纣以是殃。"王曰："敬闻命矣。"下引者，《通玄真经》中之一节也：

老子曰，其施厚者其报美，其怨大者其祸深。薄施而厚望，畜怨而无患者，未之有也。察其所以往者，即知其所以来矣。

二 尹文子

尹文子，齐宣王时人，学老子之道，著书二篇，以"愿天下之安宁，以活民命"为主旨。下引者，上篇最末数语也：

国乱有三事：年饥民散，无食以聚之，则乱治国无法，则乱有法而不能用，则乱。有食以聚民，有法而能行，国不治，未之有也。

三 亢仓子《洞灵真经》

亢仓子，一名庚桑子，即庚桑楚，陈人也，得老子之道，后成仙。著书九篇，名《洞灵真经》。下引者，录自《全道》篇：

夫好货甚者，不见他物之所可好。好马甚者，不见他物之可好。好书甚者，不见他物之可好。吾又安知天下之果可好者、果可恶者哉？

四　黄石公

黄石公，秦之隐君子也，其所著书，言简而意深。兹录数语如下：

德足以怀远，信足以一异，义足以得众，才足以鉴古，明足以照下，此人之俊也。行足以为仪表，智足以决嫌疑，信可以使守约，廉可以使分财，此人之豪也。守职而不废，处义而不回，见嫌而不苟免，见利而不苟得，此人之杰也。

五　无能子

撰人姓氏不详。请阅引语：

夫鸟飞于空，鱼游于渊，非术也，自然而然也。（中略）亦犹人之足驰手捉，耳听目视，不待习（？）而能之也。（中略）今人手足耳目，则任其自然而驰捉听视焉。至于心，则不任其自然而挠焉欲其至和而灵通也难矣！

六　天隐子

天隐子，姓氏不传，其著书八篇，以“神仙之道，以长生为本。长生之道，以养气为先”为宗旨。今录其《存想》篇中数语如下：

存谓存我之神，想谓想我之身。闭目即见自己之目，收心即见自己之心。心与目皆不离我身，不伤我神，则存想之渐也。凡人目终日视他人，故心亦逐外走；终日接他事，故目亦逐外瞻。营营浮光，未尝复照，奈何不病且夭邪?

焦循于其所录之六子中，尚有三跋，兹照录如后：

（一）丁卯偶病寒，为劣医所误，几死复苏，精神遂不振。谢绝世事，静居村中，仍理道家者流。此书更阅一过。戊辰二月二日循记。

（二）嘉庆已卯三月望日细雨，群花竞开，坐雕菰楼阅此。

（三）壬申夏，天凉如深秋，湖水大溢，灯下阅此。

焦抄道家八种，每半叶十行，每行二十二字，有（一）焦循之印，（二）焦循手录及（三）焦循藏书等图记。焦循，字理堂，江苏甘泉人，嘉庆六年举人，一应礼部试后，以生母殷病愈而神未健，不复北上。闭户著书，有《易章句》《易通释》《孟子正义》等。又通天算，著《天元一释》《开方通释》。文学柳宗元，有《雕菰楼集》。雕菰楼，循自构之屋也，其老屋经葺治后，改名“半九书塾”。循于经无所不通，壮年即名重海内。钱大昕、王鸣盛、程瑶田皆推敬之。阮元督学山东浙江，俱招循往游。嘉庆二十五年卒，年五十八。

一九四三年三月二十三日

上海两志

余家藏书中有最可珍宝之县志两种：（一）《万历上海县志》十卷，（二）《嘉靖上海县志》八卷。此两志皆在民廿之春以重价购获。后经一·二八之劫而丝毫未曾受伤。岂上天知我爱书之诚，暗暗为之护卫乎？抑沪邑旧文献，非此不传，故使之存于世乎？兹先述上海简史，再言两志之版本与内容。

上海之为县也，始于元朝。其地古属扬州。春秋时为吴，为越，或为楚。秦汉为会稽吴郡。唐天宝十年，此地曰“华亭海”。宋末，海舶辐辏，乃即其地立市舶提举司及榷货场，改称“上海镇”。元至元二十九年壬辰（公历一二九二年），从知府仆散翰文议，割华亭、长人、高昌、北亭、新江——海隅五乡——为县，隶松江府。泰定三年罢府，隶嘉兴路。天历元年复府，仍以隶之。元末，张士诚据有其地。至正二十七年，知府王立中归附明太祖，编户凡六百二十里。嘉靖二十二年，巡按御史舒汀建议立青浦县。割上海三乡隶之；三十二年给事中朱某议废青浦所割，复故。万历元年，用郡人给事中蔡汝贤议，复青浦县，仍割三乡隶焉。清代不易其名，不变其制。民国十九年，改称“上海市”，直隶行政院。

《永乐大典》谓松江南有大浦十八，中有上海、下海二浦。今县治之左有大川曰“黄浦”，亦曰“上海”。浦县之得名以此。

若夫“上洋”之名，即旧志所谓“海之上洋”是也。今亦有称“上海”为“海上”者。

或谓“宋初诸番市舶，直达青龙江。后江流渐隘，市舶在今县治处登岸，故称上海”。

上海在道光二十二年（公历一八四二年）辟为租界。惟乾隆时已有东印度公司英人比谷者来申察看形势，又道光十二年复有林德赛、葛劳甫二人，由广州北航至上海，皆称为通商要地。可见英人之垂涎上海，远在鸦片战争（道光十九年，即公历一八三九年）之前，远在白门（南京）订约（公历一八四二年）、五口通商之前也。

上海初辟时之所谓“英租界”（公历一八四二年南京条约）与“美租界”（公历一八四四年望厦条约）者，至光绪二十五年（公历一八九九年）止。自是年起，西辟泥城桥以西至静安寺路，东北辟虹口迤东之地，以讫引翔港，由各国公使议决，将旧时英美租界，并东西新辟之地，统名曰“公共租界”。法租界之成立，在“法律”上，系根据一八四四年之黄埔条约。但另一方面，实因水师提督卜华德助清剿洪有功，特辟小东门一带，以为酬劳也。

《上海县志》之最初出现时期，为明弘治癸亥（公历一五〇三年）。是后嘉靖甲申（公历一五二四年），万历戊子（公历一五八八年），均有续修本。弘治志，经名家细究，知已散佚，则嘉靖、万历两志为最古者矣。余之嘉靖志，不载中外诸家藏目，其为孤本也无疑。万历志，除余家藏本外，徐家汇图书馆亦有之。兹将此二志之卷数、行格、内容等开列如后：

（一）《万历上海县志》十卷，明万历十六年（公历一五八八年）知县颜洪范领修，张之象司其事。竹纸印本，白口，单鱼尾，左右双栏，每半叶九行。每行大十八字，小双行，不顶格，十七字。版框高约市尺六寸半，广约八寸七分。卷首有万历丙戌陆树声序，明弘治甲子王鏊序，同岁钱福后序，徐阶序，郑洛书序，明嘉靖甲申高企后序，又图三叶，目录三叶，纂修名氏一叶。

（二）《嘉靖上海县志》八卷，明嘉靖三年（公历一五二四年）知县郑洛书领修，高企司其事。白皮纸印本，白口，单鱼尾，左右双栏。每半叶十行，每行二十一字，版框高约六寸，广约九寸。卷首有嘉靖三年徐阶序及郑洛书序，又上海县境图，上海县市图，各一叶，又目录二叶。卷末有高企书后。收藏印记五：（一）曾为徐紫珊所藏，（二）汲古阁，（三）封城开国，（四）绣谷亭续藏书，（五）吴城字敦复，旧封面有徐紫珊手跋一则，附录于此：

□庵农部修县志时，以未见此书为恨。余从嘉兴吴氏得之，为绝无仅有之本。渭仁记。

万历志之要目为：地理志（卷一），河渠志（卷二），赋役志（卷三、卷四），建设志（卷五），秩祀志（卷六），官师志（卷七），选举志（卷八），人物志（卷九），艺文志、杂志（卷十）。嘉靖志之要目为：总叙、山水、风俗、物产（卷一），户役、贡赋（卷二），建置、祠祀（卷三），官师、名宦（卷四），登用、人物（卷五），古迹、杂志（卷六），文志（卷七、卷八）。嘉志之郑氏序，及万志之陆氏序，皆为研求上海掌故者所不可不读，兹节录而附加标点如下：

（甲）郑序

上海据吴会之东，负海带江，天下称壮县。予以正德十五年冬为之宰，及是邑沿海分野疆域之故，山水之胜，风俗之变，物产之宜，户役之烦简，贡赋之盈缩，建置之古合，祠祀之邪正，官师之姓名邑里，名宦之闻望德业，登用之途，人物之彦，与凡古迹之可知，杂事之可纪，文之可读者，盖已四载见闻。乃县志之修，自弘治癸亥，越今嘉靖甲申，廿有馀年矣。嗟乎！迹往述遗，今日之事，有明日弗知者矣；同室之情，有闭户弗知者矣。况于地里，非褊年数寝，远微书契纪传，是安足知乎？故往者来之则也，亿者一之积也。今人耳目，后之聪明寄焉。辍不自揣，授意于邑儒高企，撰志十五篇，分为八卷。（中略）（高）生经明行修，思齐古人，编校之事咸属焉。后有作者，更加厘正，勒成一家，传之四方——是固所愿也。八月朔日，前进士莆阳郑洛书谨序。

（乙）陆序

上海在宋末犹镇也，而县于至元间。县未志也，而创于弘治癸亥，修于嘉靖甲申，续于今万历戊子。志成，学士大夫属余序首简。余惟志者史也。周官外史掌邦国之志；上自星野，下逮山川，疆域，户版，田赋及官师，选举，人物，风俗，艺文，建置，秩祀之典，属之掌故，以体裁纪传。其事之贵乎核而文之贵乎直也，故发凡起例，则准之史；摘青揿藻，则击之文，删述取舍，则裁之义。义立而以辩名物，以备传信，以垂劝戒。斯数者，志之大者也。上海（中略）志之修，始卢龙郭尹，越世庙甲申，盖六十馀禩。一修于莆阳郑君，以迄于今，若有待焉者。中间吏治之得失，建置之沿革，民生之利病，财赋之瀛缩，俗尚之淳漓，与夫筑城，浚隍，海防，河渠，经赋，均则之类——诸凡嗣起所宜续入者，参互采摭，条分胪列，较若指掌。总之，则义达而事例明，文核而体要备，盖斌斌乎质有其文，于邑志称良焉。（中略）志凡若干卷，始事于万历丙戌，越岁戊子告成。主其事者，上虞顾侯洪范司纂辑，以事雠校者藩幕张君之象暨黄君炎辈六文学也。（中略）郡人陆树声撰。

《上海县志》，除嘉靖、万历两本外，尚有后来所修各种，如下：

（一）清康熙二十二年知县史彩领修本十二卷。

（二）清乾隆十五年知县李文耀领修本十二卷。

（三）清乾隆四十九年知县范廷杰领修本十二卷。

（四）清嘉庆十九年知县王大同领修本二十卷。

（五）清同治六年巡道应宝时领修，十年刻成，共三十二卷。

（六）民国元年上海县民政长吴馨发起续修，由姚文枬主纂，七年修成，共三十卷。

一九四三年九月一日

海上书市

上海售古书者，向以大庆里之中国书店，三马路之来青阁、谭隐庐、富晋书店，四马路之汉文渊、受古书店为最著。八一三之后，各店或暗停交易，或转租门面，或拆去电话，或外出摆摊，其种种衰落情形，难以言语形容。但同时有新开之铺二：（一）鲁殿书社，在西摩路安凯第商场，（二）传新书店，在四马路一家春楼下。鲁殿系“中国”之分支，传新即昔日之“二酉”。鲁殿印有书目，以明清善本为号召，余曾往访多次；传新则新旧杂陈，以多收速售为宗旨，故顾客日夜拥挤。近日南京路哈同大厦，又有所谓中华书画市场者，数家合办，非一家独设，实临时摆摊之大者也。

战时书摊，以法界霞飞路、英界河南路为最多。英界已由捕房干涉，全消灭矣。去岁九十月间，各摊开始之时，其所售者大半皆良友之出版物，后来沪西南市开放，则四部丛刊、百衲本廿四史、四部备要等亦随处发现。闻此类书本之进价，每册不过五分至七分，售价亦不过一角至一角半；西书每册至多五角。封面破损者，或多日无人问价者，法币一元可购五六册。倘有人以千元办一图书馆，五百元购中籍至少可得五千册；五百元购西书，至少可得二千册。重要之科学文学，经史子集，无不备矣。惜目今时局艰难，衣食住尚不周全，无人顾及此事也。有谓租界上进出书籍，其价并不低廉，徐汇、浦东等地，法币一元可购中西书四十斤，不知确否。若果如是，可见书之真不值钱。

书不值钱，实不起于八一三，战前书业早已干枯矣。一因好货来源稀少，所进之书不含“你抢我夺”之性质，非顾客所欲；二因价格日低，旧时之货不能照原价脱售，何况赚钱？所以许多书铺，除锦文堂早已改售翻版西书外，其他如忠厚（与佩文斋合在一处）、积学、树仁、文汇等，莫不收售“一折八扣”之新书，赚钱虽少，倒能稳销，封面“美丽”可代装饰也。

古书铺失败，尚有一大原因，即不善招待，无术兜售是也。余日前在某铺闻得顾客与店伙之对话，并以证明此事，兹记之如下：

（顾客）生意好么？

（店伙）不好。

（顾客）有新到的书么？

（店伙）没有。

（顾客）你们有《春秋繁露》么？

（店伙）没有。

（顾客）词曲书有么？

（店伙）也没有。

（顾客）请不招待，让我自己随便在架上看看。

（店伙）那些书有什么看头？你都有了。

但古书店中，非全无招待之人者，“中国”之郭石麒君，“传新”之徐绍樵君，皆有工夫之人也。

最末，爱多亚路近有书摊十余处，中西兼售，惜乏佳本。又大世界旁之“污”书摊，存而陈列者，不及二月前三分之一，似以改售日报为目的矣。

一九三八年四月二十一日

民卅一的书荒

在过去十二个月中，上海多的是居民，少的是物资——上海只见人，不见货。最初大家轧米，轧面包，轧肥皂，轧电车。后来愈轧愈紧，白糖、赤糖、豆油、生油，统统要轧了。但始终没有轧书。这是什么缘故呢？难道书不“荒”么？

书是荒的，书是确确实实荒的。书——非独新书不印。连旧书也不卖，非独西书不到，连“国籍”也很少，非独宋刊（？）元椠（？）不出来，连精刻初印也不发现——书真是荒极了。

然而在民卅一内，并没有人在大铺小摊前排班轧书，这是什么缘故呢？因为书不能吃，书不能穿；因为书中没有蓝布褂，书中没有三轮车，书中没有白米粥；因为书中没有“千种粟”，没有“黄金屋”，也没有“颜如玉”。但是书确实大荒而特荒。让我把一年来书市的情形细细在下面讲出来。

先讲新书：新书就是新排印的创作，或是新翻印的古本。在过去的十二个月内，这一类书全然没有出现。五家大书铺——商务、中华、开明、大东、世界——非独新著之书，绝无出版之可能，就是旧有之书，也有封存之必要；非独不印中小教科书，就是普通参考书，也要停止制造。主要（正）的原因是纸荒（“荒”字是“缺少”的意思，不是“没有”的意思。目下米荒、糖荒也是如此）。从前白报纸每令不到三元，现今几乎要卖三百元。从前（商务）《纲鉴易知录》，每部二元，现在决不能卖二百元（排工油墨尚不在内）。世界上哪里有肯亏本的老板？从属（副）的原因是政治。中国与日本同在东亚，如此接近（有人说，“我们同种同文”），所以史地书中，参考书中，教科书中，常常碰到那个“倭”字，常常提到“东省”，提到“满洲”……许许多多书，虽非新八股，却含违碍性。各家老板都是胆小的，都是有“清头”的稳当人，没有一个肯冒险。我猜想他们意思是这样的：与其谋微利而遭“封印”（新名词），倒不如存储旧书（已印未销之书）之可靠。并且存储等于囤货，今天不卖，明天未必不涨价。没有钱的人，尚且要借款囤货。我们有的是货（书店的书，像米店的米），怕什么呢？

有了这两个原因，新印的书和旧制之书，当然都缺少了——荒了。但是小书铺为什么也不印书卖书呢？为什么不乘机发些小财呢？小书铺的信息比大书铺更灵，小书铺的算盘比大书铺更精。小书铺的目标是大书铺，小书铺时时仿效大书铺。他们知道大书铺因纸贵不能印书，因政治不便销书，他们也停止活动，不敢多事。他们以为大书铺势力较大，尚且不谋发展，不设法维持他们的财产，我们资本极小，势力全无，只得吃尽当光，坐以待毙了。

所以上海在过去之一年中，一部新书都没有出版，连旧书也缺乏。岂不是成了一个有钞票无文化的都市么？

我答道：不，一部分的新书仍旧有的，没有完全中断。我是指“国定教科书”而言。国定本用新式配给法，由新书业同行发售。小学及初中的学生未曾受到书荒的苦，未曾排班轧书。并且这种国定本，没有人同它们竞争，没有人敢翻版，没有人敢抢生意——一批一批地收进来，一批一批地销出去，不必垫本钱而取得回佣，不必登广告而能全卖，书铺老板当然赞成的。

各大小书铺老板，因纸张与政治的关系，不出新书，储存旧书，我已经约略讲过了。但在此奇特的一年内，发生一奇特的现象。将近年底，市上突然出现几种小册子，如韩庄指南《西 × 记》，色情小说《活 × × 九》之类——不是十六开本四十叶，就是三十二开本一百叶。当此纸荒的时候，如此耗费白报纸，未免可惜呀！据老辈说，离乱之际，大难临头之日，往往有类此之事发生。洪秀全军攻打湖州，一般人吃草根树皮的时候，头脑不清者（有女人，有商人，有流氓）天天跑赌场——打宝，推牌九。

继谈古书：古书就是线钉书，也就是抄本、校本，或木刻本。上海做古书生意的铺子，如来青阁、来薰阁、蟫隐庐、汉文渊、抱经堂（从杭州移来）、传薪、文汇、富晋、积学、受古、国学、中国书店，从前不收洋装书，专售旧式书。每年一次或两次所出的目录，依照清《四库》经史子集的分类，全载“国学”书本。现在呢？店堂内少者五分之一，多者三分之二，都是破旧的西式书或零落的教科书，还要兼售文具——铅笔、墨汁、信笺纸、拍纸簿、复写纸、自来水笔。上年全年我只见得来青阁与抱经堂两家的书目。纸张虽然依旧不少，然而已经由“函索即寄”改为“实售 × 元”了，即此已足见上海白纸之荒。

我难题了，本篇不讲纸荒，是讲书荒。那末，古书荒不荒呢？古书是现成的，没有纸张的关系，很少有政治的关系，荒不荒呢？我答道，荒，荒，荒。来青阁及抱经堂的书目上，几乎都是普通本。真宋真元不必说，连明清精刊也稀少；黄校鲍抄不必说，连叶跋莫藏也未见。除了出书目的两家之外，其余各家的伙计，或闲谈，或静立，或零售文房，或收卖破书——何必细讲呢？

从前古书不荒的时间，别处常有贩子到上海来，上海也有贩子往别处去，来来往往，拾拾提提，甚是热闹。去年一年，这种现象似乎没有；至少，我的地方没有人来兜售古本。这还不是古书荒么？

古书荒的原因有二:（甲）移动极为困难。邮局不容易寄包裹；乘轮船、搭火车不能多带行李。所以苏杭的书不能到上海来，上海的书不能到内地去。（乙）囤书不如囤药。古书量大笨重，不便运输，不能立时销尽。贩子提了一大包，兜了许多人，依然原物带回，分文未获——那是很多的事。倘然拿相等数目的钞票买了药物，三个月、六个月之后，无不“一本万利”。消治龙在年初不过十余元一管，到了六月七月就变成一百廿元或二百元了。囤万金油，据说也是好生意。

有此两因，古书焉得不荒？古书的市场，虽不全死，焉得不半死半活？但是到了九、十两月，古书似乎有些生机。中国的郭君在某地购得一大批整部的书籍，据说，价值还算不大。不过我到今天未见片纸只字。也许他们合伙而购，中途已经把书分散了。再汉文渊获得少数精本。其中明刊有图《幽闺记》与《玉合记》两书均售与我的学长兄林君，虽是后印本，价值相当便宜。林君又在来薰阁购得旧书数部，“骨子”甚好，价值甚昂——都是友人某君的副本。又十一月间，贵州路七七弄自修周刊社分送油印书目八叶，内有佳本，如《抚苗录》《植物四说》《红毛番夷考》等。惜余无暇无力，不能购买。又年底传薪所获的名人手札，现正在研究中，尚未发卖，但算不得书。

但是去年古书市场，因荒的缘故，曾经干了两件“惊天动地”的事。一件是缩印《清史稿》，一件是翻印开明《二十五史》。前者原本，颇不易得。不过本身是多年前的禁书，现在缩印，决不发生问题。后者是“鲜活灵跳”的开明书店的产业，翻印者触犯版权法，故不能公然发售。闻得开明曾捉到一部私货，并且请书业公会公断，不知确否。

末言杂志。“杂志”是一个俗名，就是定期刊物的意思。古书新书，固然很少（极荒），然而定期刊物，实在太多（不荒）。我已经查到的，有（一）《大众》，（二）《万象》，（三）《杂志》，（四）《古今》，（五）《作家》，（六）《永安》，（七）《先导》，（八）《经纶》，（九）《时代》，（十）《工业》，（十一）《绿茶》，（十二）《女声》，（十三）《健康》，（十四）《劳农》，（十五）《新东方》，（十六）《新影坛》，（十七）《美力健》，（十八）《上海记者》，（十九）《中华周报》，（廿）《政治月刊》，（廿一）《中国青年》，（廿二）《保甲周刊》，（廿三）《中国木刻》，（廿四）《中国漫画》，（廿五）（明星画报》，（廿六）《中国儿童》，（廿七）《健康家庭》，（廿八）《华股周报》，（廿九）《新闻月刊》，（卅）《戏剧周讯》，（卅一）《中国艺坛》，（卅二）《影舞周报》，（卅三）《华文每日》，（卅四）《半月戏刊》，（卅五）《娱乐周报》，（卅六）《旅行杂志》，（卅七）《中国周报》，（卅八）《每月科学》，（卅九）《现代体育》，（四十）《健康家庭》，（四一）《科学画报》，（四二）《国民杂志》，（四三）《中国文艺》，（四四）《小说月报》，（四五）《东方文化》，（四六）《万象十日刊》，（四七）《太平洋周报》，（四八）《新中国画报》，（四九）《大东亚月刊》，（五十）《三行经济周报》，（五一）《上海艺术月刊》……计五十馀种——内中想有已经停刊的，或不十分“定期”

的。当然可以算得多了，但我闻得尚有多种正在计划中。

在本篇结束之前，我还要讲一件杂志的故事。十一月中，市上忽然发现许多整份的旧杂志，如商务出版的《东方杂志》。《东方》从清光绪三十年第一卷起至民国二十六年三十四卷第十期止，共五百九十七册，我已经代友人购买了，价八千元。我以为太大，不敢代为经手，但是得主不以为然。他对我说道："八千元只抵黄金二两有馀，或白米十石有馀。事变前黄金每两五十馀元，白米每石约九元。今以白米十二石或黄金二两半（即旧时的一百馀元），换得三十多年的《东方》全份，一些不贵，真的不贵。"

一九四三年一月十日

申市过去的西书店摊

本篇简述三十余年来上海一地销售西书的店铺与摊头。其中有外国人开设者，也有本国人自设者。他们的“历史”既然这样长，他们的故事必定丰富。我在过去固然与他们有许许多多不断的交接，但是因为我脑力不强，记忆不强——我所见到的，听到的，并不甚多。现在我把我所知道的，在本篇中写出来。我写这个题目，有下面的动机：

半月以前，我代替友人到一个大书摊上去掬一册商务出版的某种大学丛书。我一找就找到了。我问价，他们答道：“一千二百元。倘然你先生要，可打七折。”我道：“这样贵！买不起。”他们道：“你要买便宜书么？你把我们的西书统统买去罢，随你多少钱。……”语时，他们用手在书脊上用力打了几打，自言自语，带骂带笑道：“真触霉头！这许多货色，这许多时候，一个人都不来问信。先生，是什么道理？”

那个书摊，相当地大，成立于一·二八的前后。最初他们以销售旧西书为目的。我几乎每天经过他们的摊，每星期总进去“参观”，或者购买一二次。在这十余年中，他们经手的西书，真的不少；他们赚得的法币，想也不少。何以现在这样恨西书呀？其原因全在——不及时。商人图利，不销的货，就是劣货，非独资本虚掷，并且占据空间。所以他们早已改售汉文旧书，深恨西文书籍。现在他们依旧很得意，很发达。

因销售旧西书而发达的摊头，不止上述者。八一三前，邑庙中有个摆摊者，其全数财产不过四只肥皂箱子（摆西书摊者估计财产，不称几册几册，而称几箱几箱。箱就是肥皂箱）。八一三后，他在河南路摆摊，箱数还是四只。后来他的箱数一天一天地增加，街上无法安置，遂与他人合租一屋，居然开设似是而非的店铺来了。再后来——十二月八日之后——他渐渐弃除西书，改售文具。听说他现在已经是一个数百万（或者数千万）家产的富豪了，不知确不确。不过无论如何，他总是一个知道利用时机的人，他的发达，是应该的。

但是因为摆摊而倒霉的也有。我有个熟人，一·二八前在虬江路摆摊。战事发生，他只逃出一个人，货色带不出来。一·二八后，他勉勉强强在嘉定路摆摊，摆了三个多月，只销去十馀册书。他流泪流涕地将全摊卸售（趸售）与人，在上海荡了数天，找不到生意，只得回乡。

大概摆书摊的人，失意者甚少，得意者较多。你看福州路、嘉定路、常熟路、泰山路那许多摆书摊者，岂不是人人都有衣穿，人人都有笑容么？

我上面所讲的书摊情形，虽不详尽，但是已经够了。我继述上海过去的西书店。

发售西书资格最老的店铺，恐怕是别发洋行。清末民初，他们还在外滩。他们的屋子很低，前面无楼。华人（尤其是学生）购书，不可进外滩的前门。华人购书，应入边弄，进后门，上小楼。我的那本高依氏《拉丁初步》，就在小楼上买的。小楼上所陈列者，都是教科书。

到了民国四、五年的春季——那时我穿西装——我看见一个穿中装肥胖华人大步走入别发的大门。我自言自语道："华人可以进大门么？他可以进去，我为什么不进去？让我跟他进去，看他们前门售的是什么。"我想了一想，决意进门，果然买到几本好书。只要你会讲英国话，他们待中国顾客并不十分苛刻。后来他们迁至南京路，我除了通信购货外，常常进去参观。他们那位"老太太"（售货员），最能与我表同情，我所要的新书，她总为我细找，我所要的古书，她总为我代定。

除了别发之外，恐怕要算伊文思书馆的资格最老。他们最初在北四川路，后来移至九江路，最后来移至南京路。他们与别发不同，为美国几爿书坊的代理人，并且喜欢做中国人的生意。别发专销英国出版的书籍，几乎完全没有与中国人做交易的意思。我向伊文思购的西书，在两千种以上，向别发购的至多三百种。

伊文思在北四川路的时代，有一位华经理，名字叫作陈辛恒者，广东人，最能与顾客表同情。他为我选书，为我定书——既能设计，又不耗费，真是一个好人。某年（约民国六、七年）夏季，他往普陀避暑，假期已满，仍不归来。派人去查，毫无影响。……后来才知道他已经投海自尽了。大家都不知他为的是什么。

伊文思书馆目下尚安然开设在南京路。不过他们早已易主了。老东家伊文思（人名）年老，儿子不愿意继续，将全馆售与华籍店员。那边我还有几个熟人，关顺君是其中之一。他们现在似乎不注重西书。

资格比较新的西书铺，是中美图书公司。最初到上海来的时候，他们的经理叫作桑格鲁，专以推销法律书为目的。后来改组，迁至南京路，不专推销法律书。但经理的人常常说“开销大，销路小！”不知是什么缘故。难道美国人不知推销术么？或者他们所经售的书，不及别发、伊文思呀？中美经售之书，以亚波尔登出版者为最多。

此外还有老资格的美华书馆、美生书馆。他们也推销过西书，不过早已停止了。真的，推销西书，还有商务的西书柜。它的资格，也算不得不老。它曾经经过三四个重要时代，如黄秉修的效学时代，周锡三的乱放时代，谢福生的“成功”时代，等等。效学时代，模仿别人，自己没有宗旨。别人卖什么，我也卖什么。结果，步步落后。乱放时代，瞎兜生意，大量赠送样本。只要有人上门，不顾老板血本。结果，大大亏本。成功时代，专重灵感，不重他类书本。文科理科全不注意，马滕（人名）的“屁”也是香的。结果，顾客绝迹。卖西书的人应该客观，不可主观。卖西书的人，哪里可以专进自己所好者而强售与人呀？卖西书的人，不可不圆通——文学、科学、算学、医学……统统都要选择些，采办些。现在西书已经不时髦了，我何必多讲呢？就此为止罢。

一九四五年二月一日

对联学书

《自求多福斋随笔》著者郑昌掞，自号春蔼主人，浙江海盐籍，其《随笔》（稿本）第二叶云：

余家在海盐北门外东堰上清祥里，先世愚公公别墅，遂家焉。舍东南有大池，里中人称为陆家池。远近并无陆姓，想当初系陆姓之产。海盐僻在海滨东偏，堪舆家谓地脉水势至盐邑西门已止不复东，是以城之东北无贵家大族，识是故也。余家单传已九世，至余昆仲二人，仲死无后，唯余独存，又单传矣。然世代书香不绝，已有东南巽方之水主文曲，其信然欤？

昌掞善于联语。昔年游盐，曾于东门外海塘上观音庙内，见其所撰所书一联。联语如下：

孽海汪洋，劝君牢把舵儿，渡登彼岸；

灵山咫尺，待我广添筏子，接引善人。

今又于其稿本中前后各叶内及封面上，获见许多对联，兹择最佳者，抄录于此：

（一）肯出力，肯用心，此恰西人大本领；

不务名，不求利，便成今日好男儿。

（二）收神除孽火，

报德首天亲。

（三）彼岸可登，随千手观音同去；

这回不算，换一个身体重来。

昌掞书法赵文敏，流利美丽，草而不“花”。其论书法云：

临池学书，人每置一名人字帖于前，看一笔则写一笔，依样葫芦，形似而神不似。又有看一字而写一字，不管其笔意何如，丰姿何如，信笔直书，与帖毫不相关，终年孜孜，竟不得古人形貌，所为帖自帖，而我仍我也。吴兴钱司业楞仙（名振伦）主讲紫阳，每日看帖，仔细端详，熟复不释，一日只看一叶，必数十日始毕一帖，周而复始，并不参观他帖。监院陈琴斋广文（名其泰），日见其看帖，从不临池摹仿，而所出手札，字字皆得帖之神髓，疑而问之，则曰：“临帖不如看帖。临则一笔即过，看则熟烂目中。看之既久，即不看时，而帖亦常在目中，举笔便出一辙矣。”此足以告世之好临帖者，诚学书之妙法也。

一九三八年十一月五日

读书与讲话

不论年少年老，读书与讲话，都是有益处的。两者相较，讲话的益处更加多些。何以故？因为话是活的，书是死的。因为对方的话，或顺或逆，我们必须细听；书中之言，或是或非，我们可不警心。因为友人的话，倘然不合吾意，我们可以同他辩驳；书中之言，倘然不合吾意，我们只能把它丢弃。辩驳之后，可得真理；丢弃之后，全无收获。

我最喜欢和人闲谈，最喜欢和两三位朋友谈天说地，讲故事，说笑话。碰到不同意见的时候，倘然他人责问我，我总和声软气地回答他们；倘然我反驳他们，我也不十分使得他们踻踖。我在这种情形之下，所得到的益处，往往比读书所得的为多。

我读书很少，不过我所读的总是合我意的。我不读不合意的书，并且我从来不把书中之言背给朋友听。拿书的内容作为讨论题目，危险极了：合我意者，不合他人的意；我所见者，与他人所见者不同；彼此瞎说，有何结果？大家弄得面红耳赤，分解无方，何必呢？至于战事，至于政治，我也不敢作为“论”题的，因为它们的危险性更加大了。有一天（在七年前），某姓某名很坚决地对我们说：“某国一定失败，他们至多可以支持五个月，到了本年八月，一切都完了。”我插嘴道：“没有这样快罢。”他答道：“一定的！不相信，我们可以赌东道——八块钱，买花生米吃。”我道：“好，好。”后来他输了，但是不肯拿出八块钱来。滑稽者常常提醒他，请他不要“忘八”。

我想，赌东道倒是一个收束辩驳的好方法，我们不论何人，都可采用。自己出钱总能承认自己的失败。倘然他人出钱，我们可吃花生米。

读书哪里受得到这种实惠？书中虽有“黄金屋”，虽有“颜如玉”——那不过说说罢了。读书一定读不出花生米；我喜欢讲话，倒讲出来了。诗曰：

读书与讲话，
两者都有益。
彼此相互较，
前叔而后伯。
笑话宜多说，
辩驳毋刻责。
脸青或面赤，
是授人以隙。

一九四四年六月十二日

作品的优劣

作品的优劣，半在内容，半在文字。本篇所谓“作品”专指著述（亦称著作，或称文章）。

一个乡下初来上海的麻脸老妇，忽然涂了脂粉，戴上西式帽，穿上高跟鞋，着了最时新、最高贵质料的旗袍，外加貂皮短大衣。她跑到街上来，你看见了，以为怎样？你以为她时髦么？你以为她美不美？

另外一个城中的少妇，天生一只鹅蛋脸，皮肉既嫩，颜色又佳。她蓬了头，赤了脚，身上着的都是破衣破裤。她跑到闹市中来，虽不向你讨饭，向你要钱，你总当她是乞丐，你一定不敢看她，一定不能见她的美丽。

形象是要紧的，妆扮也是要紧的。美丽的身体，当然可用合适的服装以为表现；丑陋的形象，决然不是时髦服装所能掩蔽。麻脸总是麻脸，穿了貂皮大衣有什么用？美貌总是美貌，换穿新衣新裤马上改观。

作品颇似妇女，内容就是形象，文字就是服装。内容不良，用好文字来传达它，必定变成美妆的麻脸老妇。这就是古人所谓“言之无物”。内容极良，没有文字来表达它，必定变成褴褛的美貌姑娘，这岂非有物不言么？

古时雅典人，内容与文字并重。斯巴达人注重简洁。喀里塔

（Crete）人，专求内容的丰富，不求文字的优雅。这是大哲学家巴拉图（即柏拉图）批评当时本国人的话。他的隐义是：雅典人最精明，因为兼重内容与文字。我很赞成他的意思。我不喜欢见美妆的丑妇，也不喜欢见褴褛的美女。诗曰：

实质与形式，
相连成丽物。
文章固若是，
美女何尝不！

一九四四年十二月九日

为学与治生

潜心研究科学或文学者，不一定深明衣食住行之困难；博于学者，不一定精于营生之法。这一类只知为学，不知治生者，世人常常以“书呆子”或“活书橱”之名讥刺他们。

专门读书，不顾生活，就是不重实际。专顾生活，全不读书，未免太重实际。太重实际者，即生意人。不重实际者，即学问家。学问家往往轻视生意人，生意人亦往往嘲笑学问家。两者皆误。最好，学问家明白些三三见九，生意人知道些之乎者也。学问家当然要营生，生意人岂可无学问？许鲁斋说得好：“为学以治生为本。”我加一句道：“治生以为学为辅。”

“书呆子”，或者“活书橱”，西洋也有。请阅下面的故事：

古时希腊某天文家，慢步前进，仰了头细看天上的众星。他向前慢慢地跑，跑，跑；他不知（不见）地上有一个穴——他跌了下去。他一时爬不出来，大喊道：“救我！救我！”邻近的一个老妇听见了，跑过去将他一把拖出来。她又向他看了两眼，笑嘻嘻地说道：“先生，我认识你的。你是天文家。不过你太注重上面，不注重下面了。哈哈。”

这是为学不知治生的寓言。知识固然是要紧的，但是生活亦何尝不要紧？二十四史，固然应常阅读，但是柴米油盐也不可不知。许多读书人所以受骗，因为不知治生；许多生意人所以失败，因为不知为学。诗曰：

读书与治生，

两事相牵连。

此理不难知，

实行在力研。

一九四四年十二月十六日

写　作

写作，就是用笔墨在纸上东涂西抹，世界上没有比它更容易的事了。涂抹的结果，或者立时付印，或者略待时日，都是作品。至于内容呢？材料呢？拿什么事实，拿什么人物来涂抹呢？那更容易了。在城市中或乡村中，每天总有几件奇事发生，几个奇人出现。择最奇的涂抹出来，或成故事之形，或成剧本之形，或制为三言，四言，五言，七言的歌曲，印好之后，在报上大登特登，托朋友大吹特吹，何怕不能在短时期中畅销全国、“通行天下”？

材料到处可找，随时可找——这不是我个人的私见，从前法国大文豪法郎西田（即法郎士，生于公历一八四四年，卒于一九二四年）曾经说道：“倘然别人一定要我写作，一定要我日成数万言，我虽然在全无材料的时候，也办得到。我把他人的著作，东拖一段，西找一段，颠之倒之，贯串起来，就变成我自己的著作了。阅众不必讲，就是第一流批评家也不知道我是抄袭来的。我还有另外一种本能。拿一本百货公司的目录来，东翻西翻，我马上可以编成短剧多本。”

材料固然丰富，但是我们为什么不做别的事情而喜欢写作呢？我们为什么不耕田，不推车？我们为什么不做成衣匠，不做机器匠？……我们写作，为的是金钱么？是名誉么？为的是文化么？

我答道："都不是，都不是。"我否定的理由，在下面说出来。

倘然我们涂抹，为的是金钱，那真的滑天下之大稽了。目下的稿费，每千字至多不过储钞二百元，至少四五十元不等。试问：每日能写成几千字？今天写了三千或五千字；明天后天还能继续写这许多么？酱醋茶盐当然不必吃，也不必买，但柴米油万不可缺。不吃饭，肚子饥饿，不能写作。拿了四五十元或二百元，能买多少柴？能买多少米和盐？靠写作的稿费来过生活，恐怕苦得很罢，恐怕及不来油漆匠罢。所以我们涂抹，倘然为的是金钱，还是放去笔杆，改用刷帚。

然则为的是名誉么？某少年的得意之作，偶尔被外行人发现了，告知内行人道："在某某刊物上，某某人的那篇某某论说，的确做得很好——言之有理。想你已经看见过了。"内行人是文人，是作家，是同行。外行人不是作家，或者是做买卖的。内行人听见外行人的话，开口答道："我是不看那些狗屁的。他的文字还看得么？非独文理不通，并且别字连篇。他是刚巧出学校的小孩子，配做文章么？配称作家么？他的写作，恐怕都是抄来的。"

经内行人一言，外行人马上就相信无疑了，以后再也不看新作家的论说了。经内行人一言，那位新作家的名誉，就此打倒了。

世上作家与作家，本不互助，反而彼此詈骂。世上作家，莫不自重其作品，而轻视他人的作品。好做白话文者，恨见他人的文言文；好做文言文者，讥笑他人的白话文。好做新诗者，不赞成旧诗，好做剧本者，不阅读小说。此类情形，在著作界中，并不稀罕。各个作家，以为非此不足以自见其才。故各人各赞自己，不赞别人。各人要自做领袖，压制他人。在著作界中求名誉，难哉，难哉！

那末，写作的目的，似乎是增高文化了，然而大谬不然。所谓文化者，包括极广，如建筑，如美术，如交通，如服装……三四年来，在日刊期刊发表的宏文巨论对于这许多问题，有何建议？有何发明？就是文学本身或为小说，或为剧本，或为诗歌，有何不朽之作？三四年来，我们所见到的作品，大多数为新式八比，为不明不白的言论。他们的目的，决不是增高文化，而文化也决不是这样涂涂抹抹就可以增高的。

照上面这样讲，写作的目的，究竟何在呢？这个问题不容易作答，我也不能作答。我最好不作答；让真正的作家去作答罢。

我非真正的作家，因为我没有成本成册的书籍印成，又因为我缺乏两个主要的条件，第一个条件是文字；第二个条件是智识。凡欲成一真正作家者，必文字通畅，智识圆满。我的文字，不文不白；我的智识，一知半解。因此，求钱求不到，求名也求不到。至于增高文化，更非小子所能。我所以常常为日刊、为期刊涂涂抹抹的缘故，因为手头有纸张，有笔墨，借它们作消遣罢了。凡有笔墨纸张者，倘然他愿意把它们来消耗，当然可以称作家，不过他的作品，或传或不传，总要靠他的文字和材料。

一九四四年四月一日

“诗中画，画中诗”

此古语也。能实行此二语者，其惟明万历、天启时所刻之所谓“闲”书乎？查当时之曲本与小说，颇多丽情之句，而其图鲜有不美雅者。兹述《吴骚合编》一种。

《吴骚合编》分四卷，虎林骚隐居士选辑，半岭道人删订，专载幽期欢会惜别伤离之词，其他佳篇，一概不收。

全书四百十四叶，内序跋三篇九叶，《衡曲尘谭》（包含《填词训》《曲谱辩》《情痴悟言》三种）十一叶，曲律四叶，凡例三叶，总目二叶，各卷细目二十一叶，图二十二叶，皆精妙绝伦。清《四库》不收，惟钱塘丁氏《八千卷楼书目》及王国维《曲录》均著录之。他家藏目未查，因手头无书也。

书为明刻白口本，白单鱼尾，单栏，半叶九行，行二十字，前有明（崇桢）丁丑许当世序，又同岁骚隐居士序，又半岭道人跋。余之藏本，有“媚春堂印”四字白文方印。书中每间十馀叶，必有图一叶，此图所以表明卷中重要之词句。如卷一第十九至二十前后两半叶之图，题“重门惯卧金铃犬，欲叩花房未敢前。”即所以解说卷中梁少白《不是路》一首之主旨，其全文甚雅，兹录于后：

何处婵娟，生在人间二十年。真堪羡，渔郎来趁武陵源。信难传。重门惯卧金铃犬，欲叩花房未敢前。闲游遍，数来帘底寻方便，尽凭春燕，尽凭春燕。

书中词意之类此者，十居其九。图为项南洲、洪国良、汪成甫、项仲华四人所刻。汪，歙人；项，武林人；洪，不知何处人，想皆居家安徽。明末安徽刻工极佳，其次，浙江之吴兴亦有能刻精细之图画者。

卷三第三十二、三十三前后两半叶及卷四第七十八、七十九前后两半叶，均为秘图，其美雅决不在《梅》图之下也。此两图所表之词，其文如下：

（一）（刮地风）

看了他闭月羞花天付与，又何须傅粉涂朱。整罗衫款把寒温叙，礼法谁如？甫能够一番遭遇，便拚下百年欢聚。死生情，山海誓，永无忧虑。似鸾凤紧趁逐，毕罢了寄柬传书。等闲间，长就连枝树。这言辞，岂是虚。（陈秋碧）

（二）（尾声）

鸳鸯带绾鹣鹣翼，把别样风情再莫提。输却我半世，真心都在你。（梅禹金）

附注：北平图书馆有此书，燕大教授郑君及《英语周刊》主任亦有不全本。

一九三三年四月二十二日

昨日书生，今朝贵客

此旧时穷读书人扬眉吐气之谈也。事虽间或有之，然实例甚少，今之人鲜有信之者。惟此二语，适足以总括余所藏《腊尽春回传奇》，故特引用之。

是书虽称传奇，实杂剧也。全书分四出，第一出，《痴秀才无端哭灶》；第二出，《冥曹官有意怜贫》；第三出，《惊恶梦一场笑话》；第四出，《受殊恩顷刻奇文》。

痴秀才，名专人，专诸一百二十四代孙也，为临安有名才子。虽长年乏食，彼与其妻并不愁烦而安于命。时值岁暮谢灶之日，专人无钱购买糖酒香烛，只得拜祷一番，入后睡去，与灶神相见，谈论好久。神许以“指日里……门外东风嘶骏马，破头巾换了乌纱”，醒来原是一梦……而不久天子求贤之诏果至矣。是后亲戚朋友之来贺者甚众，并有送柴米者，供给房屋者。人情反复，世态炎凉，原书中竭尽描写之妙。

原书为素纸精写本，每半叶十行，每行二十七字，字傍加朱笔圈点，前有戊戌玉儿生序，戊戌疑是清乾隆四十三年（一七七八年）。玉儿生不知何人，不著撰人，题“金牛湖半村主人谱”八字，首叶有“廷标”二字白文小方印。廷标或即金廷标，清乌程著名绘画家也，“半村主人”其号乎？金牛湖即浙之西湖。主人尚有《澄香阁诗》及《螺斋尺牍》二种，均未见过，未知行世否？《腊尽春回传奇》，各家藏目及王氏曲录亦不载，想是眷真未刻稿本也。

一九三三年五月十日

明初三活

活字印书，始于北宋。沈括《梦溪笔谈》云："庆历中布衣毕昇始为活版，其法用胶泥刻字，字薄如钱，每字为一印，火烧令坚。先设一铁版，其上以松脂和纸灰之类冒之，欲印则以铁范置铁版上，密布字印。满范为一版，就火炀之，稍熔以平其版，按其面则平如砥。"

沈括，宋时人。据彼记录，可知世间实有所谓北宋胶泥活字本也，惟传世不多，余未见过。金元活字本，传者虽少，藏书家尚有之，余亦见过数种，惜无藏本也。余家藏活字本之最古者，有明初三种，皆经名人收藏题跋，研究版本者，亦珍视之。兹录其行格、图记如后：

（一）《韦苏州集》十卷，唐韦应物撰。明初活字本，小黑口，左右双栏，半叶九行，行十七字。前有宋嘉祐元年王钦臣序。收藏有"德辉""焕彬""丽楼珍藏""黄云木山人""誉斯图书""菉斐轩藏书记"等图记。卷首护叶有叶德辉手跋，称此为北宋胶泥活字本，误也。叶跋，《郎园读书志》中有之，过长不便附录焉。

（二）《容斋五笔》（共七十四卷），宋洪迈撰。明弘治八年华氏会通馆活字铜版印本。半叶九行，每行双行，各十七字。随笔前有弘治八年华燧序，嘉定壬申何异序，续笔前有绍熙三年迈自序，三笔前有庆元二年迈自序，四笔前有庆元三年迈自序，五笔末有嘉定壬子丘序，嘉定十六年侄孙伋识语，又周谨跋。收藏有“香修”“桐城萧穆经籍记”“清俸买来”“于昌进珍藏”“文登于氏小谟觞仙馆”“都印玄敬”等图记。全书中有严元照手跋多则，均见《悔庵学文》。都玄敬，即都穆，明弘治进士，其藏书印记，颇不多见。

（三）《诸葛孔明心书》一卷，明正德十二年浙江庆元学教谕韩袭芳铜活字印本。大黑口，四周双栏，半叶七行，行十四字。前有正德十二年韩袭芳序，成化癸卯曾敏序，后有成化乙巳商良臣序。

以上三种，（一）最少见，（二）最贵重，（三）最奇异。

一九三三年八月一日

永　乐

书有非宋金元刊本，而真值与之相等，甚或过之者，惟《永乐大典》也。

《永乐大典》，明永乐元年（即一四〇三年）解缙、姚广等奉敕编辑，五年书成。佚文秘典，搜集宏富，凡二万二千八百七十七卷，分钉一万一千九百九十五册，每册宣纸硬面，用黄色粗绢连脑包过，宛如今日之洋装书。其正本早已毁于兵火，副本（即誊清本）至清庚子乱后，仅存三百馀册。数年前北平曾作细目，海内外公私各藏本，尽行列入，极便查阅也。

余家旧藏书籍，十九遭劫，然《永乐大典》幸而保存者，尚有两册（共四卷），且为北平目中所不载，兹将其卷数等，开列于后：

（甲）

（一）《永乐大典》卷之一万四百二十一，四济，李。此卷含李彭年、李中、李焘、李熹、李亮、李防、李柔中、李汇、李靓、李琪等十人事略，共十五叶。

（二）《永乐大典》卷之一万四百二十二，四济，李。此卷含李浩、李巨源、李守素、李康臣、李弈、李衡，彦颖、李等八人事略，共十九叶。

此册原面及校写者姓氏已失。

（乙）

（一）《永乐大典》卷之一万五千八百九十七，九震，论（《阿毗达磨俱舍论》九）。此卷共二十三叶。

（二）《永乐大典》卷之一万五千八百九十八，九震，论（《阿毗达磨俱舍论》十）。此卷共十六叶。

此册原绢面尚存，校写者姓氏亦未佚，附录如下：

重录总校官侍郎臣秦鸣雷（第一行），学士臣王大伍（第二行），分校官修撰臣诸大绶（第三行），书写儒生臣梅贯（第四行），圈点监生臣林汝松（第五行），臣董仲辂（末行）。

余藏之《永乐大典》均朱丝栏双边，高约十四英寸，广约九英寸又八分之一有奇，天地头极阔大，大朱口，有上中下三鱼尾。上鱼尾之下题书名及卷数，中下两鱼尾之间记叶数。半叶八行，每行双行，不顶格，二十八字，书法甚秀。闻他家所藏，鱼尾下有不题书名卷数者，未知确否？书之尺寸，想必相同也。

前传河北某县发现《大典》四大箱，后经调查，全非事实，不知何故而有此种谣言也。书林中时有开玩笑之谈，闻者断断不可轻信。《大典》在今日已成麟凤，极难求得，其市价亦不一。最平常者，总在三百元以上，若为奇秘之文，则必十倍之。市上有影印本，与真本相仿佛，每册售十余元，似甚值得。

一九三三年八月十三日

与郎共歇

余家藏明晋安徐（兴公）纂辑之《笔精》，卷五第二十四叶载《素带》一则云："吴中有小妓素带者，能诗，尝送情人四言云'郎明日别，妾心惙，愿作郎车，与郎共歇。'"

《笔精》共八卷，入清《四库》子部杂家类三。卷一含《易通》《经臆》两种；卷二含《诗原》《诗话》《诗订》《诗砭》四种；卷三含《诗评一、二、三》（魏、唐、宋、元）；卷四含《诗评四》（明）；卷五含《诗评五》（方外、宫闺、妓女、外夷、诗搜遗）；卷六含《诗话》《词品》《文订》《字正解》《事物解》五种；卷七载《文事》（藏书，书学，画，碑版），《文人》《人物考》《名人生卒葬地》《人伦盛事》五种；卷八载《人事》《雅事》《天象地舆》《国宪》《核疑》《博闻》《占验》《医学》《灵异》《珍玩》《花卉》《果木》《鸟兽》《虫鱼》十二类。全书采摭极富，可资考证者不少。即此已足见徐公之博洽矣。兹将卷中之最有趣味者数条，附录于后：

（一）冶容晦淫

杨氏曰，冶销也，遇热则流，遇冷则合，与冰同志，故"冶"从"冰"。女之艳媚，亦令人销神流志，故美色曰"冶"也。（卷一第二十五叶）

（二）春画

春画之设，其来久矣。张衡诗云："衣解巾粉御，列图陈枕张。素女为我师，仪态盈轩方。众夫所希见，天老教万皇。"俨然闺房秘戏之像。徐陵与周弘让书云："归来天日，得肆闲居，差有弄玉之俱仙，非无孟光之同隐。优游俯仰，极素女之经文，升降盈虚，尽轩皇之图势。虽复考槃在阿，不为独宿。"全用张语。至于俯仰升降，则逼真房中之术矣，岂曰列图已哉。（卷二第三叶）

（三）睡丞

张东海《睡丞志（记）》云，嘉兴丞某，尝访一乡贡，坐俟其出，辄睡。主人出，恐觉之，相对默然，亦睡。丞觉，不欲妨主睡，坐待又睡。主既觉，丞又睡，不欲觉之，又睡以待。丞觉，晚矣，主睡方酣，遂不交一语而去。余友沈从先，吴人，亦善睡，尝宿予齐头，予晨起，有亲故出殡，往返七十里，暮归，睡犹未觉也。黄参云：余家从兄，以葬王父母，举家送殡，留一仆守舍，与之米，使自炊。三日归，则反扃其户，呼之不应，窃意凿垣以遁，而四壁宛然，因斩关而入，犹在噤呓中。米仍未炊也，盖睡两昼夜，视沈更酣耳。（卷八第十四叶）

《笔精》系明崇祯中刊本，极不易见。半叶九行，行十八字，白口，白单鱼尾，左右双栏。余家藏者有"慕斋鉴定""宛平王氏家藏""胡氏茨村藏本""褚园图书""黄虞稷印"诸图记。

一九三三年十月十四日

渔樵耕读

渔樵耕读，皆雅人也，而四者中，以樵为最。周履靖诗云：“手持利斧出柴扉，冒雾迎风入翠微，砍得苍松和老桧，前村换酒醉斜晖。”

周履靖，明嘉兴人，字逸之，自号梅颠道人，好金石，工书法，专力为古文诗词，编著之书有《夷门广牍》《梅颠稿选》《梅坞贻琼》等。前引之诗，出其所著之《鹤月瑶笙》，广牍之一种也。

《鹤月瑶笙》系白口本，半叶九行，行十八字，单栏，前有姚弘谊序。全书分四卷，卷一《霞外清声》十套，卷二《闲云逸调》十套，卷三《鸳湖渔唱》十套，卷四《梅里樵歌》十套，共计四十套，每套含词三四首至六七首不等，而以七言诗终之。前节所引之诗，见卷四第七套，题曰《卖薪沽酒》。同套中，词第四首亦极美，兹附录于后：

红锦袍

也不去走风尘甘自污，也不去戴儒冠空稽古，也不去经营贸易为商贾，也不去角力持强振臂呼，也不效贪财章武甘折股，也不羡纪迹云台书版图，任教自在消遥也，日日山中酒一壶。

姚序称履靖为曲“以溪云林霭为变态，以野水山桥为景色，以樵斧渔筌为事业，以药物炉鼎采取交媾为要妙，无长安路上嗟名叹利之习”，诚定论也。

一九三三年十月十七日

心耿耿，泪双双

此六字，嘉靖本《草堂诗馀》开卷第一首之起始也，其全文如下：

心耿耿，泪双双，皓月清风冷透窗。人去秋来宫漏永，夜深无语对银釭。

嘉靖本非明刊《草堂诗馀》之最古者，亦非最后者。最古者有洪武壬申遵正书堂刊本，最后者有万历间徐士俊参评本。三种余均有之，兹将其行格等略述于后：

（一）万历本十六卷，附徐卓晤歌，明卓人月汇选，徐士俊参评。半叶九行，行二十字。评语在栏上，行间有圈点。前有陈继儒序，又何良俊，黄河清，陈仁锡，杨慎，王世贞，钱允治，沈际飞等旧序，杂说，氏籍及目次，此书已于一·二八难中被焚，然市上尚多，不足惜也。

（二）嘉靖本《草堂诗馀》四卷，明武陵逸史编次，开云山农校正。半叶十一行，行十九字，小字双行，字数同。前有嘉靖庚戌何良俊序。收藏有“东溪”“瑶圃”等印记。此书刊刻极精，市上不易遇见。

（三）洪武本，前集二卷，后集二卷，不著撰人。半叶十三行，行二十三字，小字双行，行二十九字。小黑口，双鱼尾，左右双栏。收藏有“上第二子”“臣印克文”“昭薰印信”“孔子七十一世孙昭薰琴南氏印”四图记。此书非独传世甚稀，极可重视，即其四印，已足珍贵矣。

一九三三年十一月十六日

弹雀以珠

《庭闻州世说》中，有劝人不近仆婢之语，聪慧多益，兹录其全文如下：

时平，温饱之家，或以仆妇为可近，所谓弹雀以珠，即无失，亦于清德大有玷。

《庭闻州世说》入清《四库》子部小说家类存目一，《提要》云："所记者泰州杂事，故曰'州世说'，又皆闻于庭训，故曰'庭闻'。"《四库》不载卷数，不详撰人姓氏。余之藏本分七卷，题"泰州宫伟镠紫阳述"，与宫伟镠所著之《先进风格》合订一册。《风格》《四库》不收。

《州世说》言金瓶梅之作者，与他书不同，兹特附录于此，以供研究文学者之参考：

金瓶梅，相传为薛方山先生笔，盖为楚学政时以此维风俗，正人心。又云赵侪鹤公所为，陆锦衣炳，住京师西华门，豪奢素著，故以西门为姓。后有《续金瓶梅》，乃山东丁大令野鹤撰，随奉严禁，故其书不传。

余之《州世说》七卷及《风格》一卷，皆焦（循）里堂手写本，每半叶十一行，每行二十四字。《州世说》前有自序一则，又说例二则。《风格》前自序三则，末有跋语一则，卷首第一叶有"里堂"二字朱文方印，又"焦循手录"四字白长文方印。

《州世说》卷七末叶，有里堂手跋两则，如下：

（一）嘉庆十一年冬，十一月二十三日，录七卷讫，是日雨，天气微寒，盖一冬未雨雪，此日乃两也。

（二）嘉庆十五年，五月十九日，里堂老人复阅一过，明日夏至。

《风格》末叶，有里堂手跋云：

是日午后，写《庭闻州世说》讫，又写此卷，完时二鼓后。

焦循，字里堂，江苏甘泉人，清乾隆进士，所著有《易通释》《孟子正义》《天元一释》，等等。

一九三三年十一月二十四日

唯是痴情消不去

余家藏书中，有杂剧一种，题名曰《补春天传奇》。全书二十二叶，每半叶七行，每行十六字，著者槐南小史，即日本人森泰二郎也。《补春天传奇》演清人陈文述为冯小青修墓之故事。文述字云伯，号退庵，又号碧城外史，浙江钱塘人，于授职县令后，告假一年，在杭州之孤山别业游息，与屠琴坞、郭祥伯为友，曾作《小青曲》。

一日深夜，文述有心事不能睡，剪灯端坐。忽而小青走来，观其所作之诗，并云："我的坟墓，只在咫尺之间，你若有情，当为过访。"文述知其为小青离魂，遂决定修墓之举。

同时与冯小青受屈于泉下者，有周菊香、杨云友二女，闻文述将为小青修墓，颇现羡慕之意。小青慰之曰："姐姐们放心罢，那陈君真真是个情种，已修奴的墓，决不令姐姐们饮恨于重泉矣。"

后文述因三女皆绝世佳人，又因同葬在孤山，断无取此舍彼之理，果然将三冢一并修理，又于墓旁另造一大宅，名曰"兰因馆"。文述真情种也。

森泰所作词白，一依汉文格律，全无日文气味。虽间有小毛病，然非善于学外国语者，不能到此地步也。

余之藏本，系日本明治十三年印本，前有学海居标序，又石埭生题句。卷首标叶，卷末版权均存。此书在我国不多见，余本为某书友所赠。

全书四出。第一出《情旨》，第二出《梦哭》，第三出《魂聚》，第四出《馀韵》。本篇题目，取第一出之第二首词中。

一九三三年十二月二日

逐日苦逢迎

《漪庵遗集》中有甚雅之乐府一首云：

（琥珀猫儿坠）烟花堕落，逐日苦逢迎。叨荷君家青眼，怜合欢，令夜证三星。叮咛。惟愿取莲枝比翼，世世生生。

《遗集》未见传本。余家藏者，系焦里堂（循）手写，每半叶十一行，每行二十四字。前段所引之乐府后有漪庵自记一则云："此余昔年试事失利，旅馆无聊之作也，借以涤闷，实无所指。偶检敝笥得之，附录于此。"

漪庵不独精于词，且精于诗，兹任便录二首以见其才：

思酒二绝

春来俗绊触心痒，打算便宜入醉乡。才典鹔鹴余不惜，世情都付酒中藏。

沽酒呼童问渡过，为欣烂醉助吟哦。迈年勾当无多事，不著诗魔即酒魔。

《遗集》前有焦氏长跋，略言漪庵事及其著作，附录如后：

漪庵诗一帙，三十年前余得之姑夫范琨仲家，前后残缺，不知作者姓名。唯题中有"漪庵"二字，盖其号也。吊梁饮光诗云："犹忆文坛叨丽泽，悲思往事悼黄昏。"则尝与饮光友者。饮光湖中人，崇祯癸未进士，死于万安县白之裔之乱。漪庵盖明末隐居湖中者也。诗中与叶博之往来。博之名弥广，所称湖中三高士之一也，漪庵与之游，其慨可知矣。诗多抑塞牢骚之气，而幽爽之音，有不可淹者。嘉庆丁卯六月大病之后，继以足痹，处室中不能行，偶阅此本，惜其沉沦于虱鱼毁啮之余，将至于尽，乃摘而录之，得一卷，名之曰《漪庵遗集》，乐府附于末。呜呼，姓氏虽不传，而一字一句孰非心神血气之所在，自有是录，又可永数十年或百年，或由是即传之不朽，皆数之不可知也夫。里堂老人焦循题。

里堂老人手抄诗文集，与此合订者，尚有下列十二种，均杰作之未见传本者也：

（一）《蒙谷诗》一卷　王方岐著

（二）《霞江诗馀》一卷　罗煜著

（三）《既上人诗集》一卷　姜生齐撰

（四）《瑶房诗》一卷　张瑶房撰

（五）《闲情偶寄》一卷又附录　徐去疾稿

（六）《梦砚居遗诗》二卷　吴寅著

（七）《清渠诗抄》三卷　吴寅撰

（八）《玉山集》二卷　郭嗣龄著

（九）《鹤墅诗抄》二卷　谢九成著

（十）《学步编》二卷　谢九成著

（十一）《遣闲偶集》一卷　谢旭著

（十二）《来青阁诗抄》一卷　谢天霁撰

一九三三年十二月十一日

瞽者善听

余家藏董士锡手稿三种:(一)《阴符经解》,(二)《烟波钓叟歌章句》,(三)《决胜赋注》,皆子部道家类书也。兹将每种中采录最易明者一节,以见董氏之所谓"解",所谓"章句",所谓"注"也:

(一)瞽者善听,聋者善视,绝利一源,用师十倍,三返昼夜,用师万倍(《明符经》)。(解)夫时未至而不能退者,则必胜而后可进也。专则心胜,慎则身胜。所谓舍其二而用其一,缓其利而急其害。生杀之机,斯可执矣。用师者,非得已也,待时两已,知机而已。

(二)节气推迁时候定,阴阳顺逆要精通(《烟波钓叟歌》)(章句)推迁节气而定时候,易耳。要在精通阴阳顺逆之理,则刑德飞伏,主客先后,各得其宜矣,所谓妙难穷也。

(三)春勿东伐,夏不南征,秋天不可西攻,冬月岂宜北战(《决胜赋》)。(注)避四时旺气。

董士锡,清武进人,字晋卿,一字损甫,嘉庆副贡,精虞氏《易》,兼通壬遁之学,著有《遁甲因是录》《齐物论斋集》。其手稿三种,不见传本,想尚未刊行也。

余藏之董氏手稿,每半叶八行,每行二十三字,涂改之处极多,有用朱笔者,亦有用墨笔者。卷首护叶有焦循手跋云:"嘉庆戊辰四月江都焦循借录一过。”下钤“焦循手录”四字白文长方印。

一九三三年十二月十四日

年与日长

明李开先著《中麓山人拙对》卷之上散对中，有一联云：“礼攻吾短，曲礼三千，毕竟百千万礼以尽；年与日长，行年五十，始知四十九年之非。”此联正合余意，惜不善书，否则可以抄录以为座右铭也。

《中麓山人拙对》分上中下三卷。上中两卷八十五叶，下卷七十六叶，共一千六百二十一联。下卷最后一联云：“对择千联，其余不足观已；字过二万，虽多亦奚以为。”

卷中四十一、四十二叶有一联，甚合现今时事，兹特照录如后：

国虚黠虏来侵，清宵传箭。攘外少良谋，梦中还说梦。

路涩穷民作梗，白昼操戈。赈饥无奇策，愁上更添愁。

李开先所撰之对有极精者，兹再抄录数联于后，以见其才：

（一）惭无食肉相；别有养自资。（卷上三十三叶）

（二）六月初离，似月行而云住；风霜俱厉，必风息而霜飞。（卷中六十一叶）

（三）久别不通信；相看知是谁。（卷中七十四叶）

（四）见死无人救；浮生往自忙。（卷下十三叶）

（五）娶妻莫恨无良媒，书中有女颜如玉；有名何必钻顽石，路上行人口是碑。（卷下四十一叶）

余家藏之《中麓山人拙对》系明嘉靖中刊本，大黑口，双鱼尾，四周双栏，每半叶九行，每行十八字。上卷前有嘉靖壬子李开先序；中卷后有嘉靖癸丑李开先后序，又李思禄、高明、裴克恭，马晖、陈安德、袁学诗等跋；下卷前有嘉靖己未李开先序，后有开先后序三首，又卞蛟、张自慎、逯希闵、沈仕、虞得琴、田江、高明、朱懋修、徐慎独、王烈、李逢春、魏北、王枝、王任、王应诏、卢应龙、王梗、胡士荣、娙春溪、春田等跋，及中麓自跋。

李开先，明章丘人，字伯华，号中麓，嘉靖进士，官至太常寺少卿。罢归，治田产，蓄声伎，精于词曲。其所著及所刻之书，极不易得。余家藏者，除《拙对》外，尚有《宝剑记》《塞上曲》《张小山小令》《词谑》等等。《拙对》北方某馆有之，似欠一卷。

一九三三年十二月十八日

昨夜清香入梦来

购求古籍，以元人诗文集为最难得，而元人诗集中，尤以《汉泉曹文贞公诗集》为最罕见，余家有之，且为名抄也。

余家藏之《文贞集》系明山阴祁氏澹生堂蓝丝栏抄本，每半叶十行，每行二十字。全书十卷，前有总录（即目录），卷十后附后录，末有至元戊寅吴全节跋。祁氏澹生堂主人名承㸁，字尔光，万历进士，富藏书，精校勘，其家抄校诸书，艺林视为珍宝。

《文贞集》元曹伯启撰，其子复亨类集，胡益编录，入清《四库》集部别集类十九，《提要》云："伯启生于宋末元初而家世江北，不染江湖末派，亦不沿豫章馀波。所作乃多近元祐路。惟五言古诗，颇嫌冗杳。其余皆春客娴雅，沨沨乎和平之音，虽不能与虞杨范揭角立争雄，而直抒胸臆，自谐宫征，要亦不失为中原雅调矣。"

兹录七绝一首于后，以见曹方贞之才：

索李副使画梅

酷爱孤根暖独回，吴缣光拭向谁开。

小诗欲寄司花手，昨夜清香入梦来。

余家藏之澹生堂抄本《文贞集》，总录首叶有“澹生堂经籍记”“旷翁手识”“山阴祁氏藏书之章，“子孙永珍”四图记。卷一首叶有“蕢尧”“范印毓瑞”二图记。卷首护叶有《旷翁铭》，为自来藏书章之最长而最有味者，其文云：

澹生堂中储经籍，主人手抄无朝夕，读之欣然忘饮食，典衣市书恒不给，后人但念阿翁癖，子孙益之守勿失。

一九三四年一月七日

约誓不相离

周亮工有《懊侬歌》四首，其一、二首，简明易读，兹照录如后：

约誓不相离，梦里与欢远，侬意正可怜，欢言梦是反。

欢询侬小名，婉转不成吐，爱欢枕上呼，故意打鹦鹉。

上见亮工所著《赖古堂集》。亮工，字元亮，一字缄斋，又号栎园，祥符人，明崇祯进士，清康熙初为江安粮道，坐事论绞，遇赦得释，寻死。工古文，尤喜为诗，有《书影》《赖古堂集》等。《赖古堂集》二十四卷，附录年谱、小传、神道碑、墓志铭、墓碣铭、行状、行述等一卷。入清代禁书目，因卷八、卷十二、卷十三有涉钱谦益字样，经奏准"三处应请抽毁"也。查此三处实无"干碍"文字，所以必抽毁者，有钱之姓氏耳。兹录三处之原文如下：

（一）卷八第十三叶有诗题曰："钱牧斋先生赋诗相送，张石平、顾与治皆有和，次韵留别。"

（二）卷十二第八叶有诗题曰："章丘追怀李中麓前辈"者，其小注中有"近虞山刻列朝诗选，始为阐扬，小传颇悉公生平"等语。

（三）卷十三第七叶，在《顾与治诗序》一文中，有"复走虞山乞钱宗伯为墓表"一语。

以上三处，今人视之，皆无关紧要者也。当时必禁必毁者，恨钱之名耳，意欲消灭之也。然身可杀，名岂得灭乎！此诚愚鲁者之行为也。

卷二十第十七叶“与张瑶星”第六书中，有“闻牧斋先生，手撰前人遗事，高至数尺许……”等语，当时“大臣”未见，故未奏禁。然全书中类此者，想必尚有数处也。

亮工精于诗文，前列两诗已足见其才。文之长者，不便抄录于此。下引者《与何次德书》也，虽极简短，亦足以见其言事之妙：

弟幼时见傀儡戏，二尺许长，线索累累，任人捉弄。近则变为数寸许，以木板推之，全似自用聪明者。嗟夫，傀儡亦且惭小，何况于人。傀儡亦不由人线索，而欲自运聪明，可畏亦可悲夫。

余家藏之《赖古堂集》系康熙十四年原刊初印本。大黑口，双鱼尾，半叶十一行，行十九字。前有吕留良序、钱陆灿序、钱谦益序、毛甡序、周在浚（亮工子）识语，又细目四十叶。

一九三四年一月二十五日

曲罢美人犹不见

明代诗人，有所谓前后七子者。前七子李空同、何大复、边华泉、康对山、徐迪功、王九思、王廷相是也；后七子李沧溟、王弇州、宗子相、谢四溟、徐中行、梁有誉、吴国伦是也。本篇所述，徐中行与其诗也。

徐中行，明浙江长兴人，字子与，嘉靖进士，入李沧溟、王弇洲等诗社，称后七子，官至江西左布政使，有《天目山堂集》十二卷（附录一卷）及《青萝馆诗》六卷。前者万历甲申徐咏刻本，后者隆庆辛未汪时元刻本。余家藏者，隆庆本也。

中行之诗，有讥其"摹古太似"者，亦有称其"左准右绳，靡所不合"者，或褒或贬，世无定评。兹抄录其七言五言各一首于后，俾本《晶》读者，得自见其优劣焉：

（一）停舟溪上怀子相

夜阑星斗挂千峰，吹笛江楼思万重，曲罢美人犹不见，空悬明月照芙蓉。

（二）活水池

池分襄阳水，岸夹武陵花，但得高阳侣，宁须问习家。

中行善于古歌，下列《捕虎词》较上引两诗，似更多兴味也：

湖边野人何太武，赤手山中捕两虎，卞庄之术何足数，安得一骑疾于风，鼓行而西击胡虏。

隆庆本《青萝馆诗》，白口，白单鱼尾，左右双栏，半叶九行，行十八字。前有细目，刻工有孝、才、学、魁、进、宗、仲坤、臣明、元冏、朱大、相虎午、时人、二、训安等人。此书世不易见，叶德辉、郎志九有跋。余本即叶氏旧藏者。

《青萝馆诗》已经汪时元删汰其少年时代之作品，故较全集，即《天目山堂集》为菁华也。

一九三四年二月四日

美景良辰

《吊谱折中》卷末《赔例歌》开始数句云：

美景良辰，名园夏屋。嘉宾戾止，叶子相角。不有赔例，何以折服，率成短歌，用告初学。

可知赌有文武粗雅之分，而尤非择时、择地、择伴不可。至于资本，亦宜充足。

吊谱，世无刊本。数日前余在申市某古书铺购得素纸精写本，鸥侣主人所撰，半叶八行，行十九字，前有松衲老农序、鸥侣主人自序；后有清泉居士跋及法斋跋。全书一卷，分凡例、本义、缘起、吊经、场规、罚例、不斗色样贺例、斗上色样贺例、冲出色样贺例、冲例、散例、发张赔例、捉张赔例、臧张赔例、留张赔例、桩家赔例、百家赔例、化桩赔冲例、谱辨、誊言、赔例歌等。

“吊”即马吊，形似纸牌，以军令行之，法分四垒，用叶子四十张，各执其人，而虚人为中营主将获之，以纪殿最，定尝罚焉。每一叶子为一种，共分四种：曰“十万贯”，曰“万贯”，曰“索子”，曰”文钱”。万贯索子，均始于一，尊于九。十万贯自二十万贯始至万万贯，共十一叶，俱绘人形与万贯同。文钱一种，最尊者空汤，次枝花，次一二以至于九，亦共十一叶。文钱中空汤，亦绘人形。所谓人形者，《水浒传》中之人物也。

马吊，俗称“打马吊”。古称“马掉脚”。

余之《吊谱》，抄写既精，文字亦雅。兹试引《吊经篇》中”论吊”一段以明之：

牌无大小，只要凑巧；不凑巧，不能吊也。一牌死，二牌生，三牌则死一；四可以死二,五可以死三矣。将欲取之，必姑与之，将兼取之，必各与之。假之张先出，重张先得；利则速往，败则改图。美不欲尽，禽不欲早。与其起桩，毋宁纵散；与其苟活，毋宁殉敌。故单或呈巧，多或见拙。先后人己之间，可不审欤?

马吊类似朴克之点极多，他日吾人“抵制”（Boycott）洋赌之时，当有复兴之机会也。

一九三四年三月三十日

忠孝节义

忠孝节义，旧道德所主张，亦新生活所赞成者也。余家藏明金陵富春堂刊曲本四种，适足以表现此四善，兹特将其名称，折数，细要等，开列如后：

（一）《双忠记》二卷，三十六折。天宝中范阳兵起潼关，张巡、许远拒贼而死，后身为厉鬼，阴中杀败元凶。唐室中兴，建双忠庙以纪念之。

（二）《跃鲤记》四卷，四十二折。姜诗妻庞氏，颇知孝道，母老久病，喜欢江水。一日风狂浪急，媳不能汲水，母怒，逐之出门。庞氏寄居邻家，以纺织所得，调羹作脍，暗送其姑。因此婆知妇孝，复使夫妻相见，而上天亦赐以涌泉鱼也。

（三）《白兔记》二卷，三十九折。言五代时刘智远与李三娘事。智远好赌倾家，不得已出门投军。三娘之兄嫂，欲其改嫁，不允，遂虐待之。三娘生产时，无人收生，自咬儿脐。智远战争有功，十五载后，夫妇母子，得重逢也。

（四）《十义记》二卷，二十八折。韩朋妻李翠云仪容俊雅，德性幽贤。关中某富户托钱婆为媒，欲娶之为妾，朋打骂以拒之，因此被拿，弟韩福替死以救之。翠云名节既全，韩朋灭贼亦有大功，后均受皇封。

上曲本四种，均明金陵唐氏富春堂刊本，白口，单鱼尾，上题书名，中记卷数叶数，下题“富春堂”三字，每半叶四周花边，十行二十一字，小双行，字数同。《双忠记》有图十面。《白兔记》，谢天佑校，有图十三面。《跃鲤记》有图二十六面。《十义记》，罗佑音注，有图十八面。收藏有“王国维”三字方印。卷首标叶尚存，题“绣刻演剧十本”六大字，又“第一套：双忠记，白兔记，琴心记，东窗记，升仙记，跃鲤记，青袍记，和戎记，金貂记，香山记”等三十三小字。查富春堂曲本，市上最不易见，公家藏之最多者，惟北平图书馆，然《琴心记》《青袍记》《升仙记》及《双忠记》尚无有也。

一九三四年五月十一日

宋本无“见”

“年来读书，只觉（见）得此意分明”，此明本《晦庵文抄》与刘子澄书中之语也。宋本“觉”字下“得”字，无“见”字。余意“觉”字重复无用，可省，应依宋本。

余家藏之明刊《晦庵文抄》，即上节中引语所从出者，有前人依宋本详细校勘，累赘误刊之字，经校正者，不计其数。兹任意抄录几则，以见其工作之善：

（一）所以谨邪僻之防（安）义理之习者，自不能已。（宋本有“安”字）

（二）妨乱德政。（宋本作“妨德乱政”）

（三）后来却因汪丈之说，更欲立言，以破其惑耳。（宋本“立言”作“正名”）

（四）人三才之所为三才者，固未尝有一道。（宋本“道”下有“也”字）

（五）蒙别纸开示讲说之意尤详。（“讲说”宋本作“说诗”）

（六）姑以记其本末（“以”宋本作“为”），以告后之君子。

（七）恭俭言实，于妇功不少懈。（“言”宋本作“信”）

（八）女已埋铭曰：朱氏女，生癸巳，因以名，叔其字，父晦翁，母刘氏，生四年，呱失恃，十有五，适笄珥，赶聘入，奄长逝，哀汝生，婉而慧，虽未学，得翁意，临绝言，孝友悌，从母藏，亦有志，父汝铭，母汝视，汝有知，尚无畏。（铭末宋本有“宋淳熙，岁丁未，月终辜，壬寅识”十二字，此亦铭辞，不知明文何故删去。）

《晦庵文抄》六卷，明吴讷选编，清《四库》不收亦不存。余家藏者，系嘉靖间刊本，白口，白单鱼尾，左右双栏，半叶九行，行十八字，前有嘉靖十九年吕柟序，嘉靖庚子张光祖序，后有宣德五年纳自序，卷六末叶有朱笔手跋云：“咸丰已未岁三月，依王宝翁校本录校一过。松雪道人。”

吴讷，字敏德，号思庵，明常熟人，累官南京左副都御史，刚介有为，卒谥文恪，有《文章辨体》《棠阴比事》《详刑要览》诸书。

一九三四年七月十五日

文章正轨

自著之书，由自己批点，自己赞美，付之子孙，欲其收藏学习，此类书籍，世不多见。余家藏者，亦只一种，即清石韫玉所著之《独学庐稿》是也。稿之首册目录后有朱笔手跋一则云："道光丙申新正，雨窗无事，因自取文集点勘一过，寄福儿藏之。后人有学文者，其法尽在于是。此文正轨，不落旁门外道者也。独学翁记。时年八十有一。"

独学翁，字执如，号琢堂，乾隆五十五年庚戌科殿试第一人及第。川楚教匪之乱，韫玉佐勒保军幕，用坚壁清野法，贼次第就僇，官至山东按察使。韫玉人品端正，为理学名家，法式善《槐厅载笔》中有记其事云："石韫玉，字执如，负文章盛名，而实道学中人也。尝谓我辈不能扶翼名教，而凡遇得罪名教之书，须拉杂摧烧之。家置一字库，名曰孽海，盖投浊流，勿使扬其波也。"依此，则韫玉所长在人品而不在文章也。然其诗文，固极循规蹈矩者。兹引散文一段，五言七言各一首于后，以为阅本《晶》者之研究：

（一）杨氏祭田记

（上略）予尝概夫吴俗波靡，奢淫相尚，一婚嫁，一燕享，必竞胜于人。虽破其产不惜，而尊祖敬宗收族之义不之讲，往往坐拥厚资，纵欲败度，以夸豪举，不再传而冰消瓦解，子孙有衣食不给者矣。（中略）今杨氏兄弟，以贸迁有无之业，勤而不匮，以起其家，而又能于慎终追远之事，殷殷然三致意焉，可谓知本矣。（下略）

（二）浣纱祠（《越绝书》载伍子胥奔吴，托食于濑水之女，今祠在和州城西隅）

谁识芦中士，遭逢会有期。关弓回楚使，鞭墓暴吴师。儿女怜才意，英雄失路时。古今无限恨，独吊浣纱祠。

（三）喜达里门

他乡虽好不如归，喜趁晨光叩故扉。万卷藏书成敝帚，十年应举尚初衣。自怜道路风尘老，渐觉亲朋慰藉稀。差胜洛阳苏季子，闺中犹有妇停机。（按：此诗虽呆板，尚较英人之Home，Home，Sweet Home多意味也。）

《独学庐稿》除五稿字作欧体外，馀均赵书写刊，每半叶十行，每行十八字。全书黑口居多数，五稿与馀稿有用白口者。

一九三四年六月二十五日

章 草

现今书家，甚有赞成所谓章草者。章草，最古之草书也，观下列引语自明：

篆隶之作古矣，至汉章帝时，乃变而为草，骎骎至两晋，王氏羲献父子，遂进于妙。汉元蔡邕，亦一时号为子墨卿也。稽考古今法书，以秦代苦篆隶之难，不能投速，故作草书，不知杜度倡之于汉，而张芝皇象，皆卓卓表现于时。崔瑗、雀寔、罗晖、赵袭，各以草书得名，世号章草，至张伯英出，遂复脱略前习，以成今草。

上引者，见《宣和书谱》卷第十三（一百十五叶）。《书谱》二十卷，不著撰人，记宋徽宗时内府所藏诸帖。卷一，历代诸帝王书；卷二，篆书及隶书；卷三至卷六，正书；卷七至十二，行书；卷十三至十九，草书；卷末，八分书，又制诏诰命。

《宣和书谱》入清《四库》子部艺术类一，《提要》称："宣和之政，无一可观，而赏鉴则为独绝"者，谓著录于谱中诸帖，皆精品也。《书谱》刊本，行世者有三：一，学津本；二，津逮本；三，嘉靖本。嘉靖本即杨升庵刊本，白口，双白鱼尾，四周双栏，半叶九行，行十九字；前有嘉靖庚子杨升庵序。余家藏者，即此行世最早之嘉靖本也。

余家之《书谱》，有"叶启发家藏书""石林后裔""东明所藏”“叶启发东明审定善本”“叶启发印”“孙忠愍侯祠堂藏书记”“古潭州袁卧雪庐收藏”“臣印星衍”“五松书屋”诸印记。末卷之末有叶德辉手跋，附录于后：

《宣和书谱》二十卷，每半叶九行，行十九字，前有明嘉靖庚子杨慎序，称博古图南国子监有刊本。此书虽中秘亦缺，余得于亡友许吉士稚仁，转写一帙，冀得播无绝云。首有："孙忠愍侯祠堂藏书记"九字朱文篆书大方印，"臣印星衍"四字白文篆书方印，"五松书屋"四字白文篆书方印，"古潭州袁卧雪庐收藏"九字白文篆书方印，盖本孙渊如观察五松书屋藏书；后移藏孙忠愍祠堂者。粤寇乱后，孙祠书尽散出，为县人袁漱六太史芳瑛所得，故又钤有袁氏印记。据《孙祠书目内编》书画第十一，载《宣和书谱》二十卷，注宋徽宗御撰，明杨慎序刊本也，即此本也。平津馆鉴藏书籍记明版内载之，云每叶十八行，行十九字，与此合。陈宗彝编次《廉石居藏书记》云"此本最古，在诸本前"，《天禄琳琅》载一本，云"抚印虽精，字画不能工整，其为明代坊间所刻无疑"。即此本贾人又去其序者，从于定侯新得此书，取校余藏汲古阁津逮秘书本，时有胜处，不特字体古致，纸墨精良，读之令人目爽也。丙寅夏四月朔，郎园叶德辉。（下钤"郎园"二字朱文方印）

一九三四年十一月二十五日

法家难得之书

岱庐先生台鉴：

月前由唐鸣时兄转到大著《中国历代法家著述考》一册，是时适为二小儿完姻，又因其他种种杂事，未能申谢，抱歉之至。近日细阅尊著，见其内容丰富，取去得当，佩服之至。法家类书籍，弟家劫后存者尚有数种，似为大著中所未载，兹特另单开明，以便参阅之用。专此，敬请

台安

弟周越然上十二月四日

（一）《刑台法律》十八卷，首列首卷，一卷，附卷一卷，又副卷一卷。全书前有徐鉴序，明艺林熊氏种德堂刊本。是书分类注释，律文之外附告示、判词等等，似专为当时书吏之用也。

（二）《清明集》十四卷，明隆庆三年盛时选校刻本。卷一、卷二，官吏门；卷三，赋役门、人事门；卷四至卷九，户婚门；卷十，人伦门；卷十一，人品门；卷十二至十四，惩恶门。首有张四维序，末有时选序。是书日本有宋刊残本，弟家藏者系最足之本，亦为海内外孤本，清《四库》作十七卷，误也。

（三）《慎刑录》四卷，明王士翘辑，明嘉靖间刊本，前有士

翘序。

（四）《楷辞》十二卷，明张肯堂谳，明崇祯间刊本，有成靖之及司惟标两序。

（五）《雪史》不分卷，清张三异著，清嘉庆戊辰横经草堂刊本。

一九三四年十二月六日

海内孤本

本篇言余家藏之《剿闯小说》，海内孤本也。

《剿闯小说》亦名《孤忠小说》。“闯”指李自成言，“孤忠”指吴三桂言。作者痛骂自成，而称善三桂，盖见弘光南都之中兴，而不知勾结“东虏”之结果耳。此书入清代禁书目，行世极稀。孙子书在日本内阁文库曾获见一部，其所著之《日本东京大连图书馆所见中国小说书目提要》中称：“明刊本，图五叶，十面。正文半叶八行，行二十二字……凡涉朝廷皆顶格，馀一律低一格。”此与余书同者也。至称撰人为“西吴懒道人”及题序者为“西吴九十翁无竞氏”则与余书不同。余之藏本，题序者为“昆陵学士”，而撰人则为“润州葫芦道人”也。孙君所见者，与余所藏者，有此不同，似非两书对比，不能知其为一为二矣。

本书虽以小说为名，实不具小说之原素，如结构，描写等。惟其中所载重要文件，如死难诸忠姓氏，伪官名单，金坛诸生讨降檄，等等，皆为正史所不及，甚有价值也。五回中附录贼事奇闻多则，均甚有味，兹录一则于后，以供本《晶》阅者之阅读，亦以见本书之文字：

有哨贼独骑一队至某村，村民尽逃，独李家姑媳二人寡居。贼入其室，因视无人，凶索酒饭，调戏少妇。妇曰：“远来必饿，待我去整治酒饭。”先暖酒一壶与贼，贼尽饮而醉酣睡去。姑媳二人计议，烧起滚水一锅，先咳嗽以试之，贼不醒，又以铜器掷地作响声，贼不知觉。乃缚其手足，以滚汤满头浇之，贼熬痛不过，暴跳而死。

余家藏之《剿闯小说》系白口本，无上下鱼尾，单栏，版框高约八英寸半，广约十英寸。每半叶八行，行二十二字。全书十回，首列甲申（一六四四年，即顺治元年）昆陵学士序，目录，又精图十面。

一九三四年十二月十三日

“书”类之书

余家藏书，以“书”类为最少，然此实古代用以导政事者，不可不多读也，他日遇有余力时，当逐渐添备。兹先将现存者及前岁遭劫者，共列一目如后：

（一）《书经集注》一卷，明刊九行十七字本，白口，下题“湖广刊行“四字。

（二）《书经集注》七卷，明初活字本，上白口，下黑口，双鱼尾，均下向，九行二十字。

（三）《书集传》六卷，明刊本，八行十四字，小双行，不顶格，十七字，大黑口，双鱼尾。

（四）《禹贡论》二卷，《后论》一卷，明红丝栏抄本，十二行，二十二字。

（五）《尚书古文疏证》八卷，附《朱子古文书疑》，清乾隆间大成斋刊本，十一行二十字。

除上列五种外，余家尚有英译本数种，又（甲）金刻《尚书注疏》卷二十第六叶，及（乙）宋刻《刻书集传》卷四第四十二叶。金刻残叶，白口，双鱼尾，左右双栏，半叶十三行，行大廿六或甘八字不等，小字十五字。宋刻残叶，白口，双鱼尾，左右双栏，半叶八行，行十五字。第一种即《书经集注》，有莫楚生（棠）手跋，转录如下：

去岁在京师，得正统刊大字本，有阙卷，以赠友人。顷在太仓购此，逊正统本甚远，盖明代官刻耳。若改六卷为十卷，《集传》为《集注》，则孙渊如所藏元代坊本已然，是本又祖之也。己丑二月初九日。

范目有明刊数部，亦曰《集注》，有作八卷者，皆非此也。

一九三五年四月六日

读书一年

我从二十岁后起，每年必读一二部或三四部名著——有国文的，有西文的；有文学的，有科学的。我去年读的是什么？我去年读的，还是古籍呢？还是新著呀？为的是消闲呢？还是用功呀？

这种问题，连我自己也不能作答。但是这篇文字，旨在检讨，我不得不再问自己；我去年读的是什么？

我在去年一年中，自己买的书，别人赠的书固然不少，但是读的书似乎一种都不全。家内诸人及同事诸君，看见我每日捧了书本，"手不忍释"地横读（西文书）竖读（中文书）；我读的到底是什么名著？

我的的确确每天捧书，每天读书——四十年来如一日。十多年来天天不离吾身的，是蒲留仙的《聊斋志异》。它是我最亲热的伴侣——妻子当然除外。遇到人声噪闹时，我读它；遇到心绪不宁时，我读它，遇到小病小痛时，我读它；遇到酒醉酩酊时，我读它。我已经读过十几遍了；我还要读。这样地读聊斋，至多是消遣，算不得读书。真正读书，非苦究，非用功不可。那末，我虽然以聊斋为伴，仍旧不是读书。

我天天看日报，常常读杂志。这算不得读书。我去年曾经读过柳雨生兄的《怀乡记》，纪果庵兄的《两都集》，周幼海君的

《日本概观》，冯女士的《结婚十年》，张女士的《传奇》，徐一士君的《一士类稿》及《作家自选集》，等等。倘然友人或者近人的新著算不得书，那末过去一年我没有读过一部全书。

我去年又重读《儒林外史》《三国演义》《西厢记》《红楼梦》。重读就是温习，可以算得读书么？温习不用若功，当然算不得读书。

我去年用尽苦功，想要攻究的书，也有一种——就是《颜氏家训》。我从二月起到十一月底止，每日总翻开来看看，读一二行或半叶，读了十个月，虽然有精美的刊本与完备的注释做我的帮忙，我依然一无所得。《颜氏家训》的句法虽然不怪，但是它的用字太僻（？），它的典故太多。在今年一年中，我希望把它仔仔细细地研究一番。

从今年起，我的希望多了，大了。我希望我的目光愈老愈明。我希望我每小时能阅小字书三十叶——从前二十前我能阅二十叶。我已经是六十岁的“老翁”了；不过我希望在七十以前，温习幼时所熟读的论孟、毛诗及左氏传，温习中年所涉略的史汉三国——同时不遗漏当时人，同时同代人日新月异的创作。

最末，我还有一个较大的希望——我希望本刊阅者，人人康健，个个进步。

一九四五年四月一日

鱼 儿

《临川集》卷三十四，有题《鱼儿》诗一首云："绕岸车鸣水欲干，鱼儿相逐尚称欢。无人挈入沧江去，汝死哪知世界宽。"语虽稍苛，然实近理也。

《临川集》(一名《荆公文集》) 一百卷，宋王安石撰。余家藏者，有宋明两种刊本。宋刊黑口，单鱼尾，左右双栏，半叶十二行，行二十字，存一至二十七卷；明刊或黑口或白口，随卷不同，四周双栏，半叶十一行，行二十二字，前有嘉靖丙午章衮序，后有同岁陈九思后序，及应云鸾识语。

王安石，字介甫，少好读书，工为文，神宗时为相，兴青苗、水利、均输、保甲、免役、市易、保马、方田诸法，行之无效，罢为节度使。元丰中复拜左仆射，封荆国公。哲宗立，加司空，卒谥文。安石行事，不合潮流，为当时及后来之保守家所轻视，不知改革即进步，治家治国，均不可缺也。然其文章，拗折峭深，世都以大家目之。兹再引散文一节，以见其志，并以见其辞也。引文如下：

古今人以是为礼，而吾今必由之，是未必合于古之礼也。古之人以是为义，而吾今必由之，是未必合于古之义也。夫天下之事，其为变岂一乎哉！固有迹同而实异者矣。今之人諰諰然求合于其迹，而不知权时之变。是则所同者古人之迹，而所异者其实也。事同于古人之迹，而异于其实，则其为天下之害莫大矣。此圣人之所以贵乎权时之变者也。

上引诸语，见六十七卷《非礼之礼》篇。据最近传说，《临川集》将为县长训练班之文学教本，未知确否。若然，则“商务”之洋装小字铅印本，销行必广矣。

余家藏之明嘉靖本《临川集》，有“何巨父印”“莫棠之印”“楚生”“独山莫氏铜井文房之印”等收藏图记。卷首护叶有莫楚生手跋，附录于后：

此本为周太守星饴所藏，转入苏州蒋氏，予盖得之蒋。蒋之书富而多善本，皆太守卅年之所聚，而以偿负于蒋氏者也。太守字季贶，绍兴人，籍祥符。兄弟均有名，而太守独多识前言往行，善为诗，晚居吴下。予买此书及他种，并以相示，为之抚卷感慨云。唐子三月，棠记于铜井。

一九三五年六月二十日

人亦虫也

近在中国书店购得稿本《雕虫集》一册，其第一叶有黄之隽、朱霞、陈崿、陆昆曾题序。四人皆大上海籍。黄序开始云："虫与人并生，人亦虫也，虫亦人也。"语法极妙，故引之为题。

《雕虫集》作者徐今吾，想是咸道以前人，手头无志书，无法查其事实。书用素纸写成，全体王字，美丽之至。朱笔圈点音注，系一人所为，亦极整齐。

全书计五言诗一百首，原著人云："丁未长夏，风雨杜门，有触于庄子虫天之说，随举一虫，即赋一诗，前后得五言百首，本无伦次，集成以'雕虫'名之，明乎其技甚小，壮夫不为也。"丁未当是嘉庆五十二年（一七八七）或雍正五年（一七二七）。兹引虫诗三首，以见作者之文字：

（一）灯蛾

欲附熏灼势，遑计后有灾。白日不曾至，昏暮突如来。私室分余光，自诩非庸才。瞥眼成灰烬，何由返蒿莱。

（二）蚤

躁急本性成，饕餮靡有极。其细亦已甚，处此实相逼。膏血恣所求，竟似难当贼。一朝落人手，跳脱不可得。

（三）甲头生

同为造化生，何独不自爱。望尘辄叩头，非止一而再。劳惫固所甘，耻辱且能耐。未知仆仆余，可亦萌愧悔。

此书系张存诚旧藏之物，每半叶八行，每行二十字。余拟在七月初举行之上海文献展览会中陈列之。

一九三七年五月三十日

作家成名之累

我所谓作家，指有书本出版的人而言。我所谓书本，指一百叶以上的文集、诗集，或专门著作而言。所以为书局编教科书者，或为日刊期刊写小品者，我都不当他们为作家。所以我自己不是作家。

作家有成名的，有不成名的。不成名的以为成名之后，心中所要的“黄金屋”，心中所要的“颜如玉”——心中所要的一切——可以不求而得。其实何尝如此？我现在以“作家成名之累”为题，讲他们的苦楚——是小说，也是实事：

张姓少年，是富家子弟。他在二十五岁大学毕业后，就注重文艺，立志创作，到了三十二岁已经成了《哲学论》一巨册，又《纪游诗》四百首。他把稿子送给“名家”批评的时候，大家都说好，大家都称赞不已。

他决意将稿子付印，但自己又转念道：“还是卖稿呢？还是抽版税呢？”

全城大小出版家，都对他说道：“目下时局不好，纸张缺乏，无力购买稿子，更无法实行版税制度。”

但是著作不出版，人们怎能知道他的能力呢？他怎能成名呢？他不得已，只好自己付排工、印工，自己付纸价，把他的著作来问世。

他每天到印刷所去看校样。忙了六个月，一本文集，另外一本诗集都印成装好了。他一共印成文集二千部，诗集一千部。他一共付去五万余元，告白费还不在内。

第一天出版的早晨，来了文艺界的好友二十余人，各得文集一册，诗集一册。

他们得了书，马上就打开来念，念了就赞；念之不已，赞之不已——到了十一点半，主人请他们到外边去吃饭，他们还要念，还要赞。主人开了四瓶白兰地，四瓶香槟酒，总算把他们的读书声和赞美声淹住了。

第二天早晨，又来三十多人，又每人各得文集一册，诗集一册。每人又各大念大赞。主人又请他们去大吃大喝。

第三天早晨，第一天来过的朋友又来了。他们说道："文集诗集中，除了前日所见的那些优点外，我们又找到许多新奇的理论，精美的辞句。我们今天特地来作报告的。"那一班人又得到了好菜好酒。

那天下午，张"大家"自言自语道："他们每天有这许多人来，我要给他们诗文集，还要请他们吃喝，长此下去，怎样好呢？我想我不如暂避的好。我把书托书坊代售。"

他真的搭火车离开了家乡。三个月后归来，看见房间里堆满了自己的著作，都是书坊里退回来的。他印书，他请客，他游历——他固然是一个作家了，并且许多朋友称赞他好。然而实益呢？

我有五言歪诗是形容他的，如下：

看他稿子者，

说他有前程，

等到书出版，

完全卖不成。

请人去吃喝，

个个是弟兄，

托他帮帮忙，

大家心不诚。

奉劝文学士，

最好不求名。

不付印刷费，

袋中倒充盈。

一九四四年五月十日

作家不一定是天生的

文学界常常说道："作家是天生的，不是人工的。"这句话有例外——不可全信。爱尔兰作家莫鲁（George Moore，即乔治·莫尔，生于公历一八五三年，卒于一九三三年）氏，所写的小说有极精者，并且爱读它们的人，世上也不少。但仔细研究他前前后后各种作品，我们知道他们所以成名的缘故，不是因为天才，完全由于人力。他幼时就喜好乱涂乱汰，然而涂汰并非作家造成的主要条件。莫鲁有志学人，善于模仿——这倒是他成功的原因。

他最初学做韵文，曾经印过两册诗集。一册叫作《激情之华》，另一册叫作《无宗教者之诗》。这两个书名，真是惊人！但它们的内容既极平常，而其文字亦不美雅。莫氏自以为他所写的诗全属施温朋（Swinburne）派——勇敢、胆大。然而施氏真诚，莫鲁虚伪；施氏合调，莫鲁不调。两氏的诗，无法比较，不可同日而语。

莫鲁是有余之家的子弟。他常常旅行，到名都，到大邑，到伦敦，到巴黎。当代的小说家、艺术家——法国的、俄国的、英国的——他认识者很多。他非独认识他们的面孔，还要研究他们的作品；非独研究他们的作品，还要研究他们的文章。他看见别人写了一本忏悔录，自己也就依样葫芦，也来一本忏悔录。他看见写实小说盛行于世，自己就马上动手写那种小说。

他于抛弃施温朋之后，最初效慕的作家，是法人宓瑟（Alfred de Musset，即阿尔弗莱·德·缪塞，生于公历一八一〇年，卒于一八五九年），宓瑟氏是小说家兼戏剧家。他的《忏悔录》，真能感人！莫鲁看上了这本书，马上就写成他冷淡无情的《一青年之忏悔录》。现在这本书，西洋印刷家还年年重版，因为文学界还喜欢看它。为什么我们还喜欢看它呢？因为那个青年，不像一个人，活像一只驴。他的言语，他的行为，都不近情。我们喜欢看那个青年所闹的笑话，不是要看莫氏所做的文章。

后来法国的大作家左拉（Zola）（生于公历一八四〇年，卒于一九〇二年）氏的写实小说，风行全世。莫鲁立即仿效，写成十多册类似左氏的小说。崇拜莫氏者，以为那一本《麦葛傅雷哲传》（*Mike Fletcher*）是杰作，是真的写实——远胜左氏的作品。我虽没有细细的读过，但我知道它的内容。我觉得他的写实方法和材料，与别人的完全相同。他的写实功夫，并无胜人之处。这就是说：他的学徒的年限，还没有满。

他今天效慕，明天仿造——后来果然自创新法，自成一派。在这个时期，他所写的小说，共有三种——统统完美，统统受人敬服。第一种叫作《迎与送》，第二种叫作《已过之年的记录》，第三种叫作《自状》。

先言第一种：《迎与送》（*Hail and Farewell*）的背景，是爱尔兰文学复兴。书中所述的人物及逸事，都与那个运动有关系的，并且都是莫尔的经验。在这书中，莫氏的文字甚为明晰；他的方法，也极自然。他采取直陈体（物语体），夹以会话。他所描写的人物个个是活的，件件是真的。并且书中饶于美句，饶于幽默；我们阅读这本书的时候，觉得“手不忍释”。

他用以写这本小说的方法，后来被爱尔兰文学复兴的领袖叶芝（Yeats）知道了。叶氏就采用那个方法，写自己的回忆录（名称《面巾之震抖》。你看莫氏荣耀么？《迎与送》真的是文学名著！

再言第二种：《已过之年的记录》（*Memoirs of My Dead Life*）是一本很愉快的小说——是一本自古以来没有写得这样巧妙的“淫”书。淫书大概不成文学，但是这本小说确为文学。这本小说的主旨不在导淫而在消遣。它不触犯人，也不教训人。没有毛病的人读了它，决不会出毛病，著者所取的材料，虽然多是“肉欲”的，但同时也是“慎重”的。像这种小说，我们中国没有。可惜我的本子已经遭劫了；否则我想把它翻译出来。

末言第三种：《自状》（*Avowals*）最初出版的时候，著者不愿意公然发售。他采用的预约法，并且本数有限。本数有限的预约法，是西洋书肆用以推销名著或淫书的。莫氏的新著，为什么要这样发行呢？当时大家以为《自状》继《已过之年的记录》之后，一定是一本“不上大雅之堂”的淫书。所以大家勇勇往往地去购预约券。等到书出版了，大家东翻西阅，找不到半句色情文字。许许多多失望的买客，将原书退还经售处，并且说道：“著者所讲的是文学，我们所要的是色情。普通小说，何必预约？我们不要这本书。我们退货；你还钱。”

其实这是一本英语中数一数二的书籍。著者与艾德门（Edmund）的会话——理想会话——所讲及的果然全是文学，但哪一句，哪一字不能使人发生兴味呢？英语中以会话为主体的小说有好多种，但哪一种及得它来呢？

莫鲁全无著作的天才，因为勤于效尤，善于模仿，竟成一位鼎鼎大名的小说家。可知我们“事在人为”的那一句古话，确实可靠，确实可信。目下我国在高中或大学的青年，大多数攻求科学，攻求工程……那是最好的事——与己与国都有直接关系。但是还有许多学生，依然崇拜文学，希望将来成为著作名家。这也很好，不过你们要自问有无天才。倘然有的，那末不久你们就可以写成长的剧本，长的小说，新式的或者旧式的韵文。倘然没有，那末你们非像莫尔氏那样地潜心学习、奋力效慕不可。

你们的效慕，可从翻译入手。你们找到了中意的剧本或者小说，可以把它们仔仔细细地化为汉文。化得满意，可以售稿；化得不好，作为练习。今天化，明天再化，今年化，明年再化——化了几年之后，你们当然知道剧本或者小说的结构和它们的做法了。然后采取某人或某书的“计划”（Plot）从事创作，一定不会白费工夫，多少总有些成功。西洋的韵文，也似乎可以化为白话。

最末，我当略述莫鲁氏的形象，以为结束：

莫氏身体不高，脸面蛋状，发硬而色黄，鼻大而孔粗，睛青而多光，唇突而且厚。肩耸而步履异常；大宅的客厅中类乎他的人很少。他在爱尔兰首都步行的时候，无不装腔作势，效学时髦；但是不赞成他的人，称他是“一个酒醉的大孩儿”。他一生的事迹——他没有事迹；他只知旅行，只知效慕。他连自己的生日，也不知道——他从来不以自己的生年生日，告知他人。

一九四四年十一月

一九四五年一月

“商编”

本篇讲民初与一·二八间商务印书馆编译所的几个逸话——或关纪律，或多兴味，都是我所亲见亲闻及亲身经验的。“商编”两字是简称，我不喜欢拿五个字或者十个字以为题目（书名或篇名）。

“商编”已成过去的事，已成历史上的名词了。现在的商务印书馆，不设编译所。现在的“商馆”（简称，下同）设上海办事处，下面分第一系、第二系、第三系、第四系，等等。从前的商馆分为三大所:（一）编译所,（二）印刷所,（三）发行所。它们的上面，加设总管理处。我从民国四年起，就在编译所任事，所以知道它的事情颇多。兹择几件较有价值者，陈述如下：

一、准时办事

商编办公，有规定钟点，如上午九时起十二时止，下午一时起四时止。开始与终止，均以摇铃为号。各部各有一名册，各职员于到所之时——分上下午两次——必在自己的姓氏下亲书“到”字。否则作旷班论（不给薪水）。此类名册，于摇铃后五分钟，由庶务处收去。迟到者或早退者，可在门首簿上自书姓名及迟到早退的时刻（作旷分论，略扣薪水）。

除划到外，各职员每日须写日记，略记上下午两班所做何事，如翻译何书，约若干字。日记系印成的单页式，约长六英寸，广三英寸。

各职员对于日记均无好感，因为写它的时候，必在散工之际，筋疲力尽的缘故。某编辑精于国文，勤于工作，但最恨日记，每日只写“日常工作”四字。后来，所长查见了，马上跑去警告他道：“某先生，这样写日记是不对的，一点事实也没有。以后请你写得仔细些。”第二天，所长查看日记的时候，见那位编辑先生在那张六寸长、三寸广的单叶上作蝇头小楷计五六百字。所长又特地跑过去对他说道：“某先生，昨天的太仔细了。你以后写二三十字就够了。四个字太少，数百字太多，酌中最好——酌中，二三十字。”

过了数年之后，老所长改职，虚行故事的日记，无影无踪地取消了。同时，划到簿取消，改用钟片制。钟片制就是以最新式的时计，记录职员到馆的时刻。各人将纸片插入钟内，将铜柄轻轻一按，丁零一响，而时刻毕露。此制非独记录确切，并且绝对无弊。商馆所用的那些科学时钟，大半是皮鲁克（Burk）公司制造的，据说价值很大。现在，上海商馆的职工，除了四协五襄一代经外（“四协五襄一代经”，就是四位协理、五位襄理、一位代理经理的意思），依旧每日打钟。

二、寒暖不均

“商编”在民十以前，虽分部办事，然并不分室办事。上自所长，下至茶役，统统在一间大室。比较老派的几部，位置在西南角。比较新派的几部，位置在东南角。中间是一条不用板壁分隔的走廊。入口（门）在正北离北十余步（约全走廊三分之一），为所长之席。所长的背后，皆剪剪贴贴、算算数数的助员。所长的前面及左右，则为各部人员。民初的统间中，有百余人。

我们的位置已经说明了，让我来讲一个笑话罢：

在东南角的新派，总是不热的时候时时怕热，不冷的时候已经怕冷。在东北角的老派，总是未冷的时候时时怕冷，已冷的时候全不怕冷。我不知道是什么道理，不过我们共事多时，每年总有这种情形发生。某年秋冬之交，天气闷热，我们东南角人，把窗子完全打开。清风徐来我们觉得甚为舒服。不料，西南角上一位绍县老同事，大声疾呼地叫："通宝（茶役名），通宝，通宝！快点、快点！风这样大，疼死我了。你快把亨头（那边）的窗子关起来。"两日之后天气大变。我们穿西装者，觉得很冷，马上叫茶役生火。炉子刚巧"烘、烘、烘"地发声，对面那位老同事哈哈大笑，并且站起来把西面的窗子都打开了。他坐下去的时候，又自言自语道："前天那样冷，他们开窗。今天这样热，他们生火。少年人的思想，当然与我们的不同。难道他们的感觉也与我们的不同么？"

东南角与西南角，虽时有抵触，然绝不冲突。真正冲突，只有一次，不在对角，在我们的本角——在本角的我与吾友吴君。当日的实情如下：

那天已经是初秋了，天气并不甚热。我身旁有转动电扇一具，不知不觉把它开了。半小时后，我到外面去会客。归来时，见电扇已经关了，我又把它开了。数分钟后，我去小便，归来时，又见电扇关了。我自言自语道："什么？什么？有鬼！难道电扇见我不在会自动停止么？”我又把它开了。

吴君大怒，大步过来，用猛力把它关了，并且对我说道：“我不要电扇，为什么我关了，你又要开？”我答道：“我要电扇，为什么我开了，你又来关了？”他说道：“我有病，不能受风。倘然加重，怎样？”我答道：“你有病，应该请假，在家静养，不应该在此地骗取薪水。”他说道：“我去叫电气匠来拆除它。”我说道：“我的风扇，我不发命令，谁敢来拆？”从此日起，大约一个月内，我们彼此不理睬。后来知道，这件事双方误会，我们两人仍为好友。吴君结婚的时候，我非独送了一份重礼，并且还去贺喜闹房。

三、纪律谨严

我们的统间中，人数虽然有一百多，但是除了咳嗽喷嚏外，全无谈话的声音。我们和同事互相请教的时候，也得偷偷地讲，否则别部同事或者所长，要向我们注视，注意我们。我们在统间中所听见者，只有所长发电话或接电话与外界办交涉的人声。民初“商编”室中，除所长有一台机得与外界通话外，其他诸人必在室外楼梯间发话或接话。后来改良，全厂及编译所采用自动电话，部与部间得随时讲谈，然与外界通话仍须到固定之处。一·二八后，全体人员几几乎都在特区办事，非独襄协代经各有一台机，就是各系主任也有种种通话的便利。

讲到电话，倒有一件富多兴趣的事：

此事大约发生于民九、十的某日下午五时之后。“商编”五时散班。有一位“不相识”的同事，在电话室大“喂、喂”而特

“喂、喂”——横打打不通，竖打也打不通。他“喂、喂、喂”的声音很响，很高，很烦恼人。电话室隔壁是一间小会议室，两三位巨头正在里面讨论“大政方针”。“砰”的一响，会议室中跑出一位巨头来，用极严厉的声音问道：“你是什么东西？喂，喂，喂个不了！打什么电话？电话是这样打的么？现在是打电话的时候么？你姓什么？叫什么名字？……滚、滚、滚！快些滚出去！”

那位同事，到职不久，不认识巨头是何姓何名。第二天早晨，他把那个“故事”细细讲给同人听，并且请问别人：“他是哪一个？他是不是大好老？”别人都对他狂笑，推说“猜不出，不知道”。

我讲“半天”电话，似乎有些离题。其实藉此亦足以见我们当时管束之严，纪律之善。下面所述的故事，真是纪律了：

“商编”同人，在办公室时间内，不准阅报——这是当年的馆规。有某某部长兼博士（以下简称“部博”）者，偶然不慎，“偷”看西文日报。主管人（以下简称“主管”）察见了，立刻跑过去用英语问道：“博士，你现在正干何事？”

部博道：“我正在看本日晨报呀。”

主管道：“真的么？你看报么？你在公司这许多年，连我们的规则都不知道么？在办公时间，公司不准任何人看报，你忘记了么？”

部博马上把报纸向抽屉中一塞，同时红了脸说道：“请原谅我。我错了——我错了。”

即此一端已足见商馆管理之密。它所以能够成为最大文化机关者不是无缘无故的。下面还有一个关于纪律的故事：

那天是星期六。我们英文部的多数同人加入西洋人所组织的星期六俱乐部（Saturday Club），每星期举行一次，时间总是中午，地点总在宁波路卡尔登。我们十二时而往，二时回馆——吃吃大菜，听听演说，见见朋友，谈谈闲天，自以为是一种极高尚的消遣。那天因为演讲较长，我们回馆的时间也较迟些。我刚巧坐下，就有一位满口哭声的新同事哀求我道："周兄，请你救救我。不得了，不得了！你们回来太迟了，我闹一件大怪事。"我问道："什么事？什么大怪事？快说，快说！"他答道："我饭后回馆的时候，没有事做，我一时坐不定，就在走廊中跑来跑去。跑了十几遍，被主管看见了。他奔过来问我道：'你为什么跑来跑去不做事？你贵姓？……我答道'某先生，我姓某。我不是不做事，因为他们出去了，没有事做。……'主管道：'你年纪轻轻，不要瞎说。我们这样的一个大公司，哪里会没有事做？你跟我来！他们不回来，我可以给你工作。你来！这几本西洋杂志，你拿去翻译。……喂，喂，四星期内要翻完的呀。'你看，一共十四本杂志，叫我怎样翻得完？请你帮帮忙，救救我。"我哈哈大笑而答他道："不要着慌，不要着慌！包我身上，你不犯国法，决无人敢枪毙你。"他道："我心乱如麻，请你不要开玩笑。"我道："好，好，我不开玩笑，但是主管已经同你开过玩笑了。十四本西洋杂志，二十四天怎样翻完？并且统统翻出来，有什么用？你把它们拿到我桌子上来，过几天，我代你去交还好了。"他道："不要紧么？靠得住么？"我道："我以为靠得住的，倘然你不以为然，那末你自己去办。"他道："好，好，靠得住，靠得住——我托你办，谢谢。"

四、定期刊物

上文讲过“商编”规定不准任何人在办公时间内阅读日报，但我在旧时的“商编”中，曾经大看报而特看报。我进“商编”不久，就为它的《英文杂志》（月刊）辑新闻，后来又为它的《英语周刊》辑新闻。那两种刊物每期所载的新闻并不多，但是每天非把当地的日报翻翻剪剪不可。有一天，主管查见了，他一声不响慢慢地走到身旁来。他见我东剪西贴，东涂西改，知道我不是“偷”看日报。他看了“半天”，仍旧不知道我所做何事。他不得已而问道：“周先生，这些是什么？做什么用？”我站起身来答道：“这些是新闻，为某某刊物编的。”他道：“我看你倒很费力呀。”我道：“不能不这样，否则他们要说我们抄袭，弄得不好，还要打官司，哈哈。”他点点头，去了。我坐下，向隔座的那位老同事做个鬼脸。

商馆的定期刊物，不止《英文杂志》及《英语周刊》两种。此外还有《教育杂志》《妇女杂志》《小说月报》《东方杂志》等等。资格算“东方”最老。最初由杜亚泉为主编，后来由钱智修为主编，更后来由李圣五（现任教育部长）为主编——直至八一三之后。

当杜老先生做主编的时候，“东方”的销数极大，每期至少二万。定期刊物每月销两万，当时之人无不视为奇事。杜老先生当然很得意，但同时他遇到了“仇人”。陈独秀的《新青年》印刷不良，纸张不佳，因此销路不广。但《新青年》几几乎每期讥讽“东方”，批评“东方”。最初骂“杂志”两字不通，后来骂“东方”内容不良。杜先生大怒，做了几篇反驳的大文章。所长劝他不要发表，他不答应。所长召集一次各部会议，问大家到底要不要反驳。大家都主张自己改进，不主张反驳他人。杜先生更加发怒，暗暗地把反驳的几篇文章在“东方”上发表了。《新青年》又来了几个辩驳，杜先生愤极辞职（“东方”主编之职），而《新青年》则销数由三四百份突然跳至一万数千份。办新报者——包括日刊期刊、大报小报——本有采用讥骂以为推销的方法。他们最怕的，是对方不理。倘然对方一理，那末对方读者的大多数，定必购买新出的报。杜老先生是老实人，不明此理，所以上了大当。我们办《英语周刊》，也有人在新刊物上作虚伪的责难，然而我们专求改进，全不理睬。某次——在一·二八后——他们“骂”得太糊涂了。我们决定回答他们，但是我们不利用“英刊”为工具。我们请求外面的几位同志，在不相关的著名刊物上同他们“大闹”，闹到请律师，到公堂，非独商馆经理全不知道有此一事，就是“英刊”读者也不知道我们“骂”人，就是某著名刊物的读者也不知道我们骂的是什么东西。

上面述者，虽是琐事，倒是史实。现在文学界诸公看见了，必定大笑——大笑我们从前的幼稚状况。

一九四四年十一月十日

版税大王

我们上海，岂不是有许许多多所谓“大王”也者么？我们有了“糊壁大王”，还有“糨糊大王”；有了“排骨大王”，还有“冷面大王”；……将来一定会有“白米大王”“煤球大王”“裁缝大王”“包车大王”“大厦大王”……但是过去有个大王，叫作“版税大王”——恐怕大家都不知道罢。这个名称，有它的来源，请阅下述故事：

约民国十七、十八年的时候，某某大学中有四五位教授在预备室中闲谈。其中一位，口衔卷烟而忽然问道，“诸公知道中国的版税大王是哪一个？”发问者何人，已经忘了；姑且称他姓张罢。

其时有位坐立不定的丁教授答道：“我知道，我知道——不是严几道，定是林琴南。是不是？对不对？”

张教授道：“不对，不对！我所指的，是此刻的人，不是以前的人。严几道与林琴南，都属于过去，并且他们卖著作权（卖稿），不收版税。他们不是版税大王。就是著作等身的那——那——那个谢洪赉也不取版税，也是卖稿的。”

丁教授想了半天，迟迟疑疑地说道：“那末，是哪一个呢？是哪一个呢？是不是胡适之？是不是鲁迅？恐怕是林语堂。……”同时，坐在屋角的陈教授慢慢起立，正正经经地报告道：我去年——前两年——在美国出版的《独立周报》(Independent)上见过一段消息，称《英语模范读本》的编者周越然君，每年所得版税约美金五十万(?)元这个消息，一定确切可靠。那末，他当然是版税大王。”

这个故事，是我的朋友在最近讲给我听的。几位教授闲谈的时候，他也在场；不过他还没有认识我。他们赠我这个尊称，我理应感激。但是我真不敢当；我何尝是大王？让我在下面略谈我收获版税的实情：

我第一次取得版税，是民国七年秋季——数目不过二百多元。我狂奔，因为那时的米价便宜，家中人口又少；二百元可购米二十石，足够一年食粮。到了次年夏天，我因为有急用，想向公司预支版税七百元。我请邝耀西先生代说。他的回音是很客气，并且很公正。他说道：“我已经向某某先生商量过了，他说‘公司没预支版税的章程。倘然周君有急需，他可以向我自己借，不要抵押品，利息依照银行通率。还有一件事，请你对周君一说，版税不得作为正常收入，有时多些，一二百元，有时少些，二三十元。七百元不是小数。预支了这样一个数目，讲不定要两年三年，或者四年五年，才能偿还。利息怎样算呢？手续麻烦得很。你去劝他不要借钱。’——周君，你想怎样？我自己因为在施高塔路造屋，也缺少钱，否则我愿意帮助你。”

我道：“邝博士，我谢谢你。你代我说话，就是帮助我。借钱的事，让我另处想法罢。”次日，我向朋友借到六百元，拿家中所有珠饰的一部分以为抵押。

我的临时“难关”渡过了，但是什么时候有清偿的能力呢？七百元既然不是小数，六百元是小数么？版税无恒固性，“不得作为正常收入”——他们是内行，他们的“教训”一定不会错的，我不应该把版税打在算盘上。我自言自语地自警道：“快快设法还债！不要等待版税！”

到了秋季——八月底——结账的时候，有个会计科的同事——也是我的同乡——一天下午，暗暗关照我道：“老乡，你这一期的版税，一共有七千余元。公司执政诸公不信有这样多，以为我们结数错误，叫我们细查。我们查了两天，毫无错误。公司又以为分馆有误，昨天已经打电报到各处去查问了。他们想必马上就有回电来。等到他们的回电全来了，我们照例应该重复审查。倘然分馆总馆都不错误，岂不是公司就要付你七千元么？”

我答道：“好了，好了！何必开玩笑？我也不相信有此大数。”同时，我的心动了，我的腿抖了。我有些立不定，坐不稳，自己也不知道自己是乐是悲。不待他离去，我已经自想道：“真的七千元么？那末，我发财了。七百元商借不到，七千元倒快来了。好，好！还债六百元，尚存六千几百元。六千几百元——是个大数目，大数目。”

那晚回家，我的脚步很快很轻，望出去看见的房屋，所所都是大厦；在路上碰见的熟人，个个都是朋友。晚餐后在书室中闲走闲坐的时候，我默思道：“倘然每期是七千元，一年三期（当时商务分四月底、八月底、十二月底三期结算版税），岂不是两万余元么？倘然每年是两万元，倘然我能够‘分文’不用，都把它们储蓄起来，那末十年之后，我岂不是有二十多万现款么？等到那个时候，我应当辞职，回家乡，享清福，扮富翁。”

后来《模范读本》的销数“日增月盛”，我每年所得的版税，有不止二万元者。记得某一期（八月底结账），我共得一万七千数百元，这是最高纪录，你想大不大？当时的米价，每石十元左右。一万七千元，可购白米一千七百石，合目下一万万七千万，数目还不大么？

在一·二八以前的七八年中，我每年总有好几次一万万以上的进款——虽然不是每期一万七千元；但是每年一万万二三千万元的次数也不少。照此新法计算，有如许版税的作者，当然是个大王。然而我不知道“急流勇退”——我不马上辞职，我不马上返乡，我不马上囤米。

我怎样呢？我买了一块小地皮，造了一所小楼房——凡为王者，理应有“土地”，有“宫室”是不是？我已经生了许多儿女——“人民”有了。我所缺者是“文化”，所以我购买古书，购买西书。土地也有了，宫室也有了，人民也有了，文化也有了——我的“国度”还不齐备么？我还不配做大王么？

我的命运坏得很——我为王的时期很短。一·二八事变，火神“革命”，把我的宫室毁了，把我的文化毁了。土地虽然未毁，但因种种关系，早已让与“邻邦”。所存者只有人民，现在还天天吃这些从前未曾囤积的米！

笑话已经讲完了。让我将那部《模范读本》再提一提，以为本篇的结束。

《模范读本》，目下正在冬眠中，正在半死半活中。购买的人，间或有之，然而不多。版税呢？从前已经预付了，现在当然不能重给。所以，从前一期一万七千，可以算得大王，那末现在分文无着，当然是个小鬼。

最末，商务的版税，最高百分之五十，最低百分之（点）七五。“（点）七五”是半版税，一半卖稿，一半版税。我的版税，最初为百分之十，后改为百分之十五，后又改为百分之十。耳闻最近有人向商务收得百分之十的版税七十万元，算得大么？他是不是现在的版税大王？

一九四五年六月

苏曼殊与我

在未曾亲见苏曼殊以前，我已经听得他的大名了，并且知道他是个诗僧（能做诗的和尚）。他所作的诗，虽然不多，但皆美雅。下面一首——《花朝》——已足以见他的诗才：

江头青放柳千条，
知有东风送画桡。
但喜二分春色到，
百花生日是今朝。

他的散文，也极老到。下面引的，是他一九一二年的《华洋义赈会观》：

昨日午后三时，张园开华洋义赈会。衲往参观，红男绿女，极形踊跃。足征中外众善之慈祥，衲当为苍生重复顶礼，以谢善男善女之隆情盛意也。惟有一事，所见吾女国民，多有奇特装束，殊自得意，以为如此则文明矣。衲敬语诸女同胞，此后勿徒效高乳细腰之俗，当以“静女嫁德不嫁容”之语为镜台格言则可耳。

他确然是一个僧人，确然做过和尚。柳亚子在《曼殊新传》中说道：“年十二，遂为沙门。始从慧龙寺主持赞初大师披鬀

（普替，俗作剃）于广州长寿寺，法名博经，号曰曼殊。旋入博罗，坐关三月。诣雷峰海云寺，具足三坛大戒。嗣受曹洞衣钵，任知藏于南楼古刹。”

我开始认识他的时候，他不服僧服，他穿西装；完完全全是个留学生。我没有看见过他作诗，也没有听见过他念佛。我认识他的那一年，他三十岁（民国二年，即公历一九一三年），早已习过美术，攻过政治，学过陆军，做过教师，写过文章，当过主笔……他非独精于汉文，他的西文也很好——能写，能译。他从九岁起就学习欧洲文字。他的《潮音自序》，全用英文，甚为“出色”。他的译诗，有巴伦（Byron，即拜伦）的，有戈德（Goethe，即歌德）的，有薛立（Shelley，即雪莱）的，均属上等文字，尤其是巴伦的《哀希腊篇》。我开始认识他的时候，他已经成名了——上面的那许多工作，他已经做过了。

我开始认识他的情形是这样的：

那是民国二年（公历一九一三年）阴历正月，地点是安徽省城安庆。我因为受了高等学校之聘，正月初七日即由吴兴（湖州）动身到上海，再由上海搭轮赴安庆。我去得太早，高校尚未开学，所以先在应溥泉兄家中小住几天。我搬进高校的第二天，教务主任郑君来了，与郑君同船来的，有化学教员沈君及苏曼殊和尚。郑君是我老同学的弟弟。他早岁赴美游学，虽然没有和我见过，但一经应君介绍，立成“至交”。沈君是我二十四五岁常常见面的朋友，无须他人介绍。“和尚”我全不认识。沈君和我见面后，即告我道：“周先生，与我们同来的，有一个和尚。你知道么？”我答道：“我知道的，溥泉太太已经对我讲过了。他在哪里？我们去拜望他，好不好？”沈君道：“你不必去。让我喊他出来。”他马上提高声音，大喊：“和尚，和尚，到此地来！”

我听见右边一室中有人答应道：“来了，我来了。”遂即走出一位西装少年。他的面目有点像广东人，也有点像日本人——他不像和尚。沈君对我道：“他就是和尚，曼殊大师。”他又招呼曼殊道：“这里有位周君。你来，你来，来见见面。让我来做介绍。”

我们握手，我们各道姓名。曼殊的声音颇沉重。他讲官话，略带些广调。我们五个人——郑君、应君、苏君、沈君及我——谈谈笑笑，坐坐立立，不知不觉地已经过了两三个钟点，天将夜了。沈君忽然发起吃馆子，并且主张“荷兰待”（Dutchtreat）（荷兰待是聚餐，派公分，自吃自，各人平均分派的意思）。当然大家都赞成。我记得我那晚尽醉而归，所付之费不过银元一枚。

在半途中——没有到酒馆以前——我暗暗问沈君道：“我们去吃馆子，和尚怎样？要不要另备素菜？”他道：“你不要管。等一等自会知道。”到了馆子之后，我们点的都是荤菜，和尚一声不响。郑君又要了一个甜菜，说：“这是专为和尚的。”后来菜来了，非鱼即肉，还有虾绒海参。我们动筷，和尚也动筷，我们用匙，和尚也用匙——我们吃的，他都不忌。不过他不喜饮酒，并且他的食量不大。餐毕归来的时候，沈君顺便买了一包蜜枣。我问他道：“吃得这样饱，你还怕夜间腹饥么？”他道：“不是的，我夜间哪里会饥？这包蜜枣是买去送给和尚吃的。他最喜吃的，非酒非菜，而是蜜枣。有一次，他穷极了，腰无半文，他无法可想，只得把金牙齿拔下来，抵押了钱，买蜜枣吃。不要笑，不要笑！这是事实，我不说谎。”

自从那晚聚餐之后，我们几几乎每晚聚餐。单独请客的时候也有，然而不多。某晚回校的时候，我也顺便买了一包大蜜枣送给和尚。他喜极了，说道："周君，你要我绘画，我真的不行。不过无论如何，这几天我总要试一试。"我想他一定没有试，因为他没有送画给我。他的画清秀万分，但传世极稀。他的书法，亦极工整，与已故报人戈公振的相差不远。

我们夜间宴饮，日间教授——玩耍的时候玩耍，正经的时候正经，深受学生的欢迎、外界的称扬。我们以"名士"自居，别人也以此相待。不过我们中的和尚，未免太懒，太不肯用力。第一，教务主任派功课的时候，他再三声明他的西文不良，不能担任高级。高等学校没有低级西文班。三年二年的学生，他不愿教，连一年的新生也不愿教。文学修辞，他不愿教，连简易作文也不愿教。教务主任大笑而问道："和尚，那末你愿意教补习班么？他们没有读过西文。今年开始学习字母，每日一小时。你愿意教么？大材小用么？"他道："我很愿意，最好也没有了，我喜欢教爱皮细（字母）。"

第二，开课的那一天，茶役引领他到课室中去——我亲眼见他拿了书本"慢吞慢吐"地下楼。不久——约半小时后——他又垂头丧气地回上楼来。我问道："和尚，钟还没有打，为什么就回来了？"他道："我已经教过他们五六遍——这二十六个字母。他们还记不清楚。我一个人念来念去就是这几个字母，真难为情，只好回来。"

次日苏曼殊教授（和尚）因病请假。第三、第四天，又因病请假。到了第五天，他不请假。茶役打过铃后，见他不到，特地跑到房间里去请他，大喊"苏先生，钟点到了，请去上课。"他盖了被，睡在床上，一声不响。茶役见他真的病了，赶快奔到楼下去报告。那时我没有功课，在楼下走廊中闲荡，听到这个消息，马上赶上楼来看他。我推进门去，他的头刚巧从被中伸出来。我问道："和尚，怎样又病了？昨晚，今晨都是好好的。"他举起手来摇了几摇，轻轻问我道："茶房——茶房去了没有？"我答道："去了，早已去了。"他道："好，好，我起来了。"

他爬起身来，整整衣服——他睡下去的时候连皮鞋都没有脱去——然后对我说道："我不生病，我依旧好好的。今晚我们依旧可以聚餐。我怕去上课。已经请过三天假了，再去请假，岂不难以为情？周君，明天摇铃的时候，我仍旧要这样的。倘然茶房碰见你，叫他不要到房间里来。拜托，拜托！"

据此，足见曼殊脾气的特异，但他生平尚有更古怪之事，简述如下：

他寄居在南京路第一行台（旅馆名）的时候，每晚必叫堂差（招妓），且不止一人。他所叫的，都是长三（书寓）——她们的名字，我忘记了。堂差到了之后，他喊菜喊酒，请她们吃。他自己因为有胃病，不陪她们。等到她们吃完之时，他已经上床了。倘然他还没有睡着，她们非静坐恭陪不可，见他入睡，她们可以立时离去。和尚的堂差，多数是苏籍，并且美貌，但他对于她们，无不恭恭敬敬——从不动手动脚，从不碰她们半根毫毛。据我所知，曼殊没有破过色戒。

他与我在安庆共事，恐怕不过一个月罢。他离开安庆，即至盛泽，又赴苏州，与郑沈两君合编《汉英辞典》。是年冬往日本。

三十一、三十二两岁，他在日本。三十三岁（民国五年，即公历一九一六年），他又来中国。三十五岁阳历五月二日，卒于广慈医院。曼殊生于民国纪元前二十八年（即公历一八八四年），始名宗之助，后改玄瑛，字子谷，小字三郎。他的“祖先”是日本人，祖父忠郎，父宗郎，母河合氏。他的《文学因缘》是译本，我在未认识他以前，已经读过。他的《梵文典》我没有见过。他的《断鸿零雁记》是我所最喜读的书——这是一本含自述性的小说。

曼殊的友人，都是名士闻人。让我来略举几位：章太炎，陈去病，柳亚子，杨性恂，包天笑，汤国顿，陈仲甫（独秀），居觉生，章行严，赵伯先，刘季平，刘申叔，蒋介石，陈英士，陈果夫，沈燕谋，朱少屏，高天梅，张溥泉，叶楚伧，郑桐荪，程演生，邵元冲，刘半农……。讲曼殊逸事的书，有陈果夫的《曼殊大师轶事》，陆灵素的《曼殊上人轶事》，张卓身的《曼殊上人轶事》，程演生《曼殊轶事》。

最末，我有过一件对不起曼殊的事情，至今万分抱歉。他在逝世的前半年，交给我手稿本两厚册，叫我为他印行或者售稿。我翻阅好多天，见里面都是译文，并且与《文学因缘》大半雷同。我无力代印，我不敢兜售。所以我趁便交还给他。我不知道他半年后就要死的。这两本亲笔写成的诗稿，何等宝贵！我不该马上交还，我理应迟迟送去。我应该为他保存。这两册稿本不知哪里去了？想已散失了！

一九四五年三月十日

何必自传

自传有写成数千字或数万字者，亦有写成数十万字或一百万字——不论长短，总以自己为题，简述或详述自己的往事，一生的经历，一生的言行。我以为写自传的目的，当在教导后人，不在“表扬”自己。我的私见，阅众以为然否?

倘然写自传的目的，必在教导后人，那末，年轻无经验可言者，不必写自传；年老而言不正、行不端者，亦不必写自传。他们当然也有“教导”后人的权利，但是，他们的著作，不可采用自传的形式。除了自传之外，小说、剧本、诗歌、论说……都能用以启发阅读者的心思——指导阅读者脱离迷途，或引导阅读者走入正途。

行世的自传，甚多甚多，例如，美洲人樊克令（即富兰克林）的《自传》，黑种人华盛顿的《从奴隶而上展》。这两种自传，学校常常用作教本。他们受得这种荣誉，小半是因为文字的简洁，大半是因为内容的有益。樊克令由学徒而大使，由粗识文字而“著作等身”，由“腰无半文”而生活优裕——他的言行，还不配做后人的榜样么?那个黑人，那位黑伟人，幼时连自己的姓名都不知道，后来著名的大学，也肯赠送他博士学位。他的努力，他的耐劳忍苦——件件是大众的模范，件件事情大众都喜欢知道。他的姓——华盛顿，他的名字——仆克，是进学校时随便瞎说的，随便杜撰的。

除了樊克令的《自传》及《从奴隶而上展》，另外还有两本极著名的自传：（一）卢骚（即卢梭）的《忏悔》，（二）赫里斯的《我的生活与我的恋爱》。这两本虽极著名，然而没有人当教科书用。卢氏的书是半禁的，赫氏的书是全禁的。两书中最重要的部分，是细讲著者的婚外行为——玩弄对性。它们还没有消灭的缘故，因为人皆好奇，想要看看著者怎样老脸，不怕羞耻，并不希望效学著者的行为。卢氏赫氏，固然也提到学问，提到游历，等等，并且两人的文字也极畅达。但是优雅被恶浊遮着了。阅读卢赫两氏书者，断然注意不到他们的道德。阅读卢赫两氏书者，总是摇头，总是暗笑。

我用尽心思写成一本很忠实的自传，别人看的时候，不是摇头，就是暗笑——我何必做这种工作呢？倘然我有闲暇，倘然我愿意做文字工作，我可以编一本剧本，或者写一本小说，或者作几首歪诗。我虽然是一个“诸恶毕备”的人，倒可以不受人讥；因为我用笔名，阅者不能知道我的真姓真名。

上文所谓“我”者，不是真的我呀！那“我”字指过去及未来的诸恶必备者，即精于文字而缺乏道德的人，亦即吾国所称无行的文人。

无行的文人，还有不道德的故事可讲，还有无行的事实可以引人注意。倘然有文而文不雅，有行而行不高——这种平凡的人，更不必写自传。为什么呢？因为你的经历，你的学问，你的一切，与我的相差不多。除了出生的年月、父母的姓氏、所居的地点，你的自传与我的自传，有何分别呢？这一类的自传，大图书馆的书柜中，常常可以发见。

所以，我们于写自传之前，非先问自己几个问题不可：（一）我是不是声誉卓著、大众钦佩的人？（二）我一生所作所为，对于国家，对于人民，有何实益？（三）除了我的至亲好友及子孙之外，我所作所为者，别人是否不可不知？别人是否急于求知？（四）我所要写的事，是否确切可靠？可否不欺阅者？

倘然自己的回答，全属肯定，那末自传可以开始了。那本自传告成之后，决然可以传世，或者采作教材用，亦未可知。普普通通的自传，决然不能感人，决然不能传世；至多甲等图书馆购藏而已，“置之高阁”而已。

街上的行人，来来往往的，竟日不停，真是不少。然而他们非独彼此不招呼，即闲荡而专倚柜台的店员亦不注意。大官吏出来的时候，虽然紧密地戒严，仍有窃看之人——或在窗角，或在门缝。借此可喻一切自传。行路人是无关紧要的自传，大官吏是有益于世的自传。

或者问道：“像卢赫两氏的自传，我们拿什么来比呀？”

我答道：“他们可比红妓。倘然行人或者店员知道在马路中经过的是一个红妓，我想行人一定驻足，店员一定注目。”

最末，让我来作一首歪诗，以为结束：

确有天才者，
应该写自传。
平凡无特识，
何必丢颜面。

一九四四年八月十五日

第二辑　六十回忆

自　序

本书共计二十二篇，不是我的自传，而是我的回忆。

自传（autobiography）与回忆（reminiscences）不大相同。自传是正式的，回忆是随便的。自传注重年月，回忆可无年月。自传整齐有序，回忆零乱琐碎。换句话来讲：自传是教导后人的历史，回忆是“款待”阅众的杂文。

我年六十，生平所作所为，虽有滑稽可笑者或悲哀可泣者，然绝无与国家政事有关者，故无资格作一自传以教导后人，只可写些趣事以款待阅众。

不论男女，不论贫富贵贱，到了花甲之年，总记得些关于一己的过去之事。倘然他们把那些记得的事情一一写出来，必然有不少动人之处。乞丐讨饭十年，必有他奇异的见闻。小贩挑担半世，也有他特别的经历。我的二十二篇，类乎乞丐的见闻、小贩的经历。阅众不必管我的身份，只要看我的故事。你们所得的结果，是二十二篇，每篇数千字的，并且每篇有一个中心的“写实”小说。

自传与回忆的作法，完全不同。作自传者，一定要谨严，不可马虎；一定要板脸，不可滑稽。作自传者，应具有四种资格：（一）名望，（二）工作，（三）需要，（四）文章。他们在动笔之前，非先问自己四个问题不可：（一）我是不是声誉卓著、大众钦佩的人？（二）我一生所作所为，对于国家，对于人民，有何实益？（三）除了我的至亲好友及子孙之外，我所作所为者，别人是否不可不知？别人是否急于求知？（四）我所写述者，是否确切可靠？我的词是否能够达我的意？

我的回答，全属否定。这四种资格，我一种都没有。是故我不能作过去六十年的自传，只可写此二十二篇杂文。

本书的二十二篇，真是杂文！其中大半是文言，小半是白话。内容的混合，内容的夹凑，一望而知。评论大家，或将以“夹竹桃”之名，讥我的书。但我幼时不学，长入“异”途，文既不文，白又不白——桃不成桃，竹不成竹——恐怕还不能收受这个雅俗兼具的花名。

一九四四年八月二十八日　周越然

约伯与短工

英语中“约伯”(Job)与“短工”(job)两字，拼法完全相同，所不同者，首一字母之大小写及中间一母之发音耳。二十年前，余在某校任教职时，有高材生某姓者——现已成博士矣——以此探余之才力。当时吾二人之问答，颇足为目下及将来教师之参考材料。其实况暂时不提，留之篇末，兹先言余之教学经验焉。

今吾国之人皆喜以“老教师”称我。“老”字疑是“富于经验”之意。若然，误矣。余当教师，前后统计，不到十年，经验何尝富耶？最初在教会学校当师范生，每日于自己上课之暇，监视大教室中之小学生，有不知字义者为之释之，有不能发音者为之读之，发现不守规则者，或自己自由责之，或禀告校长而后罚之——此余二十岁（清光绪三十年）事也。

次年，余往某镇教授英语。校中最高之课本为柏赍彼得之《统一史》(Peter Parley's “Universal History”)，前半本全为《圣经》故事，后半本始述各国政体。书虽陈旧，然余未曾读过。初次独当一面，既无参考之书，又乏商酌之人，甚觉苦也。更深夜静之时，常常在枕上流泪。数月之后，愈觉才力不足，遂弃教而再求学。

廿四岁（清宣统元年）春夏之交，由李登辉先生介绍，入苏州英文专修馆教习英语。创办此校者，江苏提学使毛实君也。校中同事有数学家冯玉蕃（教务主任），美国哈金丝（头班教师），约翰毕业生丁莲伯（三班教师）等。余教中级第二班，介于不难不易、不高不低之间，对付学生，对付同人，无不困苦。幸后来成绩尚好，所出人才不少（现已逝世之农学专家过探先亦当时二班学生之一），而余之名誉亦因之而增高。此校于宣统二年底停办，余二十五岁也。

二十六岁，余就苏州江苏高等学堂之聘，校长南翔朱锡伯也。次年秋辛亥革命，高校因经费无着，遂告终止。庚戌年冬季之毕业生至北京复试时，成绩特佳，为全国之冠，故余等为教员者，皆得"传旨嘉奖"之荣。今高校同学之为官为绅者甚伙，如夏奇峰、杨小堂等君是也。夏君通英法两国文字，并深究政治学，杨君专攻英文，精于外交。

廿九岁春（民国二年）余应安徽高等学校之聘，先为英文教员，后兼教务主任之职。为时虽只半载，然所识者有名人三位：（一）马通伯，（二）应溥泉，（三）陈独秀。马为桐城派古文大家，应为罗马法专家，陈后来加入共产党而为中国之领袖——三君现皆仙逝矣。三十岁任吴淞中国公学，商船学校教师之职。三十一岁入商务印书馆为编译。三十四岁脱离商务而为南京国立高等师范之教师，为时亦只十三个月。后来又任上海大学英文文学系主任兼教授之职，但为期亦短，且该校所注重者，并非英语，故余全然无力可用。

是故余任教职之年，前后实计，不过八载，非独经验不丰富，且可谓全无也。但在此短期中所遇之生徒，人品不同，年龄不同，而资质才能又大不同。其相同者，只有一事，即在开始上课之第一、二星期中，总有"刁顽"者设法以探查我之才力，如上文所提及之高材生问我“约伯”与“短工”二字之音是也。二十年前，吾国教育界所最缺乏者，精于西洋语音学之人，某校所以聘余者，以余曾研究此学而略有心得也。故某生之问，虽不为语音之条理而为其细则，但字之发音，总是语音，于情于理，似无不合，不足怪也。当时之实况，当时吾二人之对答，如下：

某生肃然起立，手持《钟氏审音字典》(Daniel Jones's“An English Pronouncing Dictionary”)，而作英语问曰：“密司脱周，你准许我问一件小事么？”

余闻其语气，观其姿势，知其中必有蹊跷，故严然答曰：“欢迎，欢迎得很。”

某生曰：“英语中 j、o、b 三个字母合成何音？”

余曰：“你问的 j，还是大写呢，还是小写呀？”

某生不待余语毕，即深深一鞠躬而坐下矣。当时同班者十四人，除一人似为“共谋者”外，其馀十二人均莫名其妙，向我注视。于是余又问某生曰：“我所问的，你为什么不答呀？”

某生低头面赤，全不作声。余曰：“我明白了。你以为此问不属本课，问错了么？那有什么关系呢？本课虽然不是语音练习，但这两个字倒成语音问题，吾人不可不注意的。让我来讲给大家听罢。‘约伯’是人名，它的第二个字母读如‘腭’音，与 no 之第二母相同。‘短工’之第二字母与此不同，读似‘呕’音，与 dog 之第二音同。”语毕后，余嘱某生翻查《钟氏字典》，并问其是否不错。某生默默点头，仍不作一语。当时班中多数同学，回顾而向彼微微一笑，盖已猜得其发问时存心之恶耳。

余又告全班同学曰：“嗣后诸君发问，最好注重原理，不涉枝节。与其问某字应读何音，不如问某音如何发也。原理不讲不明，细则一查即明。”

事后回想，某生之所以作此试探者，实是余自己显露过甚，太“鼠牛比”之故。前数日余告诸生曰：“英字之拼法，固与发音无大关系，但最奇者，有时吾人得因拼法而获其义也。例如：英字之以 wr 起者，每个都含恶意，不是‘破坏’（wreck），就是‘错误’（wrong），不是‘争论’（wrangle），就是‘大怒’（wrath）。请你们把字典打开来看。我记得第一字或第二字就是‘阴魂’（wraith），最末一字是“歪曲”（wry）。”余又曰，“你们可在字典上细细一看，倘对于其馀的起首之字的意义有所怀疑，不妨问我。”

班中诸生有存心欲问而中止者，亦有点头微笑而不问者。惟上文中之某生，即以“约伯”与“短工”之音问我者，心快口快，立时起立而问曰：“先生，那 write 一字（作“写字”或“作文”解），怎样讲呢？难道也含恶义么？”

余答曰：“诚哉，是也！你前天的作文，这样不通，你的书法又这样可怕——真是东拉西扯，东涂西抹，那个 wr- 起首的字，在你真有恶意呀，哈哈。”

继余语之后者，哄堂大笑也。某生怀恨在心，故有此一问。

依比较言，某生此问，尚在范围以内。余在当教师之八年中，有时竟遇到越出范围之问题，如英专、苏高、皖高、商船、中公、上大等校学生以下列诸字或句问我是也：

（一）尿布（婴孩用）（diaper），（二）纸彩（用以掷新娘新郎者）（confetti），（三）瘴气（miasma），（四）胳肢（tickle），（五）鸡眼（足病）（corn），（六）水烟管（narghile），（七）雌哺雄（hermaphrodite），（八）象牙球（分层雕刻，作装饰品用）（filigree ball），（九）大红大呢（red drugget），（十）挑花线板（小儿游戏）（cat's cradle），（十一）又上了当了（Done again!），（十二）天无绝人之路（God leads no man to a blind alley）。

上列者，不过当时之百分之六七而已。事隔多年，余已忘其大半，不能一一写出矣。关于答问，余在当教师生活之八年中，发现一至简至要之理，可为目今之当教师者言之，如下：

凡学生来问之时，无论其存心试探，或确实不知，总宜以至诚至恳之态度对之。自己以为全有把握者，应作详尽之说明，自己深知毫无把握者，万勿瞎三话四。复次，学生来问之时，可利用机会以作种种有实益之指导。

但为教师，亦不可过分和气，过分自轻自贱。对于学生之间，有应答者，亦有应拒者。吾友汪君，善于音韵之学。一日以四声读法授其生徒，并以（一）加假架甲，（二）唐荡宕（铎），（三）鸦哑亚鸭，（四）经景敬（吉），（五）空孔控（哭）等为练习。次日，一学生曰："昨天的练习，我都明白了。不过我尚有许多字，读不出四声来。顶好请先生再给我几个榜样。"吾友迟迟疑疑而问曰："你要什么的做榜样呢？"学生曰："请先生先给我一个榜样罢，就是先生的尊姓'汪'字。请先生念两三遍，给我们听听。"汪君，诚实人也，不知上海学生皆以"汪，汪，汪"为犬吠声，而大念其汪，汪，汪。"——一遍而又一遍，而全堂大笑。此类问题，为教师者应拒而不答，且应怒目而严斥发问之人。

一九四二年七月二十七日

先教后学

为人师者，至少有一日之长。余先教学英语而后自己习之，并此“一日之长”而未尝有，真西谚所谓“盲目者引导无眼人”也。回思当年，不觉狂笑。但此虽矛盾，确系事实。阅众不信，请观下文。余之不顾讥刺，不惜“丢脸”，一一直说者，欲见四十馀年前内地人求新智之不易耳。本篇专涉英语，余学国文，亦与人异，亦趣极可哂。他日有暇，当另记之。

堂表兄陈品松（已逝），长余十五六岁，任大昌烟号司账之职。凡由余家入闹市，必经过其门。品松与余家虽不常来往，但彼此知有亲戚关系，故见面时无不招呼。一夕，余行近店门时，品松大声疾呼邀余进店，谓有要事相商也。彼先微笑，欲言又止。后曰：“我们到楼上去谈罢。”

余上楼后，见桌上杂物乱陈，床上被服乱掼，既不整齐，又不卫生，心中不觉一慌。继思品松为规矩人，烟店为正气地，遂安然坐于客位中。品松站于椅旁，带笑而言曰：“楼下不便讲话，所以请你上面来……我在此地，无大出息。现在想学些洋鬼子的话，预备将来做外国生意。进学堂读书，我年岁已大，不能够了。我晓得你能讲他们的话，所以特地和你商量。请你每天来教我好么？”

余答曰：“可以。不过你先要买一本书呀。”

品松曰："早已托人办到了。"于是在抽屉中取出小本书一册，而继续言曰，"你看，这不是么？"

余曰："倒了——这是脚，那是头。——又倒了——这是背，那是面。……今天开始好了，我教你二十六个字母。"

品松所购之书，即后来商务印书馆据以翻译翻印之《华英初阶》。余虽未曾读过，但其中之单字短句已十知其九矣。惟句之组织与其用法，尚不十分明白。一日，品松在同页上发现两语：一曰 A dog runs（一犬奔），一曰 A fox ran（一狐奔），而问曰："为什么狐与犬的奔跑不同？"余曰："不必多管。你只要记得狐总是 ran 的，犬总是 runs 的就是了。"次日，品松又遇见两语：一曰 The boy runs（此孩跑），一曰 The cat ran（此猫跑）。彼不敢问，向我一视，笑而言曰："这两个 runs 与 ran，让我自己强记好了。"

后来书中之"奔跑"（run，runs，running，ran）愈甚，师生两人均有应接不暇之势矣。余初则暗暗逃教，后竟公然辞职，而品松总是诚意挽留，直至六七年后，能自阅西报，自阅故事，始停止常课也。同时，余已入本城教会学校，修习英文及数学科学，而"奔跑"在文法上之作用亦早为之说明矣。

余于初教品松学习英语之时，年十三岁（清光绪二十三年丁酉），自己未尝受他人之教也。其真情实况可简述之如下：

余十一、十二岁时，于诵读《左氏传》之暇，常常偷看家藏之木刻本《英话注解》。此书作者之姓氏，余已忘之矣，但确知其为广东人。书中单字简句皆有翻译，且有注音。余在一年以内，每日自己上新书，自己温旧课，将全书强记无遗，以为英语之全程毕矣。一日下午，老仆周升伴余往游府庙，在市中遇见美国教士某君。余牵彼之襟（小孩不知礼节，可笑！）且向之作英国语。教士视我之面，抚我之头，而宠然曰："小弟弟，我听不懂你的湖州话。我讲苏州土白，湖州话没有学好。"余呆立不动，老仆周升哈哈大笑而告教士曰："洋先生，我们二少爷讲的不是湖州话——是你们的洋话，外国话呀。他无师传授，自己学的。"教士曰："外国话？我外国人不懂他的外国话。要学外国话，到我们开的学堂里去读书。"后来余果然入教会学校，学得能读文学科学诸书，并学得能读《圣经》，能做礼拜（！）。

教品松读书及与教士讲话两事，均发生于戊戌政变以前。戊戌政变，在光绪二十四年，时余十四岁也。是年夏季，邑中忽来英语教师二人：（一）朱姓，（二）金姓。朱姓者，其名不详，苏州人，在南街时务馆设馆。金姓者，其名已忘，本地人，在西门钮宅授徒。友人范霞轩君为朱之学生，课毕常来余家。余听其反复背诵"欢多育寡？"（where do you go？）（欢多育寡，译言"你往那里去？"）等语，真是悦耳。范君声音，尖脆响亮，又善作手势，尤像外国人讲话。余羡慕之至，亦有加入之意。但一再请求先母而终不允许，谓吾家素走正途，不习异术，读书人总以进秀才，中举人，取得功名为要务。余无法可想，只得暗讥母亲不知天下大势，而同时又深恐自己落伍而已。后来余果入泮，且名次极高，然至今不通，秀才真"换不到豆腐吃"也。

在西门读英文者，有舍亲张继昌（已逝）君。某日之晨，余奉母命往堂子湾（里名）中族叔处传信，顺便潜入钮宅，窃听金先生教书。余站立于布帐之外，窥见金君坐上首主席，两旁全是学生，或朗诵，或默读，或习字，或发问，无不专心，无不用力。内一人请金君将"各得骂人"（Good morning）之西文，写于小册子上。金君允可，并再三说明此语之用法云："只可用于早晨见面之时，下午断然不可用，晚上也不可用。早晨遇见外国人，彼如此说，我也如此说。彼此请安，互相祝福。”当时余极疑惑，西礼既要“互相祝福”，何故又“各得骂人”耶？余混合中西文字，幼时愚鲁，可以想见矣。后来攻读比较言语学，获得中西音似意反之字极多，例如汉文之“头”与英语之 toe（足趾），其颠倒矛盾，不亚于此。他例如“错”与 true（信），“楼”与 low（低），“白”与 black（黑），“灰”与 white（白），“乐”与 loth（恶），“茅厕”与 mouth（口）是也。异日当另作一文，以见其趣，今且继述余求学之苦。

余自从学得南街之“欢多育寡”及西门之“各得骂人”后，欲习英语之志愿愈坚，而吾母终不准余入任何学校。是年之冬，余于无意中购得《英字入门》一册，著者上海人曹姓。余从卷首起，朝夕自习，不上半年，全书毕矣。读音依照申江口气，草书亦能效慕。惟除品松外，不敢以所知者告人，因自己不信任自己也。某日下午，堂子湾之族叔因事来余家，闻余在小室中作咪咪（me 音似“咪”，我也）呼猫之声，又见余在纸上乱涂蟹行之字，谓吾母曰：“老二（指余言）的西文，倒有点像样了。我见他写字，又听他念书，似乎还不差。何不让他出去从师呢？”此语之功甚大，吾母意动，不久即令余入华英学堂。（族叔名光烈，号三成，吾湖小儿科专家也，今尚健在。）

华英学堂（Memphis Academy），系美国南监理会出资创办，故学费极廉。其校长兼主任教师，雷小姐（或姑娘）（Miss Lochie Rankin）也。雷师在湖之历史最久，其所造就之人才最多，有官吏，有工程师，有装瓦者，有制琴者，有宗教家，有著作家，有银行家，有保险员……

雷师有一特点，即不轻视中国人是也。某日，余作文误拼一字，彼指而告我曰："此字书上没有的，不信可一查。"余答曰："有的，有的，我已查过了——美国字典。"余妄言欺人，于此可见。从来自己教人，不肯受生徒些微之欺骗，只知自己吹牛，不准别人说谎，态度极强，故苏人有以"老虎"称我者。四十岁后，余性情大变，不作谎言，不发脾气。岂阅世较深乎？盖年老退步耳。雷师当时，非不知我欺彼也，所以不直说者，所以不责我者，恐他人谓其轻视中国人耳。

一九四二年七月二十九日

中　公

“中公”是中国公学的简称。本篇言清末民初与我有关系时的中国公学——就是我的回忆——故以此为题。

中公的历史，讲起来颇多趣味。它最初由闹学（罢学）而成，日本人要干涉这样，又要干涉那样，我国一部分的留日学生认为“奇耻大辱”，遂相适归国，组成中国公学。

清末民初闹学的风气，着实盛行，不独在日本的学生常要闹学，就是在中国的学生也是如此。震旦闹学，组成复旦；南洋闹学，造成南中。这不过两个例子。其他闹学的案子，真不少呀！

最初组成中公的时候，似乎没有校长，只有干事，地点在上海北四川路横浜桥之北，福民医院左近。后来，因欲取得官款，聘请夏剑丞（敬观）先生为校长。夏先生是红道台，与端方很亲热。光宣间丁忧，闲居在申，不过他曾经做过江苏提学使，又曾经署过江苏巡抚。端方极相信他。有了他做校长，官费一定请得到。据说后来与复旦同等，必每年拨两万元。

我第一次和中国公学发生关系，在北四川路的时代。我担任欧洲近世史，介绍我去的是胡梓方先生（江西人）。当时和我一同教书的，有两位王先生，后来都成闻人。一位是王显华（浙江人），一位王云五（广东人）——商务先后聘为总经理。当时的学生，后来成为世界闻人的，据我所知，只有一人，就是胡适之。

在北四川路时代的中公，颇优待教员。除上课下课茶房照例倒茶，绞热手巾，下课时另供牛乳一杯。我没有吃到牛奶，因为在它煎熟之前，我已经离校了。我第一次在中公授课，只有两早晨——两个小时。不是我不肯去，倒是他们不要我。我的失败，我的寂然被“逐”，因为我教得太快。众学生虽然默默而听，没有和我当面为难，但是我知道我有误处。后来旁人告诉我，说我的教法，不合他们的“胃口”。他们所要的，是国语的仔细讲解，我所能授的，是整段整叶的大意。他们所要的，是文法上的分析，我所愿授的是史事的连贯。我那年二十四岁（清光绪三十四年，即公历一九〇八年），自己是一个甫从学校里出来的学生，对于教育全无经验。我去教曾经留学过日本的学生，本不应该，太不量力！班中各学生，有穿吴服的，有着木屐的，有胡须长长的……倘然现在有人请我去教类似的一班，我看见了一定会倒退而出。当时我年少无知，所以“胆大妄为”地跑了进去。显华和云五在那边，大受学生的欢迎，因为一个教读本，一个教文法，都能详解的缘故。

我第二次进中公教书，在民国三年。那年我三十岁，担任的是商科英文。到任不久，我就闹了一个小笑话。让我写出来给大家看：

商科某级的学生颇多，大半为湖南籍。书本相当高深，但是发音并不正确。他们最劣的功课是作文。他们怕作，我也怕改，两方面耗费有利之光阴，做无为之事罢了。一日，我刚巧踏进教员预备室时，李师登辉——当时为教务主任，也是我第二次进中公的介绍人——对我一看，用英语高声说道：“周……你来看这本练习簿。有学生来告你呀！你不小心！你自己看，以后应当谨慎些！”

我仔细翻查那篇“文章”，看见漏改了一个误处，就是：三个相等云谓字（动词）的寡数（单数）第三身（第三人称），两个已经代他加了 s，其余一个忘记加了。我即禀告道：“老师，是不是这个错误？那有什么大关系呢？我同他加了两个 s，脱了中间一个罢了。是不是这个错处？”

李师道：“他们没有指出错处来，我也没有工夫去找你的误点。总之，他们已经到我这里来告过你了。并且就是那个 S 也很重要。教师哪里可以错呢？”

我气极了，少年气盛地回口道：“李老师，俗语说得好，‘孔夫子也有错误’，难道我们中公的教员比孔夫子还要好么？这一点点小事情，少加一个 s，他们还要小题大做地告到你教务主任那里来么？”

李师道：“你和我辩，有什么用。你口才好，你自己到课堂上去同他们辩好了。”

我答道：“好的。那末我把这本练习簿拿去了。”

我一进教室之后，即手持练习簿而问道：“这是那一位的？”

有一个身材不高、肥肥的湖南学生应声而起道：“是我的。”

我道：“请你到我这里来。”

他来了。我以手指定那个漏改的字而对他说道：“我没有在这个字上加一个 s，那是我的疏忽。但我已经在前面相等的字上加了两个 s，照理你应该明白了。古人说‘举一反三’。你即使笨，也应该举二反一呀！请你把这本练习簿拿回去罢。”

上面所讲的虽然是我一己的经验，无足轻重，然而青年教员也可借以为镜。对待学生，我们总要有理，总要说得过去。

我第二次在中公教书，另外还有一件可笑的事，也值得记出来。当时中公经济不足，常常欠薪。我们几个穷教员，天天去拜访会计员，他老是不在“家”。我们四五个人急极了，决意组织索薪团，硬要李老师加入。他笑笑，不肯答应。后来我们果然找到了总务主任刘君，逼他付款。他说：“款没有到，到了就发。”我们硬要他清付欠薪。他说：“下一个月一定付。”我们说：“口说无凭，我们不敢相信。”他说道：“那末，让我写一纸借据给你们罢。”

那时的校长是王搏沙（敬芳），他是创始时干事之一。他身任福中（煤矿）公司的要职，少到上海来。就是来的时候，也不十分顾问校事。他好玩政治，什么宪政党呀，政学系呀，都与他有关系。听说后来还要组织国粹党，不过没有成功。我曾经见过他一次，但没有与他交谈。他与别人讲话，颇露真诚之状。

我第二次在中公教书，有一年之久。除了借据上之款子至今尚未曾收到外，其余的月薪早已取得，并且早已花尽了。

界路的中国新公学，和一·二八前后，法租界（第八区）的中国公学，与我毫无关系，所以不敢乱道。

一九四三年十月一日

苏人苏事

一　引　言

余自清光绪三十四年戊申（一九〇八年）起，至民国元年壬子（一九一二年）止，每日所见闻者，苏州事也；每日所交接者，苏州人也。在此五年中，余以明求默索两法而学得吴中之风俗习惯，人情世态，当不在真苏人之下。但余旅苏之主旨，不在"学"而在"教"；教为正业，而学则陪衬之，故本篇言教。

二　英文专修馆

余于戊申春夏之交，入毛提学使实君（庆藩）所创办之英文专修馆（地点在大太平巷）为英语教师，介绍者李师登辉也，先此余在上海环球中国学生会所办之达成中学（地点在白克路）担任教职，同事有胡梓方、刘××、朱大发、史东曙、季英伯诸公，皆博于学而富于经验之士，与之共事共游，随时随地可以受益。故薪水虽微，而"初出茅庐"之我，甚觉快乐而安心也。某晨十一时许，李师快步而入，见余即曰："周君，你快快告假，今天和我同到苏州去——正午十二时车。快些，快些，我们马上就要走了。”余问曰：“有何事？”李师曰：“到了那边你自会知道的。”

李师与余抵苏后，即往旧时之试院（考场），见内有被试之学生百馀人，正在埋头苦干也。余不觉一疑，而自问曰：“此何地乎？彼辈何人耶……难道科举已经恢复么？”正在此际，有口操福州官话而身穿蓝袍天青褂者，自大堂慢步而出，带笑而言曰：“李先生，路上好吗？这就是周君吗？”李师曰：“路上好——他是周君。”此公即向余曰：“好极了，周君，你来得正好，今天就可以帮我们看卷了。毛提学使创办英专，缺一英文教员，李先生保荐你，我们已经决定请你了。我姓冯，我是冯玉蕃（琦）。”李师插问曰：“毛提学使呢？他在哪里？”冯公答曰：“他因为有要公，已经回衙门了。”

不久，李师、冯公及余同阅考卷。毕后，往提学使公署宴集。是晚寄宿于新校中。次晨，李师曰：“我今天要回上海了。你还是同我回去呢？还是在此等开学？”余曰：“冯君说开学最早在半个月以后，我还是回上海罢。”——李师、冯公与余谈话，纯用英语，本国人借外国语为表达意见之媒介，当时不以为奇。

余在英专服务，共约二年——至宣统元年己酉冬樊提学到任后因经费支绌决意停办时止。英专之学生，后来在社会上担任重要职务者，有过探先、钮因祥等人。

三　高等学堂

高等学堂之地点在沧浪亭，校长南翔朱锡百（寿朋）先生也。英专停办后，冯玉蕃君改任高校教务长，余因冯君之介，初

（庚戌春）为补习班教员。学生皆京口驻防旗人，八旗中学毕业生，庆仁、铜章、增辉、德生、相宽、志证、炳堃、承荣、绍端等等是也。秋季学期开始，余始入正科授课，年底清廷“传旨嘉奖”。宣统三年，任为“英文兼心理辩学（即论理）教员”（见《校友会》杂志第一期）。当时心理论理两科，不知所用何书，所作何语，余已全然忘之矣。惟忆同事中有胡松圃、沈商耆、哈丝金（美国人）、华倩朔……除华君于最近在南京偶然相遇外，其他诸公久不见矣。当时肄业之学生，后来成名者，有朱贡三、汪懋祖、李广勋、孙雏飞、李迪彝、杨小堂、夏奇峰……夏君现任审计部部长。

江苏高校于辛亥九月停办。最后两月薪水，因藩库缺少现洋，以元宝为替。余尚忆手提银两，明明满头大汗，暗暗杭育杭育，向盘门步行，搭船回吴兴之“吃力”也。

四　私家教读

次年（壬子）仍来苏城，在某姓为英语教师，学生一人，系二百万以上之富豪也。自一月起，至十二月止，余共授《鲍尔文读本》第四册两课，而所得薪水，所受供养，远在——远在高校之上。余深知此种生活必然不能持久，且不利于少年人，故决意另谋相当之职。其时皖校需人，余立允其聘。

五　结论

余旅苏五年，对于其人其物，无不感到完美，不论男女老幼，出言总是和平，声音虽然尖历，但是并不刺耳。二人相遇，无不招呼，无不恭恭敬敬。就是口角，亦必采用种种暗语（例如：糖佛手），不肯明白骂人，以酿成法律问题。至于物，则更妙矣。瓜子香而且整，糖果甜而不腻。其他如小肉包、良乡栗子，及一切小食，使人人有口不忍止，不顾胃病之势。

余去冬曾往苏州一游，惜为时只有半日，看不见老友，吃不到精品，不能尽兴也。他日有缘，当补行之。

余在苏时，尚有两事：（一）吃馆子，（二）坐花船——虽属荒唐，但不妨言之。当时馆子之佳而且廉者，司前街（？）之京馆鼎和居（苏人读如“丁乌鸡”）也。与之交易者，大半为官员，其次则为绅士，最次教员与学生。花船之最著名者，李双珠家（鸭蛋桥）也。两者余均享受之，而尤以末一年为最多。

一九四三年四月十一日

四书熟秀才足

湖谚云，“四书熟，秀才足”，意谓在前清科举时代，凡欲获取此为小功名者，非先将《大学》《中庸》《论语》《孟子》之正文及其小注，仔细记诵不可也。五经固亦重要，但最吃紧之院试（道考），其首题总出自四书，而《四书》不熟者，因无书可带，无从翻阅，则不能下手矣（县考府考，可以随意带书）。余七岁“开荒”（湖语，开始上学也），先母不授《三字经》《百家姓》《千字文》等，而即授以《大学》，故十岁前已毕四书，继之者《诗经》与《左氏传》也。后来学习英文，然清晨黄昏依然之乎者也，不忘国学。第一次出考在十七岁，院试时因误会春秋时地名，未曾取录。二十岁入泮，名列县学第五，宗师陈兆棻也。

倘四书熟者，秀才必足，则余之做秀才也，可无愧矣。余十七岁初次应试之县试题为“子夏为莒父宰”一章，即“子夏为莒父宰，问政。子曰：‘无欲速，无见小利。欲速则不达，见小利则大事不成。’”（见《论语·子路》第十七章）当时余非独知其出处，且能背其小注也，因先母教法极严，每日必上新书，每日必背“带”书，每日必温旧书之故。带书者，新书前之三四首也——此名想非阅众所知矣。旧书者，从《大学》起至带书止皆是也。新书有时一日上八九行，有时一日上十六七行，随先母之意而定，不能自己做主。

余之所以不出外就学而由先母亲授者，有一原因，可略述之：余六岁，即遭父丧（先父卒于清光绪十六年庚寅正月初一日子时）。家兄由廑长余三岁，已于前两年附读于同族某房。当余届七岁开荒之年，先母亦拟将余附入。深恐自己开口，对方不便讲话，特婉托表兄许君代说，代问条件。不料某伯母竟直言相拒，谓彼家之馆，我家已有一子附读，教师已经分心分力，其势不能再加第二人矣。余虽年稚，见先母忽然面现怒容，惟言语之声仍极温和。其与许君之长谈中有言曰："某大姆（湖语，夫兄之妻也）所说甚是。大儿已经滋扰他们了，二儿似不应该再去。但是我的经济极薄，无力自请教师。叫二儿到外边去读书，又不放心。我想不如把他关在家里，识识方字，再作道理罢。倘然他将来不识字，不通文理，亲族中人一定不能责备我，我已经托你去请求过了。"先母于前岁弃养（先母卒于民国二十九年十一月十一日子时），享年八十四岁，劳碌一生，余未尝见其轻于嬉笑也。惟于余入泮报到鸣锣之际，则喜形于色，而自言自语曰："大功告成，大功告成。我死也安心，对得起祖宗了。"次日竟狂醉半日，竟与余之堂姊胞妹等小辈捉迷藏，做肢胳之戏，其真心欢乐可知矣。

先母教人，只重诵读，不重讲解，只重习字，不重作文。余性所不近者，诵读与习字也，故至今不能学唱歌，学唱戏，学篆隶，学绘画，不能以艺术美术见长于时。余所最喜者，偷偷作咪咪声，偷偷习英语也。后来补先母讲解之缺者，英语也。譬如先师严几道《原富》盛行之时，他人只能捧读译本而不得其确义，而余已能直读原文并能对照而知中西文字各具之特长矣。其他如《易经》《礼记》《庄子》《老子》等，余亦仔细对照而读之，自觉双方并进，得益不浅也。他人借本国文之力以研求外国语。余则反是，常借外国语之力以求取本国文。——想阅众中必有笑我狂妄者。——余对于英语，本有特异之感情。幼时热心研究散文及韵文之时，非独能知其深奥之义，并能知其调和之音也。余离题矣，应回归四书与秀才。

余入泮正场之四书题为“是或一道也”（见《孟子·公孙丑下》第二章）。余考首县乌程，故题中有“一”字。考归安者，其题为“见其二子焉”。本科拨入府学第一名者，即后来以研究戏剧名世之宋春舫君，现已仙逝矣。湖府乌程、归安两县同城，入民国后，合并改称吴兴。当时简称程安，不称乌归，因此二字太近“乌龟”之音之故。昔城中有一滑稽故事如下：湖州府某姓，病亡无子，其弟来夺家产。程安两县因受托前来劝阻。夺产者曰：“我们的家事，用不到你们来管。你们乌归两县快些跑。”盖有意骂之耳。

余又离题矣，请阅众原谅。

“是或一道也”一题，最易敷衍。余尚忆数语：杨一道也，墨一道也，此皆非吾之道也。吾之道何？曰，仁义之道也，忠恕之道也……（阅众毋笑我寒酸，此实博取功名唯一之途术耳。）复试之题为“有心哉击磬乎”，不知上下文及小注者，决然不能下笔。余对于此题，有特异之故事，可细述焉：

余无悟性而善背书，不论十行廿行，只要从头至尾，慢慢硬记五六遍，即能脱口而出。先母于新课过重之日，必作安慰之语曰：“今天行数虽多，但生字极少，且容易上口——并不烦难。倘然你立刻背得出，我马上就放你到各房去跑一次好了（老家中共分五房）。”余幼时活力过多，最喜东跳西跳，东跑西跑，夏日捉蟋蟀，冬日潜制糖果。捕蝇亦是能手。某日，于一小时内用左手捉得全活者四十馀，且一一装入火柴匣中。后吾妹于无意中开匣，放走此一大群生灵，想其之子子孙孙今尚在湖州作恶也。余分蝇为三类:（一）饭蝇，（二）马蝇，（三）粪蝇。马蝇不常见，粪蝇不可捉。余又玩蝇，先以水溺之死，然后再以香灰救活之。此顽童之行为，非博物也——请归本题。

余之背书能力，远在吾兄吾妹之上。上十行能背十行，上廿行能背廿行。惟“有心哉击磬乎”之全章。非独五六遍后不能背，即竭全日之力亦不能背。其实，本章正文不过五十三字，小注不过一百五十六字。余从晨至暮，一再用力而竟不能背此二百馀字。先母初则罚跪，继施夏楚，但全然无效。余亦头昏目眩，不思饮食，半夜后始安然睡去……不知此章即余后来成秀才之至大关键也。是日不能记，不能背者，天欲余特别注意耳。余在复试场中一见此题，如遇旧友，心中不觉一宽，而“文章”如水而来矣。余遇大事，皆有预兆。闸北之灾，某夜之祸，皆先有梦。他日有暇，当作一《梦境》文。

余初次应试，已在八股已废之后，改试经义策论之时矣。余入泮之年，清光绪三十年甲辰也。次年秋清朝废科举而设学校。余之秀才，虽非末代，然相去亦近矣。

余于实习经义策论之前，亦曾略学八股文，故至今仍知破题、承题、起讲等名目，且至今仍能阅读张之洞之《江汉炳灵集》而知其暗指时事之妙也。试八股时，两文一诗，改经义后，不再试诗。科举时有种种欺诈，种种作弊，《儒林外史》所言者，皆事实也。

一九四二年八月二日

文房三宝

宋叶梦得之《避暑录话》云："世言歙州有文房四宝，谓笔墨纸砚也。其实三耳，歙本不出笔。"当余初习"欢多育寡"及"各得骂人"（请参阅《先教后学》篇）等英语之时，余家确无堂堂皇皇之文房（书室），但余则有拼拼凑凑之三宝。余之三宝，（一）指甲笔尖，（二）颜料墨汁，（三）陈霉洋纸是也。其中有自制品，亦有遗传物，当于本篇正文中作详细之陈述。但本篇所言，不止此三宝而已，后来购买西书及其屡次之损失，与其可珍之要点，亦附带及之。

先父幼峰公，于余六岁之（阴历）元旦日弃世。其遗传物，除田地、房产及现款之足敷吾兄弟十馀年之衣食及教育外，尚有许多书籍碑帖。吾兄弟二人，皆年幼不能应用。故除一部分医书被窃外，馀者由先母封存之。当时漏封者，有一皮面便写簿，内附陈腐变色之洋纸约二十叶，而背脊中所插入之充象牙笔已失其尖，只留其管矣。余初不识此货，不知其为洋簿也，任其飘流于抽屉中之杂货间者多年。后来始知之而重视之。

此便写簿最可珍贵之部分，不是黑黑之皮面，而是旧纸与牙管也。纸虽腐旧，终不失其洋气；管虽无笔，仍得配以他尖。当时吾湖有某某某某两"大药房"者，于如意油、薄荷锭、金鸡纳霜、火油、洋皂、洋烛之外，兼售西式文具。普通笔杆，每支一圆。“巨”（G）字笔尖，每枚二角。余问价而不即购买者，一因先母不准以有用之金钱，交换“无为”之洋货，二因“巨”字笔尖太巨，不合余家牙管也。然欲写洋字，非有洋墨洋笔不可。余不得已以热水泡颜料而代墨汁，又强剪吾妹所细心栽培之指甲，略加剖割以作笔尖。从前钢笔未发展之际，西人有以鹅毛为笔者，余修改指甲为笔，亦不得不谓之发明。

余幼时发明之能力，不专限于上述之正式笔墨。另有一事，不妨陈之，望阅众勿笑我顽皮可也。本家有深于鸦片烟瘾者，余每日见其装烟吸烟而羡慕之，颇有仿行之意。但因腰无半文，不能购鸦片烟及其用具——彼时烟与烟具，均公然在市上发售。余自思自语曰：“倘然要做此游戏，非自己想法不可。——是了是了，有了有了。”次晨黎明即起，一小时内，烟与烟灯、烟枪均齐备矣。烟以松香代，灯以介壳为之，枪则以破竹改造之。余正拟躺下“享受”时，吾母默然行来，即以余之破竹为刑具而带鞭带骂曰：“你一无所能，既不能读书，又不能做工——真所谓肩不能挑，手不能提——你这一点点小孩子，倒要吃鸦片烟，我把你打死罢。”余跪求曰：“饶我，饶我！我不是真吃，我是玩的。”先母曰：“鸦片可以玩的么？你自己寻死，不如我把你打死。”余曰：“母亲，饶我！那不是鸦片，是松香呀。”

余之发明鸦片，当然不及发明笔墨之有益，但两者皆足以见余之“天才”，皆足以见余幼时思想之灵巧。惜当年未曾专攻理化，或专攻工程，故后来既不能为国家效力，又不能为自己求荣也。

余离题矣，请归三宝：三宝中之腐纸与笔管，先父之遗物也。先父在江宁时，从李善兰为师，攻研数学，回湖后又研习国医。惟于离宁之后，归湖之前，曾在申江小住年馀。此皮面便写簿，想必于是时购得而携回湖城也。附纸之首二叶上，隐隐似有西字痕迹，不知是否吾父遗墨。余幼时已无法查问，今此簿全失，更无追求之根据矣。先父精于天算医理，书法董其昌，其墨迹或见于书跋，或见于稿本，皆由家兄保存之。

先父之皮面便写洋簿，非独赐余以学写西字之机会，且启余以认识西书之门径也。余后来一见西书，无不想买，无不想看者，因有此一簿之故也。余于廿一岁（光绪三十一年乙巳）在乡镇教英语时，已得西书约五十册，其中大部分为初级教科书。然亦有名著如原本《原富》及《泰西新史览要》。寒假辞职回城，余于前夕将各书装入旅行用之竹箱内，而以旧式铜锁锁之。抵家后，开箱一看——呀！书全去矣！所存者纸包之砖块而已。是年有闰月，所得薪水共计二百三十四元，约书价之三分之二，真湖谚所谓“偷鸡不着，反失一把米”也——此为余损失西书之第一次。

第二次损失西书，在民国元年壬子（一九一二年）。余于阴历五月底皖校放假归家时，将带去之书，装成四箱，安置于卧室中。待秋季回去时，则箱已损坏而书已不在矣。后倪都督到任，下令将各校停办，余之书籍即不被窃亦等于废物矣。留皖被盗之书数目固大，但无善本。余最心好之书及较善之本，均存湖宅，故虽赤手空拳而归，仍得安居于旧堡中也。

余之书籍，受最大之损失者，民国二十一年（一九二三年）也。——此为第三次，最末一次损失。是年春，闸北自建之住宅，即所谓“言言斋”者，全部被毁。汉文书籍之遭劫者，计一百六十馀箱，约三千种，而西文书籍之被焚者，计十六橱，约五千册。汉文书中有元明孤本，亦有名家稿本，西书中亦有名贵者一百数十种。他日当另为文，详述言言斋之构造与内容。

一九四二年八月十三日

言言斋

本篇追记言言斋。言言斋者，余旧时（民国二十一年二月以前）藏书之处也，其位置在上海闸北天通庵路三省里。当时所储之汉文本，大部分为词曲小说，而词曲小说皆以“言”字为边旁，故取名“言言”，不作“高大堂皇”解，亦不作“意气和悦”解，如《诗》所谓“崇墉言言”或《礼》所谓“二爵而言言斯理矣”也。欲讲房屋，必及工程；欲讲书籍，必及版本。惟工程与版本为专门之学。工程重在材料，重在尺寸。版本重在刊刻，重在行格。——两者皆干枯无味，非一般人所欢迎。是故本篇只述言言斋之外形，只述言言斋之构造及其主人最初购书所得之经验也。

言言斋在闸北宝山路西，宝通路北之天通庵路转角。屋之面积约五十方丈，坐北朝南，前有花园，后有菜园，左右植树，全地占二亩半，以竹篱与邻家及马路为界。

言言斋之屋共分三进，均有楼房。第一、第二进上下各为六间。两进相接者，左右厢房也，中间则一长方形之天井。第三进楼房四间，楼下三间，有正方形之楼梯间与第二进相连。楼梯间在左首，右首为长方形之小天井。第一进另有楼梯间，在厢房与正屋之间。是故全所房屋呈一“巳”字之形。后来精于风水者告我云：“巳为火，所以必遭回禄。”余答曰：“可惜于建造之前，未曾请教，故不能免此大灾。但不知当年钱牧斋之绛云楼，是否亦呈“巳”字形。何以其书亦全数被焚耶？”余意天下事集者必散，合者必分。自古以来藏书家，如吾湖之陆，杭州之丁，山阴之祁，鲁省之杨，长沙之袁，上海之郁，独山之莫，江阴之缪，不是廉售其宝，必是全数遭劫。其分散一也，所不同者保藏时间之长短耳，宁波范氏天一阁，虞山铁琴铜剑楼，自明至今，子孙世守其书，虽间受损失，而大体无亏，真盛事也，真可羡也。余开始购求古本，约在民国五年丙辰（一九一六年），而言言斋遭难在民国二十一年壬申（一九三二年），前后不过一十六年，为期可谓短矣，足见余之德薄也。

言言斋第一、二进楼下左边两大室与其厢房，及楼上第一进三室，皆作储藏书籍之用。中籍均置于箱内，西籍均装入橱中，其箱数、橱数、册数、种数，已于《文房三宝》篇中言之矣，本篇不必赘述。本篇所欲继续言者，余购书所得之经验及数种名著之版本也。

余于最初购书之时，喜在冷摊前、荒铺中闲荡。炎天满头大汗，冬日四肢僵硬，东张西望，意在以廉价而获得奇书。其实，此乃无经验者之“独腹”（苏州土话），书呆子之“一厢情愿”也，费时费力，莫此为甚。天下只有错买而无错卖，只有贵买而无贱卖之理。书贾虽有不知版本者，但终究做过学徒，终究有师传授，见得多，听得多，对于刷印纸张，对于市价升降，无不明明白白。站立于冷摊前、店堂中，而欲寻获佳本者，癞蛤蟆想吃天鹅肉也，其难等于升天。余曾为癞蛤蟆者年馀，所得者不是丛书零种，必是翻版后印。在此学习期中，余所得者当然不是“古”本“孤”本，而为“苦”本“哭”本也。

书铺取得大批书籍后，必作仔细之考查，先将最善者及较善者提出，分售与相当之老主顾，或有力之新主顾。其普通者及有疵瑕者，则插入架上以应门市。书铺印送目录，其意全在出清架上陈货，非欲以上品售与一般人也。是故购书最妥之法，莫如堂堂皇皇步入店中，谓欲为自己或某机关购办某类书籍，请其开单连同“头本”（样书）送至某处是也。所开之账及所送之本，未必合理，未必可靠，但终较自己瞎寻，自己问价讲价为愈。一次两次之后，店主见汝有金钱能力，虽名贵之品，即架上所万万见不到者，亦能送来。余于大量购书时，曾采用此法而获得（一）明山阴祁氏抄本《文贞公诗集》，（二）黄丕烈跋明写刻本《文温州集》，（三）劳权手校《齐东野语》等精品。兹将其行格、印记等择要开列于后：

（一）《文贞公诗集》十卷，又后录，元曹伯启撰

祁氏澹生堂白皮纸，蓝丝栏抄本，每半叶十行，每行二十字，后录末有吴全节跋，卷首护叶有方形篆文图记，即所谓“旷翁铭”者，其文云：“澹生堂中储经籍，主人手钞无朝夕。读之欣然忘饮食，典衣市书恒不给。后人但念阿翁癖，子孙益之守不失。”总目首叶有（一）澹生堂经籍记，（二）旷翁手识，（三）山阴祁氏藏书之章等印记。

（二）《文温州集》十二卷，明文林撰

明刻白皮纸初印本，每半叶十二行，每行二十字，白口，左右双栏，前有明弘治二年敕令。收藏有（一）邓尉徐氏藏书，（二）曾在阳湖恽氏，（三）汪士锺藏，（四）徐坚藏本等印记。卷首护叶有清嘉庆元年吴县黄荛圃（丕烈）手跋，兹节录如后：

《文温州集》，相传为其子徵明手书以付剞劂者，故藏书家于

明人集中最为珍重。（中略）孟陬下浣，观书学馀书林，主人以新得光福徐氏书，故邀余鉴别之。翻阅一过，（中略）苦无当意者，惟此尚为名书，且需值不昂，以青蚨三星易之。书友相视而笑，莫解其故，余亦未明告之也。近日书价踊贵，遇此等书反有贱售者，坐不识古耳（下略）。

（三）《齐东野语》二十卷，宋周密撰

明毛氏汲古阁刊本，每半叶八行，每行十九字，前有密自序，元至元辛卯载表元序，及劳权补抄明正德胡文璧序，盛杲序。全书有劳权朱墨二笔校字。目录末及每卷末均有劳氏手跋，因字数太多，本集篇幅有限，不能一一转录焉。劳权，清浙江人，校勘专家也，善作蝇头小楷。

考查刻本，较鉴别抄本、校本、跋本为易。《文温州集》之白皮纸初刻者，《齐东野语》之刷印精良者，虽无黄跋劳校，市上亦视为奇货，不肯贱售，至于抄本、跋本、校本，倘为后人伪造者，则非独分文不值，购之反而贻笑大方。求古书者，慎之慎之！

初学版本者，最好常常翻阅商务印书馆之《四部丛刊》。其中影印者，皆为名著名刊，见者虽非真本，然原书之面目尚存也。以此为参考，则购书时眼光较大，且有把握，可以不吃大亏，可以少上小当。再初购书者，同时必备：（一）莫郘亭之《知见传本书目》十六卷，及（二）孙殿起之《贩书偶记》二十卷。前者虽有不可靠处，但翻查最便。后者专载四库以外之书，颇有实用。余当年因不先备目，因“暗中摸索”，受损不少。他日有暇，当再细述之。今日所欲声明者，即余之学看版本，不以《四部丛刊》为凭借是也。余家素多藏书，明刊清本，幼时已能辨别。不常见而不能认识者，宋椠元刊也。来申后，有上等书贾某君，送来宋金元单叶一百四十叶，阅之诚佳，遂出巨价购之。此一百数十叶，经史子集全备，纸色古雅，印记显明，每叶代表一书，不是一卷之首，必是一卷之末，不啻一百数十部古本也。后来又在某古玩铺中购得同类者四十馀叶，共约二百叶。故各藏家所有之宋金元本，余家必有一代表叶，得价虽巨，尚称值得。初买书者，倘欲求类似之单叶，可购书影以代之。书影之最著者，（一）《瞿氏宋金元本书影》（附识语），（二）《故宫善本书影初编》，（三）《盋山书影》，（四）《吴兴刘氏嘉业堂书影》，（五）《武进陶氏涉园书影》，（六）《静嘉堂宋本书影》，（七）《文求堂善本书目》是也。

但日日观看书影，一意“佞宋”，有时难免自欺欺人。民初四川考古家（？）某姓，得明嘉靖《唐诗纪事》八十一卷，张子立刻本也。因其中缺笔之字，与普通宋版书暗合，遂定为宋本而复刊之。不知此书总目后附有明嘉靖间人张子立识语，购之之时已为贾人割去，故闹此笑话。闹宋版笑话者，不止此一人而已，余当于将来之回忆录中或版本篇中，随时讲及之。张刻《唐诗纪事》每半叶十行，每行廿一字，白口单栏，有嘉靖乙巳张子立序（四川翻刻本，此序亦缺），计有功序，又嘉定王庆长序。余家有此本，张序张跋，均存在也。

或者问：“言言斋既有如许佳品，何不于廿一年二月以前，先行移开，而任其遭难耶？书籍与文化有关，保存之者应负相当责任。”余答曰，当时闸北居民，尤其是商馆职工，皆有一种“正大光明”，牢不可破之主张。其在事前见面时，常互相问曰：“搬不搬家？形势愈紧张了。”——“不搬。”——“我也不搬。”——

“国可亡，家不可破么？”——“很对，很对。国若灭亡，家焉得独存？”——“我不搬家。”——“我也不搬。”余尚忆一月二十左右之某晨，商务将其最重要之文件装车运出闸北时，一方面受警察之严查，另一方面则听人民之呼喊，盖暗暗责其移动之错误耳。余虽惜书如命，亦不敢大举搬场，而犯众怒。幸祖宗遗墨，如先本身祖岷帆公之《螟巢日记》四册及先大伯父小帆公之家训两册，早已寄存妥善之处，不受丝毫损伤也。

最末，言言斋之被焚，实是天意，而非人力所能挽回。余于每岁阴历九月初六与廿六之间，必做一奇梦，其地点似苏州而非苏州，似南京而非南京。先上一环洞之石桥，后转入荒凉之白地。正拟回头，则又身在闹市之中……身入大庙之门矣。庙为神庙而非佛庙。大殿极高，前半空无一物，后半满是巨大之神像。余每年必在其身旁偷偷走过，不敢出声，亦不敢仰视。待走入小弄，出后门时，则满身大汗而觉。三十岁后，年年不能免此一梦，且年年在梦中无不自知做梦。四十七岁之梦变矣，过桥及入荒地之情形一也，进门及见神像之情形亦一也。惟于经过像身之时，余曾向上一看，见诸神目灼灼而发明亮之电光，且转动疾速而不已止。余心惊之至，向小弄中奔去。甫出后门时，回头一顾，则红光满天，全庙着火矣——此殆暗示言言斋之盛（建筑）衰（焚毁）耳。余不重风水而好说梦，阅众请勿笑我“片面”迷信。

一九四二年八月十九日

购买西书的回忆

我从小就喜好书籍。自十一岁认识“ABC”（音爱皮细，作“西文字母”解）之后，我就开始购买西书。老家中富多国籍，所以无意添加。最初求得的，无非初级读本，小型字典。后来渐及地志、算术、生理、历史、文法、文学……我们的吴兴城不是通商口岸，离上海三百馀华里，至今还没有出售西书的店铺。同时我们也不知道上海有什么西书出售。好得当时在城中的传教士，总有几本随身带的书籍。《圣经》是免费的，不过我们看不大懂。我们拣看得懂的，或者向他们暂借，或者抄录名称，托朋友代买。

当时为我办那种差使的，不是我的朋友，也不是我的亲戚。他是一个小商人——所谓“中西大药房”的所谓“经理”。他非独售药，并且售毛巾，售拖鞋。他说他上海熟人很多，可以为我们代购一切。所以我们托他带汽水，带瓷盆……我们托他带的东西，无有不到，但是他所取之费，似乎不小。我托他带的书籍，也是这样。他姓孙，字玉峰（？），现在恐怕已经弃世了。

我每月、每年这样托他购书，到了二十岁，已经几几乎可以装满一小橱。二十一岁有人请我到小镇上去教学英语。我把全数的三分之二都带去参考自修。不料放假归家，三分之二的三分之二为识者看中，被窃去了。这是我第一次亡书。

第二次亡书，在民国元年。那年上学期我在安徽高等学校当教务主任。暑假后，因为第二次革命的关系，我不能准时赴“任”。等到我抵达安庆，进校入室之后，我立时发见我所留存的中西书籍——约三百册——统统没有了。再三查问，始知全被“丘九”（民初骂学生语）拿走了。我并不烦恼，并不发怒。我以为他们拿去，不是因欲卖钱，总是因欲求智。书籍是身外之物。我需要的，我可以随时补购。区区三百册，真不足惜！我在安庆小住两天，即重返申江。因为那位倪老都督，观于各地的“暴乱分子”有类似学生者，禁止我们开学的缘故。

我第三次亡书，在民国二十一年（壬申）一·二八事变中。当时我家（作动词用）闸北天通庵路，藏书的几间屋子叫作“言言斋”。炮火连天的时候，房屋同书籍，均遭了殃。除国籍一百六七十箱不计外，我所损失的西籍总在三千种或五千册以上，其中五十馀种，系绝版者或稀罕者。

我讲了半天，专讲“亡”书而不及“买”书，岂非离题么？岂非故意不入题么？不，不——我将原因与结果倒置了。购书是原因，亡书是结果，我理应先讲原因，再说结果，先讲购买，再说失书。不过我所以这样，所以颠而倒之的缘故，因为得书是乐，失书是痛——先讲失，再讲得，似乎少些伤心。阅众以为然否？

现在我讲原因，讲我的购买（西书）经验：

我最初购书，就采用——代理法。吴兴城里的那位孙玉峰先生，就是我的代理人。

代理法有优点，也有劣点。优点：书价不必预付，货到齐了，然后交款。倘然货件错误，购书的人，可以退还，可以不收。购书的人，只须开一清单，写信寄信等事，统由代理人负责。劣点：代理人喜延宕，不肯赶紧；要候便，不肯专办。他们因欲节省纸墨，节省邮费，非待许多生意到手之后，决不为你的一本小册子而发上海信。我深知他们这种“毛病”，所以后来在上海托别发、中美、伊文思向外洋购书时，我必定去一封正式信，其中除著者、书名、定价、出版家外，另加两语道:(一)“我希望此书于八十天以内到申”;(二)“至于用费(expenses)，我全不限制。”有一次，我因为误写“八十天”为“四十天”，上了一个大当。他们见我有“用费……不限制”的话，马上打电报到伦敦去。我所定的书，不到三十五天就到了，但是我付的电报费，比书价大三倍。此真“女儿大于娘”了！我所得到的那册书，就是国父《伦敦蒙难记》的一八九七年西文原版。

打电报购书，在西洋方面，不算一回奇事。美人向伦敦购买古籍，十九总用电报，因该地书癖最多，“足”不“捷”者不能“先登”的缘故。我国购古书者，倘然采用电报法，定必失败。我国南北各书贾，人人都有疑心病。倘然他们看见有顾客用电报来购书，那末劣货立时变成精品，烂板立时变为宋刊了。他们把那部破书，马上从架上抽出来，望里面一藏，给你一封平信，说道：“书已出售，另有精本(寄售)，价若干元(暗加十倍)。”但是我向外埠购书，也曾用过电报。我那两部木刻的小说——《痴婆子传》与《灯草和尚》——就是用电报购到的。不过我并不直接打给书铺，我打给朋友，请他立时立刻到书铺去购。所以我的电报法，依旧是代理法。

除了代理法与电报法外，还有通信法与直购法。我先讲通信法：

西洋有少数“奇”书，出版者决非大公司，而出版人又似无固定的住所。倘然你托伊文思、中美，或者别发代办，他们会对你说道：“那边我们没有代理人。”或者说道：“我们愿意去试一试，不过我们不敢负责。”

要购买这一类书，最好采用通信法。就是说：你写一封信，买一张汇票，将汇票封入信内，将信件挂号寄去。结果：九得一失（不是一得九失），总算不得失败。我一小部分的“性”书，是用这个方法得来的。但是我的“九得一失”——我的一失太大了。我曾经损失五十镑，我曾经被骗五十镑——我太冒险了。

我的一小部分“性”书，是用通信法得来的——这在上文中已经提过了。我大部分的“性”书，则由直购法而得。直购法，就是面对面的买卖，就是亲自到铺中或摊上去拣中意的书，问价，还价，付款，取书而出的意思。八一三以后一年半之内，我用这个方法，在全市冷摊掏得的“性”史约四十种，价钱相当便宜。我不知道八一三后，这种同类的书，为什么这样多。从前为什么一种都不出现？难道是命既处于险境，性更不必研究的意思么？有人说那都是某医师的旧物，他的夫人因欲迁往内地，售与他们的——此说似乎可信。

直购法的优点，是见了好的，马上可买——不必烦劳代理人，也不必通信发电。但它有它的劣点：（一）你初次上门，他们不认识你，不明白你的身份。你问他们书价，他们不是冷淡你，就拿高价来吓你。（二）你常常上门，他们已经认识你了，已经知道你的性格了，已经同你做过许多交易了。你所拣选的书，一定是你中意的。所以你问价的时候，他们心中存一个“何不敲一记”的念头，所以取价必高。对付（补救）第一个劣点，只要假装呆头，假装聋子。他们无论怎样讥讽，我和和气气地还价，还一个“打蛇打在七寸上”的公平之价。他们知道你有资格，第二次上门时，就会巴结你了。对付第二个劣点，可采用（小人之道）“偷天换日”的法子。譬如：你决定要买“甲”书时，故意拿一本“乙”书问他们价钱——“甲”“乙”两字，代替书名。他们必定说道：“这本书稀罕得很。昨天有人来问过，我要他八十元。你先生是我们的老主顾。倘然你要，打一个七折罢——算五十元好了。”在这种情形之下，你应当东翻西翻地细看乙书，同时假做“手不忍释”的状态，并且说道：“书是好的，可惜太贵了……”然后你左手持乙书，右手指甲书而说道：“那一本与这一本差不多，为什么只要十五元呢？”他们听见了你的话之后，必定把甲书抽出来一看而说道：“不，不，它的定价是二十元，不是十五元。”那末你可以说：“我今天带钱不多，让我先买这一本罢。打七折可以么？”

偷天换日的法子，很多很多。上面所讲的，不过一个例子。将来如有摆书摊者看到我这篇回忆，请不要骂我为骗子。我曾经做过好几次骗子。“骗”到的书，有裘力氏英译本的《红楼梦》（一九〇二年澳门版），等等。

用直购法向正式书肆购书，不必“偷天换日”。他们的书价和折扣，是“童叟无欺”的。

我采用上面所讲四个方法——代理法、电报法、通信法、直购法——所得到的西书，虽然已在一·二八时遭劫，但一·二八后补购的亦属不少。我家中现有者，总在一千五百种以上——大部分为文学书，足供我年老时的消遣。并且除了国父《伦敦蒙难自述》与裘译《红楼梦》外，还有珍贵之书多本。我将它们的名称开列于后，以见西洋人的注意我们，研究中国文化，已不止一百年了。下面各书，虽非孤本（unique），然皆罕见（rare）：

（一）《第一次英国使节来华记》，史当登著。一七九七年伦敦版，全三册，残存首两册，附详细中国地图。

（二）《鸦片章程》，华英对译本，全一册，一八四〇年澳门版。

（三）《游江南传》，沈金（?）译。一八四三年澳门版，全两册，有赉格（Legge）氏引言。

（四）《好逑传》，一八六一年英国版，全四册，有精图。

（五）《忠王自传》，雷氏译。全一册，一八六五年原版。

（六）《鸦片战记》，巴克译。全一册，一八八八年原版。

（七）《王充论衡》，德人福开译（英文）。见一九〇六、一九〇七、一九〇八年德国杂志。

（八）《李鸿章剪报簿》，麦克辛著。全一册，一九一三年英国版。麦氏即机关枪之发明者。此书述在华传教士的劣行，附图含讥刺性，英美政府均暗暗禁售，故海内海外大小各图书馆均无有。

附识：我国要购办或调查西洋古今书籍者，最好参考商能训（Sonnenschein）氏的《最佳本》（Best Books），全书六巨册，是一部完备的书目集成，所有世界各国用英语写成的名著，无不尽载。

一九四四年八月十日

编译之味

“编译”之意，以卖文为生活也。其成功者，人以美名称之曰“作家”；其失败者，人以恶名讥之曰“文丐”。

编译者之种类不一：有剪报生，有誊录员；有管理员，有练习生；有报馆编译，有书坊编译；有小书铺编译，有大书局编译；有馆外编译，有馆内编译；……馆外编译者，零件工人也，其报酬在工作完成后始发给之。馆内编译者，正式职工也，其报酬按月付与之，工作之多寡并不计算。余在过去之三十四年中，曾经饱尝各种编译之味——曾任小书铺及大书局之编译，曾任馆内馆外编译，又曾任报馆之编译——曾发生许多笑话，曾获得不少经验。兹在本篇中约略言之，以供阅众之消遣。

常人云：“编译之事，并不如挑担拉车之吃力，剪剪贴贴，写写抄抄而已。”——提起“抄”字，余当先讲一富多兴味之故事，如下：

余性嗜书，故于日日“制造”书籍之时，仍不忘购书读书。他人“吃一行，厌一行”（即编译者不好阅读之意），余则反是“吃一行，好一行”（即吃书饭时，不轻视书也）。民国四年之春——是时余任某编译局之正式职员——市中书肆中忽然发现大量西文法律书，心理学，教育史，新小说。余因一时手头无钱，遂商之科长，请其嘱图书馆备办编号，归我借阅。科长曰：“此事我不能做主。本局添购西书，非由局长审定签字不可。倘然你一定要买，请你自己去问局长。他答应后签过字，你叫账房去买好了。”斯时余应感谢科长之良言而将购书之念取消之。但余年尚幼，不知轻重，竟直奔局长处而以书单呈上。局长严然问曰：“什么事？”余曰：“要买书。这是书单。”局长曰：“你尊姓？大名？什么部？”余曰：“周越然，××部。”局长曰：“请坐。让我看单子。”继而曰：“书都是好的，恐怕很贵罢。不过我要问你：这些书买到后可不可以抄？”余彼时脑力尚强，不如现今之迟笨，立即答曰：“可以，可以。原是要抄呀。”馆长曰：“那末让我签字，你叫他们去买就是了。”余将书单交出，退归原席时，不觉暗暗自笑。此数种书余欲以作自修之用也，而以“可抄”答之，难免欺人说谎之罪。但世之为“老板”者，有一文开支，希望一文收入。开书坊者不购可抄之书，而买同人欣赏之书，其不亏本倒闭，无天理矣。是故余当日倘以直言相告，则非独不能“揩油”，且必大受申斥。可知吾人有时亦不得不作虚语。邻妇有浪漫不规矩者，汝明知之。其夫识汝多年，倘一旦亲来探问，汝应作谎言乎？抑以所见所闻者直告之耶？

故事已毕，请言经验：

余之作编译也，开始于在湖之时。先师雷女士授余以陆克武（Lockwood）及伊默逊（Emerson）合著之《文法作文合编》，余以其繁简不称，大不满意，常常与之辩论。一日雷师语塞，带愤带笑而言曰：“照这样讲，你的文理比著者更精了。我希望你做一本专为华人用的文法书。”余曰：“我早已开始了——快要完成了。脱稿后马上请你指正。”此非“鼠牛比”，确是事实，余于闲暇时，已编成《简明英文法》一卷，誊写甫毕，正在装钉中。

二十四岁（一九〇八年）之春，友人（江西）胡梓方（已逝）君将此稿转托徐闰全君售与商务。不成，故未出版。

三十一岁余入商务印书馆为编译员。余入商务，不写自荐书，亦不经考试手续，而由其英文部部长邝耀西（富灼）君保荐也。邝君，广东香山人，早年留学美洲，得硕士学位，归国后又在北京考取文科进士（光绪三十三年丁未），精于英文，人极诚笃。余识邝君，似在光绪三十四年（一九〇八年）。是时余在苏城毛实君所办之英文专修馆教书，而邝君常来参观。某晨，余正授地理读本中之柏林城时，邝君又来。课中多德文名称，余均依照德音发之。课毕后，邝君走至台前，自作介绍，余亦依西礼而答以己名，邝君又曰："你的英文很好，想你的德文也必好的。"余曰："德、法、拉丁，我都学过，略识数字，念念地名罢了。"

嗣后邝君来苏，无不至余处谈天，而我二人渐成至交。后来余进商馆，系彼自愿介绍，非余求彼推荐也。邝君于前岁逝世，其著作甚富，全载商馆旧目。

当时苏之英专，颇有模范学校之名，故来参观者不止邝君一人而已。辜鸿铭君亦常常亲临。辜君第一次来参观时，余适授《鲁滨生飘流记》。不待余课毕，辜君口衔雪茄而发英语命令词曰："停止，请停止！我是辜鸿铭，要先问你们一句话：你们教的读的是什么书？"余起立曰："《鲁滨生飘流记》。"辜曰："你为什么要教这书？"余曰："因为他讲冒险进取的故事呀。"辜曰："但这本书只讲一个人的冒险进取，最好选一本讲许多人冒险进取的书。"余曰："我的智识有限，找不到那种书。请辜先生介绍一本罢。"辜曰："那里的话！难道《聊斋志异》还不是么？还不好么？"余笑而言曰："辜先生，恐怕毛提学使要反对罢，不答应罢。况且我又不教国文。”辜曰：“也好，也好，你就教这本《飘流记》罢……我再问你：你是不是圣约翰出身？你的英文倒还不错。”余答曰：“惭愧得很，我连约翰的大门都没有见过呀！”

一月之后，辜君又来。走入课堂后，彼即高声曰：“周君，我认识你，你认识我么？……请你停一课，我同你去参观高等学堂。回来再到你房间里去谈天。”后来在卧室中闲谈时，余低声下气而请问辜君曰：“先生熟读喀赉尔（Carlyle）氏的《法国革命记》（*French Revolution*）。我再三细读而终不得其义，不知何故。请先生指教。”辜君曰：“好，好，容易得很，你是一个很聪明的孩子（辜君长余几三十岁）。我只要给你一个纲要，我只要给你四个字——乱臣贼子。你再去读，就明白了。这是他们的《左氏传》呀。”试之，果然。余之能读此书，全是辜君之力，故至今心感之。后来辜君来苏，赠余墨宝多件，今尚存在。辜君，字汤生，福建人，留学英国，得最高学位，曾译《中庸》《论语》为英文，又曾著《尊王篇》等书。各书绝版已久……余离题矣，请归正文。

余进商馆，正在其发展之际。当时英文部中，除部长邝君外，有同事徐闰全、甘永龙、吴步云、张叔良、邱培枝等君。后来事业日渐扩大，如发行周刊，开设函校，编译教育书籍等，始添聘郭秉文、蒋梦麟、陈主素、李培恩、邵裴子、龚质彬、周锡三、平海澜、周由廑、陈布雷、吴致觉、黄访书等君。余初到英文部时，专做翻译校读之事。一二年后，始有一部分工作由余负全责担任，并有为余助者二三人。余自民国四年入商馆至二十一年一月止，除为之编校函授讲义，为之批改函校课卷，并为《英文杂志》及《英文周刊》作论文外，所编所译之书，有下列三十二种，其名称为:(一)《英字切音》,(二)《英字读音》,(三)《初级英语读音教科书》,(四)《英文启蒙读本》,(五)《国民英语入门》,(六)《新学制英语教科书》(二册),(七)《新法英语教科书》(三册),(八)《现代初中英语教科书》(三册),(九)《英语会话公式》,(十)《中等英语会话》(四册),(十一)《初级英文法教科书》,(十二)《英文造句法》,(十三)《英文作文易解》,(十四)《英文作文要略》,(十五)《英语卅二故事》(与桂裕合编),(十六)《英语模范短篇小说》(与桂裕合编),(十七)《爱神及其恋人》,(十八)《女水仙》,(十九)《禽与兽》,(二十)《伍倪奇缘》,(廿一)《鬼沼缘》,(廿二)《英美文学要略》(与邝耀西合编),(廿三)《英语初学诗选》,(廿四)《书与观念》,(廿五)《英语中国故事》,(廿六)《文学片面观》,(廿七)《生命与书籍》,(廿八)《英语教授法》,(廿九)《小学外国语教学法》(汉文本),(三十)《德国学校近世语教授法》(汉文本),(三十一)《莎士比亚》,(三十二)《英语歧字辩异》。

除上列者外，尚有(甲)《伊尔文见闻杂记》,(乙)《金河王》,(丙)《天方夜谭》,(丁)《海外轩渠录》,(戊)《古史钩奇录》五种注释本，皆于馆外成之。甲种成于宣统元年(一九〇九年)之春，其馀四种成于民国元年(一九一二年)之秋。此外余在馆外编辑者，即畅销二十馀年，修订五六次之《英语模范读本》也。此书成于民国七、八年间担任南京教科之时，原为四册，后因学制变更，改为三册。他日当另作一文以纪其事。

余于民国元年、二年间，未进商馆之前，曾为国华书局之英文总(?)编辑，出版之书有(子)《英文共和新读本》(三册),(丑)《天演论注释》,(寅)《英音引钥》,(卯)《美国制度大要》

（汉文本，与青浦沈彭年同译）。复次，民国十年余又为《时报》编教育新闻，二十一年后，为《晶报》撰游戏小品，故上文谓余“曾任报馆之编辑”也。

最末，民国二十一年以后，余因杂事过繁，精力又衰，为商馆编辑者只一小册子，即《英字拼音入门》是也。此书出版于二十八年（一九三九年）之秋，甚合初学之用。余编次之时虽不费力，但极得意。

一九四二年八月二十五日

《模范》小史

本篇言拙著《英语模范读本》(*Model English Readers*)(以后简称《英模》)自出版以来之经过，故以“《模范》小史”为题。《英模》成于民国七年戊午（公历一九一八年），初为四册，后因中学学制变更，改成三册，即取消第四册，以符合初中教程也。从开始至现今，修订计五六次，销行约百万部——在此二十五年中，华人自编之外国语读物，决无胜过其耐久力或超过其畅销性者。民国十年至二十年为《英模》最盛时代，虽不能“家喻户晓”，但确然“风行一时”(全不鼠牛比)。下面先言本书之动机与编辑，宗旨与内容，再言装钉与销数，抄袭与译注等琐事。倘有错误，望阅众原谅。

一 动机与编辑

余初入商务之任务，不在编辑读本，而在书写杂文，审查稿件，代理信札也。后来创办函校，始以订立章则，编辑讲义，批改课文为正务。编辑读本一事，余自己无意为之，而商务亦不欲余为之。《英模》之所以归余编辑也，有奇异之动机，简述如下：

当民国五、六年间，西人及华人之以英文读本稿件投入商务者，为数甚伙，非太简，即太繁，非材料不称，即不合学制——

千篇一律，陈腐可笑。盖当时“作家”皆不谙外国语教育法原理，专究英美人本国文之读物，而未见德法人外国语之教材耳。长沙盖葆耐之《实习英语》，尚合初学之用，但只出两册，屡催而不继续。广州葛某某之《英文 ××》，虽已决定购买，但条件不合，竟为他家夺去。商务因时势之要求，颇欲添印最适用者一种。英文部部长邝耀西博士（进士）因之多方托人，致信南北中西各教育家，请其编辑或贡献意见。同时亦邀余加入“竞赛”（用脑用手，不用腿足）。是时余正欲脱离商务而就南高，故所编之样课三十二（？）节，既不誊正，又乏精图，一见即知其为草率之作也。不料余抵南京未及半月，而邝君即有信来，谓所长与彼皆以余之样课为最佳，已决定收受印行，嘱我从速完成云云。后闻当时应邀而投稿者有八九人之多，或全部完成，或已成一册，或誊写精审，或自描彩画，商务皆一一婉却之，而所长、部长能预知余书之广销而采纳之，无怪大众公认其为印刷界之威权，文化界之指导也。

《英模》全部材料之取获及誊写之大半，皆在余任南高教务之十三个月中。余在南高，名义上虽兼主任衔，而事实上办公时间不多，故有馀闲可做自修及编著等事。

二 宗旨与内容

宗旨，即原则也。编教科书者，虽必遵照教育部之课程标准，虽不可自定原则，但采用新颖之方法，加附有益于心身之材料，当然不受禁阻。民初教部所定之原则甚简，故“制造”读本者，几乎完全自由。余利用机会，将万国语音学会之音标编入书内，或见于练习中，或见于字汇中，以为教授正音之助。第一册脱稿之时，其最初三十二段（？），全用音标写成。后来因此方法太新，恐教部反对而删去之，另成一小册，名曰“初级英语读音教科书”，出版后即由商务送部审查。其批词甚长，商务与余均因二十一年之变，全文被焚，惟余尚忆其大意：编辑人于西文字母之外，改头换面，另设奇形之新字母，显系杜撰，实属荒谬绝伦……余愤极，次日即上书教部，说明万国音标之作用与历史，并以万国语音学会（余为该会会员）宣言书赠之。余之信稿同时又付本埠时报发表，字数均在二千以上，登出之年月日已忘，且原稿亦已失去矣。大概谓万国音符已通行欧美各邦，有字典，有教本，为外国语教育之最有效工具，非余所特创也。一星期后，余接教部某公来函，劝我息怒，将大事化为小事，将小事化为无事。——最伤感情者，莫如以坚强之词，在报章上攻击个人或机关也（此为余生平所得忠告之有价值者）。某公又谓以后余所编之书，彼当竭力为我从速审定，惟《初级读音教科书》之批，已经公布，无法收回，只得含糊了之。……所谓“含糊了之”者，即下录之复“批”也。

迳启者：顷奉本部第三三二号指令：开“令编审处审查股主任陈 ××，据呈称‘遵示复审商务印书馆呈请审查之《初级英语读音教科书》一册，该书采用万国语音学会之读音字母，以为英语拼音之助，用意甚善。惟中西语文，形态迥异，初学外国语时，即于寻常字母之外，加授读音字母，难免烦累淆混之虞。若在中等以上学校，学生程度稍高，得此字母，宜足以求程功之速，济教授之穷’等情。查该书以读音字母，防检英语读音之讹误，分课演进，尚便练习，应准中学，师范各校酌量采用为英语读音教科书。俟由本部随时查考学生读音之成绩及英语之进程，认为确有成效以后，再行审定公布，并将此种字母逐渐推广，以符实事求是之意。仰即知照该书编辑人可也。此令！”等因。奉此，即乞贵馆查照为荷！此致商务印书馆。教育部编审处审查股启。

据此可知教审处已软化矣，已不以余为杜撰者、荒谬者矣。所以第一次《英模》送审，立时批准，且有嘉奖语也。

余离题矣，请言《英模》之编辑宗旨。

习外国语者，无非欲（一）讲话，（二）听讲，（三）阅读，（四）书写也。讲话，听讲，非发音正确不可。阅读，书写，非熟习文法不可。但有学习英语三四年，既重发音而又重文法，而一无所能者何故乎？曰半在教法不佳，半在课本不良也。余辑《英模》，将当时拆分隔离而授者，如习字、读本、造句、会话等课，综合排列，合一炉而冶之，使教师走入新途，采用新法，不能再唱老调，而学生日得新趣，日觉上进，立志自求深造也。第一册授日常所用之字句，人身各部之名称，学校所见之事物，家庭所需之用语，并授数目、时间、房屋、衣服、食物、禽兽等等重要名词（名物字），写读、跑跳、观看、计数、坐立等动词（云谓字），力避旧读本有“父”无“母”，有“手”无“足”，有“椅”无“桌”，有“衣”无“裤”之弊。除此之外，并随课附加发音、抄写、填字、文法等练习。

第二册所授者，小范围之美国城市生活也，如街路、方向、轮船、火车、电车、汽车、店铺、银行、货币、公园、医院、游艺、火警、小菜场、图书馆、飞行场等。附加之故事，皆极浅易。附加之练习，较上册略深。

第三册所授者，范围较广之国外生活也，而尤注重英国。所以然者，预备学生将来出洋，或研究历史、地理、商业或科学之用也。其中练习较第二册多系统性，少机械性。教材包括重要城邑（如伦敦）及其交通，英国人之家庭，英国人见客、拜客、请客之礼节，英国之币制与度量衡，英国之宗教、婚丧、出产、商业、邮电、英国学校、海陆军、职业、天气、纪念日。简言之，即国外之风俗人情也。书中练习偏重文法造句。

第四册因中学学制变更，现已消灭矣。当时所授者，短文短诗也，并附修词学纲要。其性质太深，虽合旧制四年级之用，但不合新制高中一之用。余本有加添新材料，如短剧、短诗、短篇名著等而化成三册（高中用）之意，因人事过繁，未曾实行。但余老矣，何必多事耶？何必多此一举耶？深望后起者，能于最短期间内，继吾志而完成一种两种六册之外国语教本。

三　装钉与销数

《英模》第一册出版不及两月，初版已经告罄。当时商务正在发展之际，能力甚大，故添印易事也。但此书不论如何多制，不论如何赶制，终属不敷分配——直至一年以前，仍有此种情形。“七七事变”后，港厂扩大，固有力赶印，但无法赶运。所以申江方面屡用新法复印以应门市。外面疑为盗印版者，误也。余书因某种关系，无人敢盗印之而公然在上海发卖也。

《英模》在最初出版时，不用软面而用硬面，不用纸面而用布面。其时第一次欧战未停，所用之纸虽不及后来之佳，然亦不如今日之劣。最初之封面，只有直线而无花纹。第一次修改后始加用楷梯，共四步，每步暗示一册。后来改成三册，以符初中学制时，不用楷梯而用星点。每一星点暗示一册，故第三册之面有星点三。余至友某君，滑稽家也，见而大笑且言曰："老兄太过分罢。读本既已模特儿（模范二字之译音）了，那册数何必再为明星呢？它们不冲突么？"余初闻之，不知其意，仔细一想，不觉捧腹而笑。

《英模》销路之广，在商务出版之西文教本中，决无胜过之者。其实数究为若干，今已无法查明，惟根据余所得之版税总额计算，则总数必在百万以上。但余未尝"发财"，因取之商务者，全数交与火神，全数投入闸北之言言斋，并且连累许多自吴兴搬来之老家产与老古董。

商务对于繁销之教本，素采一次购稿法，或按月给薪法，不愿依版税计算。《英模》之所以为版税书者，因其分量过重，页数太多之故。余稿交出时，邝君即问曰："密司脱周，你以为每册应得报酬多少？"余曰："我初次售读本稿，自己也不知应得多少报酬。请你与所长斟酌罢。"彼曰："不好，不好。你今天细细计算。明后天再告诉我好了。"次日余告邝君曰："请你对所长说，我每册要五千元，共计二万元。"邝君曰："此数太大，开不出口，况且——况且——况且我晓得所长一定不答应的。……好的，好的……你费的时间，费的心血也太多了。这部书又是我们特定的，并且是很好。我马上去和他商量罢。"

三四日后，邝君满面笑容来告余云："所长说此书极好，他决意要印。二万块钱，公司一时不能付。所长之意——我也同意——最好两不吃亏，采用版税原则。你以为好么？"余答曰："我不知道什么叫作版税，更不知道两不吃亏的意思。"邝君曰：

“公司排印此书，不要你出钱。你编辑此书，不要公司的钱。将来此书售出一本，公司照定价给你百分之十。倘然销路广，你得的必多。倘然销路小，公司硬硬赔钱。蚀本与你无关，编辑与公司无关——这叫作两不吃亏，这就是版税（Royaity）。现在外国许许多多大出版家及著作人，都喜欢这种办法。麦克米伦公司每年付出的版税超过一百万。英国诗人纪伯灵买的山头、造的大厦，都是版税呀。你以为怎样？”余曰：“既然版税是公平的事，我决不反对。”

商务账务正确，检查严密，对于著作人之版税，毫不作伪，毫不推宕，不若他家之今日不结、明日不销，似乎全然无人负责，全然不顾面子也。一·二八事变，公司全毁，停业多月，余以为版税无着矣。不料复业不及一月，已将一·二八以前未付清之版税一千七百馀元送至吾家。商务之诚实可靠，商务之顾全信用，真可令人佩服！

四　抄袭与译注

《英模》销路极广，同业中皆知之。有爽直抄袭者，亦有暗然仿效者。至于滥用“模范”或改用“标准”或其他类似之字为书名者，更指不胜屈。倘余当日逐一起诉，则法院中每星期必有关于《英模》之讼案一件，而律费亦必在三万元以上。

同业知余书之善售，有来招余编新书者，亦有引余收回商务版权者，更有以《英模》为推销读本之口号者。民国二十三年之夏，发生一极奇之事，值得一记，如下：

某日下午三四时，余往四马路某局代购该局出版之《英语读本》三册（四编）。余正翻阅时，店员告余日："你不必细看。这书与商务《英模》差不多。"余曰："是的，我已经看见许多了。……你说差不多，我说相像——至少相像，或者竟能胜过。"店员又曰："你教过《英模》么？"余曰："我自己倒没有教过那种书。"店员半怒半笑曰："那古怪了。你既然没有教过《英模》，哪能知道我们的书胜过《英模》呢？恐怕你和我开玩笑罢。"余曰："不，不，我不喜和人开玩笑的。我知道你们的书好，因为我自己的编得不好——我是《英模》的编辑人呀。"店员（其时面带彩色）曰："你真是周先生本人么？"余曰："我就是他，我就是编《英模》的正身。"店员又曰："我们从前没有见过。我的言语，请你不要见怪。"余曰："全无关系，请你不要放在心上。你是一个头等柜员，有推销之才。倘然将来我做书店老板，非把你挖出去不可，哈哈！"

此外尚有一事，亦值得一记，即《英模》首两册有天津李君译成汉文，北平赵君作成注释是也。彼等所得之版税，想不及余所得者之多，兹特开列其名及价格，代作义务广告，代为推销，想李赵两君必不怪我多事也。两君之书名、定价及发行处开列如下：

（甲）《英语模范读本自修书》，李农笙编，杨雨人校订。

第一册定价六角，第二册定价八角。天津久大书局出版。

（乙）《英语模范读本单字成语释义表》，赵承孝编注。

第一册定价一角二分，第二册定价一角六分，北平英文学社印行。

某某两律师，谓此种不得著作人同意之翻译与释义，不合出版法，余可提起诉讼也。但余至今未曾实行，非无力也，亦非无暇也，实因国家多故也。且中国人常常翻译外国人之著作，盗印外国人之书本，彼辈亦因种种关系，不来干涉。余为区区《英模》，何必与本国亲爱之同胞相争耶？

最末，外国人亦知余《英模》之名。美国教育界亦知余书之畅销。纽约《独立周报》称《英模》编者，每年可得版税约计美金五万（！）元，其捧我未免过度，但非羡慕，亦非嫉妒也。

一九四二年九月二十九日

我与商务

我最初看见商务印书，最初步入它的发行所，在清光绪三十三年（公历一九〇七年）的（阴历）七月。那时吴兴闹学，我失去“馆地”（教员职），一时找不到新的，故而来申求学，作进一步的研究。我意欲投考南洋（即后来的交大），因为我的算学太差，恐怕不及格，所以改考复旦。有一天考罢归来，家兄问我道：“你要不要到商务去看看？”我答道：“好，好，我想去买几本新书。”

我们兄弟两人，寄居在后马路的湖州旅馆，叫作谦泰栈的。我们向南走，经过画锦里——不多几步，即抵达目的地。我一进门，马上就看见一件奇物——高高悬于天花板之下，“啪啪啪”地旋转不已，粗粗看它，似分二片，仔细再看，似为四片，我已经读过物理学，知道它是借电力推行的，不过我不知道它的名称，也不知道它的作用。我自己想道：“我不管了，姑且让我冒险地站在它下面试一试罢。”我觉得“清风徐来”，额上的汗马上就消灭了。……我料想诸君已经猜到那件“奇物”的名称了罢——电扇（电风扇）。后来全市通行、全国通行，当时吴兴没有，上海也少，所以我见了不认识。商务采用机械总较他人为先。我再举一例：自动电话。商务闸北全厂装置自动电话，远在旧英法两租界“第一区”装置自动电话之前。

我讲了半天商务的电扇，还没有提到它当时的地点。我在上文已经说过“……向南走，经过画锦里——不多几步，即抵达目的地”。那个地点，就是福州路，山西路转角，也就是现在华美药房所在之处，也就是最初聚丰园所在之处。那个地点，是商务的临时发行所。它正式的发行所，就是河南路现在的发行所，当时正在建筑中。

商务印书馆成立于清光绪二十二年（公历一八九六年）。在我没有见它本身之前，它的出品早已到了我们的吴兴了——什么国文教科书呀，什么地理历史呀，什么物理化学呀，什么《吟边燕语》呀，什么《英华字典》呀，什么《华美初阶》《进阶》呀。我最爱好的，我视为最有实用的，是那本《英华字典》。其次则为《初阶》和《进阶》。我在教会学校念了好多年英语，后来又在本城及乡镇中教初级英语，总觉得西洋原本，不宜作初学外国语者的课本，又觉得初学外国语者，非自己有一册可靠的字典，随时翻查不可。当时商务出版的《英华字典》和《初阶》《进阶》，虽不得称为尽美，但译文甚为明白，有功于初学者非浅。我很佩服商务，曾经暗暗发一誓道：“他日倘我所学有成，定当为商务服务，定当为它编一部完备的字典或外国语教本。”我于民国四年一月进商务，为它编了三十多册书。我真的达到了我的目的。

商务在福州路聚丰园址的时代，即我初次亲见它的时候，依比较言，已经发达了。它最初在江西路某弄中，专为他人印零件，资本不过四五千元。那个四马路时代的资本，究竟多少，我不知道，大概总在二十万元以上。到了民国二年（公历一九一三年），始由二十万变成五十万。后来又增资多次，至五百万元。

当时（约民国十四年）白米之价，每石至多十元。五百万元可以购买白米五十万石。倘依现在黑市米价计算——每石二千四百元——那末五百万元等于十二万万元！真的不小了！商务股票，每股百元。现在的市价是五千元以上。其实还太小，应该为二万四千元。

商务的发起人，共有三位。一位是夏先生，两位是鲍先生。夏先生名瑞芳，我曾经见过。我会见他的那一天，就是他遇难之日。那一天我到闸北宝山路编译所去拜访邝耀西（富灼）博士。邝博士和我谈话之际，却巧夏先生从里面跑出来。他与邝博士打招呼，邝博士就用英语为我们作介绍。大约一小时后，我雇了车又到河南路发行所来购书。那时大门口有许多闲人，又有几个中西巡捕（警察），我大胆地跑进大门，耳中听得“夏先生中了枪。中了枪了”。后来我晓得他当胸中了一枪，死了。（民国三年一月十日，时年四十三岁。）

夏先生任商务总经理，共计十七年。他为人宽宏大量，商务同人个个都赞成他。年幼的时候，他肄业于清心堂，后又入同仁医院学医。十八岁后，始入《文汇报》馆习排字。学成，入《字林西报》馆，美华书馆为排字领袖。光绪二十二年，他与两位鲍先生，自营印刷业，创设商务印书馆。光绪二十四年（戊戌）我国倡言维新，学子竞译日本书，以期启发国人。夏先生亲赴日本，有所得，即仿效。又必请通人抉择，再四订正而后印行。光绪二十六年“拳匪之乱”平定后，我国复行新政。夏先生以为教育最重小学，特设编译所，编订教科书，延海盐张菊生（元济）先生为所长。自此之后，直至八一三止，商馆共出辞典、教科书、参考书、杂志、小说等，计二万种左右。

夏先生除了办商务外，还注意社会公益。他在本城（青浦）创设小学，又为清心建造校舍，又资助孤儿院。他的事迹，决非我在本篇中所能尽述。他日有暇，我当写一本数万字的小册子。

其他两位发起人，一位是大鲍先生，名咸恩，一位是二鲍先生，名咸昌。大鲍先生咸恩，我似乎没有见过。二鲍先生住的地方，离我家很近，我们几几乎每天见面。他很优待我。他知道我编的书容易销，所以十分瞧得起我。现在商务的总经理，鲍庆林先生，就是他的"大郎"（日本语，作"长子"解）。大鲍二鲍两先生，都当过总经理。商务旧时的总经理，还有印有模、高凤池、王显华等先生。

在过去最盛之时，商务印书馆的主要工作部分有三：（一）编译所，（二）印刷所，（三）发行所。它们的上面，有董事会和总务处。除了上海的印刷所外，北京、香港还有印刷厂。除了上海的发行所外，各省还有支店。上海的发行所在河南路，印刷所和编译所则在闸北宝山路。闸北的印刷编译两所，及附属性的俱乐部、图书馆，都毁于一·二八事变中。河南路的发行所依旧存在。董会、总处、三所、分厂、支店等的组织及管理，都有很详明的章则。商馆于民国二十四年九月曾经辑印一本册子，叫作《商务印书馆规则汇编》（非卖品，共一九六页）。那本册子，除总管理处组织系统表及主管人员录外，共载章则七十馀种。另外还有一种册子，叫作《商务印书馆同人服务待遇规则汇编》（非卖品，共一五九页），辑印于二十三年五月，共载章则三十馀种。倘然我们把这两本册子细细地阅读，那末商务组织的健全，管理的周密及发展的原因，都可一一推想而得。我从民国四年进商务服务，到现在几几乎三十年了。我说“几几乎”，因为我曾经离去过数年。我虽然在商务服务很久，但是对于印刷发行的情形，不甚明白。我所知道的，大概皆在编译所方面。我现在把编译所的组织在下面约略提一提：

编译所的主管者，称作所长。我进编译所的时候，还是张老先生当所长，后来的所长是高先生、王先生。编译所分工办事，有下面各部：（一）国文部，（二）哲学教育部，（三）数学部，（四）生物学部，（五）百科全书部，（六）华英字典部，（七）出版部，（八）英文部，（九）史地部，（十）理化部，（十一）辞源部，（十二）（十三）杂志部，（十四）事务部，等等。编译所的定期刊物有（一）《东方杂志》，（二）《教育杂志》，（三）《妇女杂志》，（四）《小说月报》，（五）《小说世界》，（六）《儿童世界》，《七）《英文杂志》，（八）《英语周刊》，（九）《科学》，及其他。常川在所工作的编译员，约三百人，馆外编辑，尚不在内。

编译所自从光绪二十九年正月起，至民国十九年十一月止——前后二十八年——共计进用编译员一千三百六十二人。其中有日本人四人：（一）长尾槙太郎，号雨山，（二）中岛端，号复堂，（三）大田政德，号毋山，（四）加藤驹驹，号鲭溪。

当此二十八年中，商编进用东西留学归国者七十五人，内法国毕业者二人，英国毕业者三人，美国毕业者十八人，日本毕业者四十九人，国名不详者三人。现在国民政府教育部部长李圣五先生（英国毕业）也是工作人员之一。他当过《东方杂志》的主编，也当过编审部的部长。民十左右，薪水最大者，每月银三百两（邝富灼）；最小者，每月四元（胡愈之）。民十后商务曾经

“玩”过电影。当时出的影片倒也不少，倒也到处通行。梅兰芳最早的古装片子，恐怕还是在商务拍的。这件事情，我想大家已经忘记了。

一九四四年三月一日

我的康有为

近来在定期刊物上，常常看见许多名作家，记述康有为的“故事”。我颇觉手痒，也来一篇。不过我所讲的，与他们不同。我所讲的，不完全依赖参考书。其中一部分与我有人对人的直接关系。是故本篇半含传记性，半含轶事性。

我先讲初次和他见面的情形。

那是民国三年罢——我已记不清楚了。吴淞中国公学开秋季（？）运动会，大大招待洋场（租界）名流。我因为在该校当教师，所以也在被邀之列。午后一二时，我与内子同往，步上月台，见朱少屏先生在车窗中观望。他大喊“好乐，好乐”，并招呼我们道：“来来！到此地来！”

我们进了车，刚想坐下时，朱先生道：“周君，周夫人，我来介绍。那位就是鼎鼎大名、全世皆知的康圣人，康有为先生。”我们先对康先生深深鞠躬，然后徐徐坐定。我的内人，虽然进过学校，念过好多年书，但对于戊戌党人，她不大知道。她暗暗将我一推，又默默问我道：“什么空摇会——空摇会？我们是不是去看运动会？坐在朱先生旁边的那个老头子，相貌很滑稽。到底他是什么人？”我道：“轻些！你这样没规矩。”说毕后，我即增高我的声音且一本正经地告诉她道：“这位老先生是改革大家。他是戊戌年最重要的人物。他姓康，大名叫作有为。他曾经周游天下大小各国。他的学问是顶括括的——经学好，文章也好。你年岁小，程度低，所以一些都不知道。今天偶然遇见这位老先生，你真大幸呀！不过我同康先生也是第一次见面。我也大幸啊。”我讲完之后，康先生与我的内人大大寒暄，问籍贯，问年岁，问有几个孩子……用的是地道广东官话。我想同康先生谈天，但是没有题目。然而不开口似乎不好，故勉强插嘴问道：“康先生，近来身体很健？……平常作什么消遣？”

真的，同康先生闲谈确实不容易。他的学问太广博了，经史子集，佛耶教语，声光化电，无所不明，亦无所不通。他著的书有（一）《新学伪经考》，（二）《孔子改制考》，（三）《大同书》，（四）《董子春秋学》，（五）《日本明治变法考》，（六）《俄大彼得变政致强考》，（七）《突厥守旧削弱记》，（八）《波兰分灭记》，（九）《法国革命记》。此外还有“七次上书”。同他讲话，应当用什么题目？

康先生最重要的著作是《新学伪经考》。它的主旨可简述如下：

“新学”是刘歆帮助王莽篡汉之学。“伪经”指《周礼》《逸礼》《左传》及诗之毛传而言。（一）康考称“西汉经学并无所谓古文”者，凡古文皆歆伪作。（二）秦焚书，并未厄及六经。汉十四年博士所传，皆孔门足本。（三）孔子时所用字，皆秦汉间篆书。即以文论，亦绝无今古之目。（四）刘歆欲弥缝其作伪之迹，故校中秘书时，于一切古书，多所羼改。（五）刘歆所以作伪经之故，因欲佐莽篡汉，先谋湮乱孔子之微言大义。康考又称：“凡六经皆孔子所作。昔人言孔子‘述而不作’者误也。孔子盖自立一宗旨，而凭之以进退古人，取去古籍。孔子改制，恒托于古。尧舜，孔子所托也。其人有无不可知；即有，亦至寻常。经典中尧舜之盛德大业，皆孔子理想所构成也。”

即此，已足见康先生学问之深、思想之高了。但他的为人究竟怎样呢？让我先来讲他的家世、教育、“功名”等事：

康先生，原名祖诒（亦作祖彝），字广厦，号长素，广东南海人。他是赞修之孙，达初之子，雄飞之侄。他的父亲早卒。最初教他念书的，是他的祖父。他七岁就能做文章。到了十八岁，他从朱次琦为师。次琦深于经术，以经世致用为主。康先生应试乙未（清光绪二十一年，即公历一八九五年），得进士，授职工部主事。自是四年之间凡七上书，皆言变法自强，其题目为（一）立制度，（二）新政局，（三）练民兵，（四）开铁路，（五）借外债。他在未通籍以前（光绪十七年辛卯），设学黉——万木草堂——于长兴里。它的学纲有四：（一）志于道，（二）据于德，（三）依于仁，（四）游于艺。他的学目亦有四：（一）义理之学，（二）考据之学，（三）经世之学，（四）文章之学。此外另有：（一）演说，（二）札记（行于校内），（三）体操，（四）游历（行于校外）。当时听讲而后来成大名的弟于是梁任公（启超）。康先生成进士后，住北京上斜街，仍用“万木草堂”四字称他的屋子。他又设强学会，开保国会。王伯恭（锡鬯）在他著的《蜷庐笔记》中云：“……虚声所播，圣主（即德宗）亦颇闻之，将为不次之擢。常熟（即翁同龢）窃窥上意，因具折力保，谓‘康有为之才，实胜臣十倍’。既又虑其人他日或有越轨，乃又加‘人之心术，能否初终异辙，臣亦未敢深知’等语”。惟据光绪二十四年四月七日《翁文恭日记》自记，则王氏云云，全非事实。翁记照录如下：

上命索有为所进书。臣对：与康不往来。上问：何也？对：以此人居心叵测。曰：前此何以不说？对：近见其《孔子改制考》知之。次日上又问康书，发怒，诘责。臣对：传总署令进上。不允，必欲臣诣张荫桓传知。臣曰：张某日日进见，何不面谕？仍不允。退乃传知张君……

清光绪二十四年四月二十四日，德宗下诏改革旧制。二十八日召见康有为，又以有为言，擢内阁候补侍读杨锐，刑部候补主事刘光第，内阁候补中书林旭，江苏候补知府谭嗣同，均着赏四品卿衔，在军机章京上行走，参预新政事宜。于是废八股，开学堂，汰冗员，广言路。在京中的大臣，各不自安，日夜设法巴结太后，倾倒德宗。等到太后临朝训政——那完了，捕的捕，杀的杀，逃的逃了。杨深秀、谭嗣同、林旭、杨锐、刘光第、康广仁都牺牲了。康圣人亡命海外十六年，遍游十三国，同时纠合中外同志，设立保皇会。叶昌炽在他的《督学庐日记》中云，"闻康梁在长江一带，勾结会匪。其所散之票，一名'富有'，一名'贵有'，不啻自写供状矣"（光绪二十六年十月二十八日）。

翁叶两氏对于康圣人，都无好感。先伯父小帆公（讳兆祎）当时供职刑部，对他也无称许之词。我把先伯父当年写与我们两弟兄的信抄出来给大众看：

……四月廿八日皇上召见康有为后，言听计从，力主变法，而康有为系粤东人，不过一工部主事，性本狂妄，功名心又热。结党数十人，以讲学为名，梁启超其大弟子也。在上海立保国会，被诱入会者已有数百人。来京后，交结言官，干谒当轴，皆其同乡张荫桓（户部侍郎）为之引荐。今春会试，于公事云

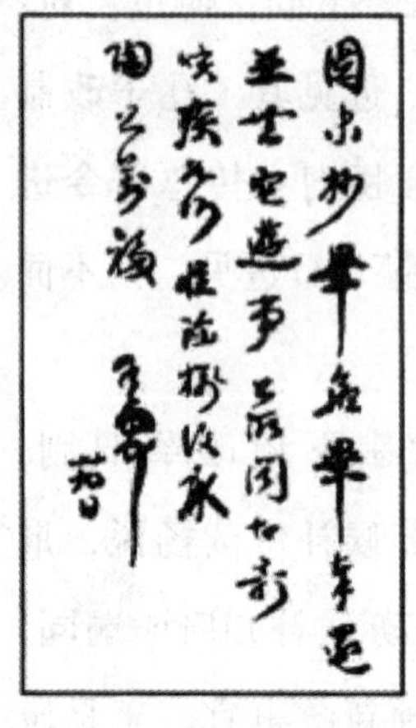

图一

图二

集之时——其初次开堂讲学，即在南海会馆，听讲者三百数十人。许应骙（广东人，礼部尚书）恐其闹事，当即驱逐。二次开讲，移在嵩云草堂，听讲之人尚二百有馀，又被潘庆澜（监察御史）劾逐。讵意康有为正各处辞行之时，而徐致靖（翰林院侍读学士）已荐章早上矣！召对之下，竟敢蛊惑君心。由是私进内廷，汲引同党，鬼计百出，逆谋渐成。所最可恨者，兵围颐和园，劫制皇太后，与改国号，易夷服，于八月初八日与十三日次第举行，已有定议矣。若非事机暗泄，皇太后回銮亲政，则此日之京城，其被祸之酷，可不言而喻。现除正法者六人，发新疆者二人，永远监禁者一人，内监刑毙者四人外，而首逆康有为，从逆梁启超，俱尚在逃，传闻潜匿外洋。虽庇匪有人，勾捕不易，而一身作孽，株累多人，想天网必不令终漏也。前此裁衙门，裁官缺，以及废八股，设立大小学堂，皆非朝廷本意。今诸事复旧，考试仍用四书文，均已明奉谕旨。从此当各理旧业以图进取……

康先生的品行好不好，心地好不好，现在时过境迁，我们不必再多说了。他的文章，他的经济（古义），我在上文已经约略提过了。他的书法，我还没有说起，请阅下文。

康先生对于书法，曾经下过苦工，所以极精极雅。他在未成进士以前，偶游厂肆，得汉魏六朝唐宋碑板数百种，从容玩习，学成了富多古代风的体裁。前几天我在古董铺里购得他的亲笔便条两纸，都是写给“陶公”的。“陶公”是尊称，受信人实在是广东人，姓郑，名官应，号陶斋，嗜作诗文，著有《盛世危言》（续），清末民初曾任上海招商局总办多年。我今把康先生致郑陶斋的两个便条影印出来，以见他书法之美：

（一）此便条（见图一）中所说之“图”，不知为何种形状。惜康先生没有把全名写出来！受信人郑陶斋患咳病，终年不断——这是友人告诉我的。出信人签名“有为”二字，甚不易读。

（二）此便条（见图二）上出信人不具名，但一见即知为康先生的笔墨。任公就是梁启超；他的老太爷号莲涧，我看了此条才知道。郑陶斋的联，想必不甚“佳”，也不甚“巧”；所以康先生一方面称赞他，另一方面暗暗劝他不要送。

最末，我再讲一个我和康先生对话的故事：

除民三在火车中和康先生交谈外，我在民九、十时又曾见他一次，地点在浙江杭州。

那是更加奇巧了，更加突然了。我同二三友人共游西湖。我们不顾“三七二十一”地东闯西闯，不论庙宇或别墅，都要进去。

一日下午，我们在某山上——其名已忘——见一所半新半旧、很精致的小洋房。我们不知道那就是康先生的别墅。它的长玻璃窗门是关的。我捏持了引手推了几推，又在玻璃上敲了数响。里面高声问道：“哪一个？哪个打门？”我先不声不响地站在门外，后又推了几推。那里面的人似乎有些儿发火了，就大步而来开门。他面貌上好像要责备我们——他就是康圣人呀！他见了我，迟迟疑疑地说道：“面很熟，很熟。你是哪一位？”我呆住了……但是马上想到六七年前火车上的事，就此深深一鞠躬，口称：“康先生，多年不见了。我知道你在此，所以专程奉访。康先生，你身体好么？我们在上海见过好多次呀！你不老，你真不老啊？”他道：“好，好。请进来坐。你的朋友也进来——来，来！倒茶。”

一九四三年六月二十日

伍廷芳

伍廷芳是清末民初的官员，并且是上海洋场的闻人（绅士）。他很和气，瘦瘦的脸，不高不低的身材，冬天喜穿背心，戴瓜皮帽——远远望去，好像是小叫天（谭鑫培）。其实他是一位大员，他是伍先生。他好讲闲话。我听到他的演说，总在五次以上。一次在他的公馆里——戈登路二号。但是我因为年纪小，资格浅，始终不敢同他谈天，他的性情脾气我一点都不知道，并且他演讲的话，我已经完全忘记了。不过他面貌和形相，深深地留在我脑中。

瘦黄的脸孔，一字襟的背心，圆头厚底的缎鞋，瓜瓣形的小帽，加附居中的真珠或宝石——那是清末大员最时髦的便服——少年派，贝子派。伍先生曾经在美国留学，又在香港当律师，为什么不穿西服呢？当时是清朝呀！留学生归国之后，去做官的不必说了，就是不去做官，也要把辫发留起来。否则一般人“侧目而视”，不称他为革党，就笑他为洋奴。人总要面子的。谁肯做洋奴？人总要性命的，谁肯在严捕革党之时而做革命党？伍先生是聪明人，深知自轻自贱，不如自尊自重，所以回到本国，就改穿本国最华贵的服装。

伍先生演讲的时候，常用国语，略带几个英国字。他的发音，不论英语国语，总有几分广调。他讲起话来很慢。近人沃丘仲子在《当代名人小传》中，称他“语言支离”。实则不然，这都因为伍先生口中说话的时候，心中还在选字的缘故。律师和外交家出言，理应如此慎重。伍先生字斟句酌，讲的话就是文章。他能雄辩，又能写作。他最著名的著作是《美洲》（英文本）。我今翻译一节，给大众看：

目下流行的口号，如“美洲是美洲人的美洲”或“澳洲是澳洲人的澳洲”，最不近理，因为现在的美洲人与澳洲人并不是那两洲原本的主人。远东的人倘然大喊：“中国是中国人的中国”或“日本是日本人的日本”，似乎较合情理。关于此点，中美正义联合会秘书苏登（T.S.Sutton）君云：“世界上最愚钝的呼声，莫如‘美洲是美洲人的美洲’或‘中国是中国人的中国’等。那种怪调是贪得、怕惧、妒忌、自私、无智和偏心的表露。凡人凡自称为人的人，凡为耶教信徒者，凡公正而合理的人不应该，也不能够把类乎此的，且受人轻视的狂吠出之于口。上天造世界，原是为人的。倘然他有偏心，顾虑某一种人，而抛弃另一种人，那末他一定最宠爱中国人了，因为他造中国人较他国人为多的缘故……”（以下是伍先生的断语）苏氏的话，未免过强，但极健全，且无从批驳。（见原书第十一章《中国文化》篇，第一八三、一八四页，公历一九一四年第三版）

伍先生著作中多滑稽语，兹节译一节如下：

华府各部装有很多的电话机，各部长竟有用电话发命令的。富贵之家，没有不装电话——那更不必提起了。电话的发明，果然是人类的幸福。朋友不必亲身往来，得以谈天。情人可以交换他们甜如蜜而无实质的话。有时，求婚、订婚也有利用电话的。但是人们因为总公司把电线误接了，常常受到滋扰，或者因为听得不清楚，发生极大的误会。某日，我的仆人听错了话——或者有人特意开玩笑，也未可知——我吃不成夜饭。我的仆人接得某女士的电话，请我去吃晚餐。我准时而往。到了那边，主人并无请客的举动。我不得已只好忍饥。（见原书六八、六九页）

伍先生的国文也不差。我曾经购得他的便条一纸，兹影印如下：

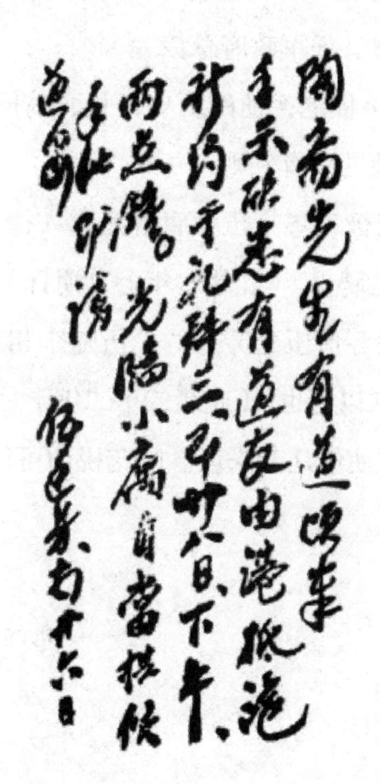

陶斋先生有道：顷奉
手示，欣悉有道友由港抵沪，
祈约于礼拜三即廿八日下午
两点钟光临小斋，当扫候。
手此，即请
道安
伍廷芳　廿六日

这便条是写给当时招商局总办郑陶斋（官应）的。他所欲招至之人，是一个谈“道”者。伍先生戒杀茹素，似乎近于释教。惟晚年好谈长生，则又倾向道家。他常对人说：“人食肉，力薄；牛马食草，力强。”——这是西洋菜食主义者的话。

伍先生，字秩庸，广东香山人，少年留学外洋，得法学博士。归国后，在香港当律师。李鸿章闻得他的大名，知道他的大才，请他到北洋去司交涉之事，并且屡次保他——保至道员。后奉使数历欧美。庚子升为侍郎，旋乞病归。辛亥革命，伍先生充南方代表，与北方代表唐绍仪议和。清让位后，国父任他为司法总长，洪宪僭位，伍先生与唐绍仪反对。丁巳（一九一七年）任外交总长，又摄总理。不久，复辟祸起，南北又发生战争，伍先生返沪。后又入粤。任军政府总裁。

伍先生的资格极老，他的历史极长，翁同龢也认识他。《翁文恭日记》中记他的事有三则：

（一）卢庆云极言粤人伍秩庸者熟洋人律，有志气，非征召不至，不应诸侯之聘也。（光绪六年七月朔日）

（二）添派联芬偕伍廷芳送约。伍随李相在长门，盖哈使谓伍习于倭而并举联以请也。（光绪二十二年十月廿八日）

（三）美国驻使伍廷芳来谈。印花税谓可行。（光绪二十二年十月廿八日）

一九四三年七月三日

初恋的我

人生第一次认识一位异性而衷心诚服地喜好他或她——这叫作初恋。在我幼小的时候，我们吴兴城里尚不十分“开通”，青年男女，除兄妹姊弟外，全不同游共步，罕有见面的机会。但是碰到婚丧大事，亲戚朋友集合之际，我们也可以遇见别姓异性的人。我们当时的初恋，大概发生于这种情况之下。我的初恋，就是如此。让我在下面讲给诸君听：

我的初恋，分（一）受恋与（二）赐恋两事。我受恋的那位小姐姓水，长我两岁，虽非近邻，然离吾家极近。我赐恋的那位小姐姓草，幼我两岁，住所在南门，离吾家甚远。两位小姐，都是我谱兄的妹妹。

我先讲受恋的经过：

那位水小姐，因为我与她的三哥哥有谱弟兄的关系，见面的机会很多。她第一次和我并立而轻轻地谈话，似乎是在她母亲病危之时。她声音很低，所说的不全是吴兴话—— 一半是苏州话。她的身材，不长不短。她的脸是圆圆的，肤是白白的。可惜她的眼太细，鼻太扁，口太阔，齿不齐整——真是美中不足。她走路时无不疾行，且无不低首……

自从那日第一次谈话之后，我一到她家中，她总出来眉开眼笑地招待我。……如是者经过约半年。当此半年中，我正忙于工作，预备考秀才。白天到学校学英语、习科学，夜间在家中读策论、写经义。那一年我十九岁（清光绪廿九年，即公历一九〇三年）。这样忙，哪里想得到男女之私呢？刚近中秋的某一日，老表兄陈某来见我母亲，约略寒暄之后，就说道："越弟年岁已大，他的工课又这样好，应该定亲（订婚）了。"我的母亲道："是的，没有好小姐呀！你有么？"表兄道："啊呀！怎么没有？远在天边，近在咫尺。水三先生的妹妹六小姐，岂不好么？"母亲答道："水家三少爷与二儿是拜帖子的弟兄。他们的六小姐，我也见过，相貌极佳。不过二儿一无成就，去年考秀才还是失败。恐怕他们不肯给我们罢！"表兄道："他们一定肯的，一定肯的——我敢保险。哈哈，不瞒你说，他们的小姐已经看中你们的少爷了。只要你答应，那件事没有不成功的。"母亲道："那好极了。今天晚上，让我问一问越然（当时作"月船"二字），倘然他真的愿意，我们再进行，好不好？"

那天晚上，我的母亲问我道："你的三谱兄，水家的，这几天怎样？你天天到他那边去么？你看他的妹妹六小姐好不好？"我反问道："母亲！这是什么意思？"母亲道："有人今天特地来为你做媒。六小姐已经看中了你，想嫁给你。倘然你要的，我们马上进行。两天之内，要给我回音。小姐很好看，他们又是世家，我很有意。"我立即答道："噢，原来如此！母亲，你倘然有意，你娶她好了。我没有意思。我不要她。"母亲道："你不要？什么理由？"我道："六小姐目中多水，脚步轻浮，不是好相，我决定不要。"母亲道："去年那个我所不要的草三小姐，比她好么？"我道："两个人岂得同日而语？草家的非独面目美些，并且能书能算……"

现在我略述能书能算的草小姐，即我前一年所赐恋者：

我初识草小姐，在她长兄做生日的那一天。我的谱兄是她的二兄。那天晚上，堂会（变戏法）正在进行之时，她的二兄带我到内厅上去，先见他们的母亲和嫂嫂，顺便招呼“妹妹”出来和我见见面。我的谱兄带我进内厅，想是有意的，不是偶然的。他们有意择婿，叫我进去细看我的相貌，同时把他们的美女使我一面，使我终身不忘。这是现在的回想，不知是不是。

他们的那个“妹妹”，真是一个美女呀！眉清目秀，唇红齿白，衣饰入时，步态端庄——我一见就呆住了，几几乎连作揖都忘记了。好得有谱兄指导，叫我称她一声“妹妹”，叫她称我一声“二哥”——未曾做成十三点（发痴）。

那天以后，我几几乎每日下午散课后，总想到草家去看我的谱兄。谱兄在家时，我们讲讲时事，谈谈科学，觉得甚有趣味。倘然谱兄不在家，倘然他的妹妹出来笑嘻嘻地告诉我：“二哥出去了”或者“二哥还没有回来”，我觉得比科学、比时事更觉得有味。所以后来我特意拣她二兄不在家的时候去拜访她的二兄。我的目的，无非要见她一面，听她一语。我们很规规矩矩的，不彼此近身，不眉来眼去。在这种情况下过了四五个月之后，她的二哥向我的大哥开口了：那就是说，他愿意把他妹妹嫁给我做妻子。我的母亲听到我大哥的禀告，也很赞成。第二天母亲就求人去草家请小姐的八字，第三天就亲自到那个缺鼻头盲子先生处问卜。母亲回家后，面上全无喜色。起初她不作声，后来徐徐说道：“草家的小姐娶不得。缺鼻头讲得很明白，很清楚。他说那位小姐虽然极美，但不长寿，将来定必因产而死（真奇怪！后来果然如此）。他又说那位小姐性情粗暴，在家打爷打娘，嫁后骂公骂婆（此不确实，草小姐实在和气）。我们不要她。明天就请人退八字。”……我气极了。天未全黑，已经上了床了，并且——请诸君看了下文之后不要笑我。当时我也是一个十八岁的孩子，现在我果然是六十岁的老头子了——暗暗地、偷偷地流泪，流了半夜泪。

我第二天起身较迟。母亲见我的眼皮肿了，对我说道：“你哭了一夜，是不是？男子汉，大丈夫，何必如此呢？她不是你的妻，也不是你的妾。她是你的什么人？你何必哭？事体还没有成功，你已经这样，讨（娶）进门，倘然因产而亡，你肯和她一同死么？好好儿读书用功，明年进秀才，后年中举人，怕没有贤的美的有福有寿的妻么？在我身上，保你得一个较好之妻就是了。快去念书。”

我果然勤奋地念书——草家也不敢去了。二十岁春夏之交，我果然入泮（进秀才）。不过第二年没有考举人的机会，所以我没有中举人。同时我深信时局已经变了：举人进士实在不及科学、算学之有用。因此我日夜修学，非独不注重功名，并且不注重婚姻。但是别人（亲戚朋友）因为我已经入泮，又因为我深通（？）外国文，每月总有几个来做媒。我完全不管。赵钱孙李，这家那家的小姐，母亲讲给我听的时候，我一声也不响——不赞成，不反对。那时我馀怒未息，我自己想道：“让她去拣罢，让她去替儿子娶媳妇罢！”

那年秋冬之交，母亲为我定了亲。定亲的是汪小姐，面貌不恶，脾气极好，就是现在那位五十八岁的“老太太”——我的妻，她身体甚健，没有“因产而亡”。我们现在（今年）一共有两个儿子，两个儿媳，四个女儿，三个女婿，六个孙男，三个孙女。

照此一点讲，吾妻真的比草小姐、水小姐福气大了——据说，水小姐也一无所出，不过我的妻不是我初恋的结果。

或者问道：“不因初恋而结成的夫妇，是不是没有真爱？”这个问题太宽太大，我不敢答，但是我有一个很偏的议论，清末在报纸上看到的，现在简述于下：

发此议论者，不是中国人，好像是一个欧洲人。他曾经比较中西婚俗而在报纸上发表道：“婚姻好比一锅水，一只炉。西洋人结婚的时候，那一锅水已经烧到沸点了。我国人结婚的时候（越案：指旧时之人而言），炉中之火还没生好。所以西方新婚夫妇，感情很热烈，后来一天一天地冷淡下去。中国新婚夫妇，彼此不相识，后来一天一天地狂爱起来。”照这样讲，我与吾妻两人间现在的爱情，当然与西洋新婚者相等的了。

一九四四年二月二十四日

惟酒无量

明李澄中在《觞政》（单刻本）序文中云："惟酒量不及乱，圣于酒者也。"可知酒固可饮，惟不宜过量也。余能饮而不常饮，喜酒而不贪酒。四十年来，所饮之酒，总在三千斤以上，而所闹所闻笑话亦不少，今爽然述之如后：

余幼时大醉，计有三次。第一次在清光绪丙申（一八九六年），即族祖某公结婚之时，亦即遇见大革命家姚勇忱先生之日也。此事已见《辛亥革命》篇，兹不赘述焉。

第二次大醉，在光绪庚子（一九〇〇年），时余十六岁也。湖俗以十六岁为成丁之年，凡为父母者，不论贫富，必为其子供星官，点蜡烛——即做生日。余之生日在重九之后，有蟹有菊，有酒有菜——亲族之外，又有朋友，余大乐而大嚼大饮，不觉大醉而卧。夜间醒来，腹膨胀而似欲吐，但恐惊动先母，不敢作声。次晨依然不适，且头昏愈甚，不能起身。先母来问，假称有病，不敢以实情禀告。第三日熬无可熬，忍不能忍，只得勉强出床。不料脚一动，头一眩，几声，满房立成最恶臭之"坑"矣！先母闻声而至，一见即知真情，向我一视即言曰："我以为你真的病了，原来是酒醉不醒。为什么昨天不讲呢？面色这样灰白，还不上床去睡么？……饮酒要有真量——饮酒不可过量。以后饮酒要自己小心……臭，臭！阿三（婢名）快些来扫地，带些灰来。”

第三次大醉，在进秀才后之第二月。其时天气已热，缙绅（？）家之子弟（新鲜秀才当然包括在内），每日自三时起常往薰风阁饮茶纳凉。家资较厚者继以酒饭。是晚余大饮大醉，东道主何人，已忘之矣。归来时，有小“弟兄”数人陪伴，即在大厅天井中共做“游艺”——跳桌，跳凳，跳高，跳远，无所不为。后又在近处大街小巷中尽力赛跑。次晨城中忽然发生一种谣言，谓“昨夜有阴兵到达，大家小户都听得他们的脚步。西门的响声最大，直到三更后始渐渐静止。今年夏季恐防有瘟疫罢。我们不可不小心谨慎呀！”其实彼等所闻者，青年之赛跑，不是阴兵之脚步，酒鬼之瞎闹，不是死鬼之出现也。倘当夜有胆大者启门而视，决可免去惊恐，决不会发生误会。是年夏秋两季，全无所谓痧症也者，否则余等真为瘟神矣。

嗜饮酒者，与嗜鸦片者不同，往往自称量大。虽开始之时有作谦恭语者，但醺醺之后，无不多言，无不“鼠牛比”。此类前恭后倨者口讷讷而告人曰：“某人一碰即醉……某人某人都不及我……某人某人更不必提了……我有几斤酒量？你猜！猜着！……差不多，差不多……我不醉，我还可以吃。我从来没有大醉过……”余于饮酒时亦喜夸口，五年前某会举行聚餐时，到者七十二人，余发言曰：“我有不醉之量，倘诸位不信，每人可各敬（？）我一杯。”语甫毕，即有身体高大者，西装整齐者，手持大玻璃杯而来曰：“我敬你一杯。”余曰：“那有这样便当？多少总要有些条件，非先讲明不可。譬如说：（一）我们两人各照一杯且以一杯为限，或（二）我们两人分饮一大杯，亦以一杯为限。或（三）我们均分此杯为四小杯，猜拳四次，负者饮。”

当时旁观者齐声插口曰："某君，你不十分吃酒，不可与他比量的，还是照第三个办法好——分四次豁拳罢。"于是吾二人猜拳，余胜三次，负一次，故只饮一杯。

此君酒毕之后，另外又来一人曰："周先生，我的酒量不好，只能饮两小杯。不过喜欢豁拳，我们来试一试，好么？"余曰："好极，好极！请你先把能吃的两杯吃了，我们再开始豁拳。以后我输我吃，你输不必再吃。"彼曰："不好，不好！我喜欢先豁后吃。"余曰："先豁后吃，是正当的道理。不过在你呢，还是先吃的可靠……"

隔桌旁听者大喊曰："好了，好了！不必献丑了。你量既不大，拳又不好，不如回来吃菜罢。"

后来同桌之人，请我打通关，每人三拳，每拳一杯。余略负，饮十五杯。余前后共饮，不到二十杯，所以未曾酩酊。但余之"鼠牛"，到会者皆认为事实，而余之酒名因此大著。但酒徒夸口，有极狂者，请阅下述之事。

宾主十人，内特客二皆著名善饮者，河南籍，叔侄也。设宴之地点在上海三马路福州菜馆，其时间为民国二十二年春季之某夕。主客皆印刷界人。

主人善饮，且知客能饮，故先备老牌三星白兰地（brandy）六瓶。不料冷盆将毕之时，特客二人已饮三瓶，其余三瓶，即主人与陪宾共饮者，亦将尽矣。主人不得已再添四瓶——又添四瓶——更添四瓶，共十八瓶，而特客仍无酒意。主人高声大喊添酒时，茶房来禀云："现在十一下钟，洋酒铺已经闭门了。不过我们店内有顶上陈酒一坛——五十斤，不知老爷们要喝么？"特客曰："好，好。我们家乡地方缺少黄酒。今天有机会，让我们试一试。”据云，此一坛黄酒，叔侄二人在一小时内尽之，他人所饮者，至多十分之一耳。次晨，此二特客，一早起身，全无病酒之态。

述此故事者，福建人，现任内地某银行要职，称彼系参加者之一，曾亲经其事云。但余终不信世间有此巨量之人，终以为“鼠牛”也。惟酒徒确有“海”量者，如下面故事中之孙教谕是也：

前清沈巡抚，嗜酒而量大，生平以求不到伴饮之友为苦。一晚独酌时对家仆曰：“你到外边去打听本省哪一位最善饮酒——不管是官员或是绅士。”二日后，仆人来禀云：“本地府学孙教谕最能饮酒。听他们说他是有不醉之量的。”巡抚曰：“喔，好！过一天我下帖去请他。”

孙教谕被请后，虽是举人出身，因官职关系，仍称主人为“大人”而自称“卑职”。沈巡抚曰：“兄弟这几天闲得很，一点公事都没有。听说你老兄有不醉之量，我们今天来比一比好么？哈哈。”教谕曰：“卑职不敢。”巡抚曰：“不要客气。我们摆开了官，来作酒友罢。我们往里边去坐。”教谕曰：“是，是，大人先请。”

宾主两人在内厅榻上坐定后，仆人即送上高粱两瓶，瓜子两碟。巡抚曰：“我们今天比酒。白酒两瓶，每瓶三斤，看那一个先饮毕。瓜子两碟，每碟百粒，看那一个吃得多。”教谕曰：“是，是，遵命。”于是二人默然而饮，自斟自酌，既不多谈，又不说笑。天将晚时，教谕呼仆人而告之曰：“上人正在好睡，你好好地当心他。天晚，我要回去了，不向大人告辞了。”

次晨教谕来辕请罪曰：“昨日卑职因大人安睡，不告而别，万望恕罪。”巡抚曰：“你老兄的酒量真大，你三斤都饮完了。兄弟太差了，只一斤多些。不过你看我饮酒的态度怎样？昨天的事，我记不起了，统统忘记了。请老兄把经过情形细细地、老老实实地讲一讲，好么？”教谕曰：“大人饮到一斤的时候，已吃瓜子十馀粒。后来约饮半斤，又吃瓜子二十馀粒——卑职荒唐，没有仔细计数。其时大人不知不觉地躺下去睡着了。卑职前后共食瓜子两粒，一粒在一斤之后，一粒在三斤将尽之时……”巡抚曰：“照这样讲，我的态度很不好了。”教谕曰：“不，不，大人躺下去睡的态度是很好的，不过——不过——请大人原谅——大人的吃相（指食瓜仁太多而言）略差一点——卑职该死。”

余亦喜与朋友比酒。四十二岁（一九二六年）之除夕，曾与家兄及夏奇峰君一度较量。三人从晨间十时起至下午四时止，各饮威士忌（whiskey）两瓶。酒毕后，又同乘汽车往里弄中漫游，神志全清，不闹笑话。惟次年秋季陈望道兄之胞弟续弦时，余发起照大杯白兰地，立即醉倒数人，而自己亦不能返家，未免闹笑话矣。

余自己虽能饮，但常劝人不可过量。过量者非独献丑，并且伤身。《茶酒争奇》中之剧本云：“酒不可滥，只可小醉微酣。若醉了便腌臜。破衣帽，口乱呢喃，跌倒西南。惹是非，父母妻儿惊破胆。”欧北亦有民歌云：

Shun not the mead, but drink in measure ;

Speak to the point or be still

For rudeness none rightly blame thee

If soon thy bed thou seekest.

上引之歌，可译其大意如下：

毋避酒，莫过饮。谨言语，或声噤。目微醺，即上枕。不失礼，为上品。

世间有极贪酒者，如《忍不住》（小说，清光绪三十一年出版，著者沈友莲）中所述之“近于无赖者”是也，兹录其故事如下：

有嗜饮而近于无赖者。有友招饮，其杯甚小。某把杯而哭，友惊问故。某曰：“曩者先兄善饮，非浮大白不快也。一日赴友人宴，杯亦如此之小。先兄豪饮已惯，不觉将杯吞下，以致卡死。今触目伤感，所以悲耳。”友有惭色，使仆速易巨觥。仆厌之，搀水于酒。某知之，口作吹嘘不已状，友又问其故。某曰：“少时齿落其二，尝至上海配以犀角。犀能分水，所以得水即吹嘘，非某所能自主也。”友怒斥仆使易之。仆尤衔恨，易酒而不满斟。友尚未察。某饮讫，反杯于案而磨之。友更讶问。某曰：“此杯太深，磨使浅耳。”友会意，夺仆壶而自斟之。某遂得畅饮。既罢，友送某出门。至门首，某诧曰：“顷至尊门，见有老树排列。今何无也！”友曰：“君醉矣。门前向来无树。”某曰：“哦，我知之矣！我来时系一醉汉耳！”

世间固有贪酒无行，如上文所述者，但亦有点滴不能入口者。亡友陆君因食糟蛋半枚而昏卧四小时，内子因强吞黄酒两杯而狂醉大吐——此皆真不能饮之明证也。真能饮者，亦非多多顾忌不可。下述四事，为预防头昏狂醉之秘诀，嗜酒者宜注意之：

（一）饱腹而饮。——枵腹饮酒，最易伤身。饮酒之前，倘先食肉面或馒头之类，则虽醉不昏。

（二）米食助力。——酒后宜进米食，如（粥饭）少些，否则翌晨往往头昏脑胀。但清晨将醒未醒之际饮米汤一碗，略睡后再起身，亦可补救前夕未食粥饭之误（即避免头昏）。

（三）橘子醒酒。——饮酒之时，倘多进绿宝（橘子水）或多食橘子，非独增量，且不易醉。橘性散发，最能醒酒。其他果类，均不及之。

（四）不可胡闹。——饮时最好不多讲话。大声疾呼者，坐立不定者，无不狂醉。喜饮闹酒者，皆不善饮者也。精于猜拳者，亦不善饮者也。

一九四二年十一月二日

汉口之行

我到过汉口，但是我没有见过汉口。

这两句话似乎矛盾，然而确实之至。民国二年，我在安徽高等学校当教务主任的时候，我曾经搭船到过汉口，但是我几乎没有上岸，只在舱中望望码头，望望市街，当时的实情如下：

我的至友某君，在招商局的“江什么”轮船上当买办，当康百度。他在“下水”（由汉而申）时，给我一封信，说他的船到申后，决定于某日“上水”（由申而汉），某晚过皖，并且他说他有要事面告，请我在那晚到船上去找他。我想他是我多年的至交，他既有要事，我哪里可以不去看他呢？那晚的次日，适值放假，不必预备功课。所以午后四五时，我即出城去观风景，爬高塔，吃点心。等到七时左右，他的船抵埠了。我刚巧走到船边，已经听得他的声音在招呼着我道：“快来！我在此地。”

我在他买办室（舱）中坐了“半天”，只听见他对茶房横发一令，竖发一令，没有和我讲半句正经话。我忍无可忍，问他道：“喂，老兄，船快开了，你叫我来，到底有什么要事？”他匆匆忙地答道，“对不起，请等一等！船的开不开，有什么关系呢？我已经预备好了。”

是时船上的引擎忽作“轧、轧”的声响，并且……我向船外一望，见船已经离岸了。我说道：“阿呀，船开了！怎样？”他继口道："是么？真的么？不要怕！老弟，不要怕！我们一同到汉口去。此地有的是舱位，有的是饮食。你要什么，就是什么。我已经为你预备一切了。好好的请你去，你一定会不答应的。所以我用这个方法，叫作硬绑。"

我们第二天到九江，第三天即抵汉口。在船中两天，真是享福。我们睡得好，吃得好，有时赌睹小牌，有时说说笑话——还能够揩到意想不到的香油。一切由"买办"请客，自己不必破费半文，并且茶役之服侍，可谓周到之至。

到了汉口，我的朋友问我道；"你还是今天就上去呢？还是明天去？"我答道："何必上岸？就在船内坐坐谈谈罢。我喜欢乘船搭车，但是我不喜欢东跑西走。这是你知道的。"他说道："不好，不可以。既然到了此地，无论如何，总得上去走走。"我说道："那末马上就去。"

我跑上码头，已经觉得天气太热了。他跑得很快，我非急步追他不可。我们跑了数百步之后——约一英里的四分之一——我脚软背痛，全身是汗，不声不响地停止进行。他回头一望，问道："怎样？跑不动么？喊车子。"我说道："不，不，热得可怕。"他说道："热？这样天气算热么？在正式炎夏中，我们跑两三里路，也吹不到一阵风。那真热呀！然而我们依旧上酒馆，进堂子。好，好，你既怕热，我们雇车子回去罢。我们可以在船上喊小菜，叫堂差。"

那天我真的觉得太热了。就是不热，我到了任何地方，总不愿像扮电影地东奔西走。我极愿到新地方去，但我不愿在那处乱跑。某年我约了四五个至友去游西湖，到了那边，他们或坐船，或乘轿，或往南山，或去北山，或访古迹，或谒名祠……忙极，忙极！我呢？我推托身体欠佳，在旅馆静坐，阅书看报，看本地当日报，阅《西湖志》《西湖佳话》诸书。等到他们玩够了，我同他们乘车回申。

赞成旅行，反对乱跑——这是我的主旨。别人以为矛盾，我自己甚为得意。我虽然没有去过北山，但是西湖的故事我知道了。我虽然没有全见汉口，但是它的外相我明白了。在杭州读《西湖志》与在上海读《西湖志》，在汉口流大汗，与在安庆流大汗——两者相较，其差别之大，可想而知。

我生平不能实行我的主旨，也有两次，一次是无锡，一次是日本。

六七年前，我同内子搭火车到无锡。我到新世界旅馆去开房间，他们回说客满，别家也是这样。我无法可想，只好雇车到惠山、鼋头渚等处去游玩。回来时，仍旧没有空房间，只好搭夜车回申。跑了一天，忙了一天，所得的是什么呀？

第二次是去岁日本之行。我们是代表团，到处有人招待，不任个人自由。我正想在旅馆中静坐，请客帖又到了一大批。我只能跟人跑，要我东我就东，要我西我就西。不过我自己确守我的主旨，不肯乱跑。我在东京两星期，也只到过银座街头一次。

一九四四年八月二十三日

捧角记

此多年前事也——约在民国八、九年。“捧角”就是赞美优伶，就是在戏场上喝采，或在报纸上称扬……余当时所捧之角，系绿牡丹，即黄玉麟。

余之捧绿牡丹也，在认识其父之后一年。父何名，今忘之矣。但尚忆其在沪宁车中告我之言：“……我现在赋闲，但曾经在江西当过差使（服官）。时势不好：读书没有用的。我的儿子，已经改行，学做戏子。不久之前，在大世界（？）出演的那个绿牡丹就是他呀。你知道么？你听过他的戏么？他天性很近唱戏。九岁、十岁的时候，他听了留声机器，自己就会哼的，并且哼得很好。现在已经学成了，满师了。你有空闲，请到我家来好啦。”

玉麟之父，面瘦而身长，其发言行步颇有“老爷”气派。当时余颇疑惑而暗自问曰：“官家子弟，何必走入优伶之途？此人或者年老无子，或者有子不肖，目下又因丢官，故作此虚语以醒世乎？”余之猜想，完全错误。一年以后，余戚思君（人名）忽来邀余观戏，地点似为闸北之更新舞台。入场时，见挂头牌者系绿牡丹。坐定后，即问思君曰：“绿牡丹是不是姓黄？”思君曰：“是，是。他是好出身；他的父亲在江西做过官的。我们是来捧他的。”余曰：“得啦，我曾经遇见过他的父亲。是不是瘦瘦的脸，高高的身？”思君曰：“是的，是的，他叫作黄××。”余曰："好极了，我是父执辈，非独可以捧他，连抱他都可以的。"于是我二人彼此大笑。

余自是日起，连续在更新捧黄六七夜。余不能喝采，静听而已。但同捧者不皆寂默之辈，有狂然拍手者，亦有高声叫好者。左近听客中有一白面书生，其口音似近吴江，带微笑而言曰："有啥好？他是青衣，声调倒像小生。真丑，真丑！"余闻之大怒，不觉狂喊数声"好，好"以为答复，又以为报复。不料此公又自言自语曰："听戏就听戏了，何必喊呢？况且吾辈是读书人，本不应该到戏馆里来。我们应该在家中读书或著作。最可笑者，那些以读书著书为职业的，也在戏馆里狂叫。真是岂有此理！"

此人出言时，面不向我，且声音亦不甚高，但其为我而发明矣。余初拟起立责问，或与之口角，或与之打架。后来一想，其言并不错误。余确系以书本为职业者，夜间理应休息，理应早睡。天天吃馆子，天天上戏馆，既废金钱，又伤精力，实属无谓。我不捧玉麟，总有人捧玉麟；我不指导玉麟，总有人指导玉辚。

一提"指导"两字，即想到陆澹盦兄矣。澹盦兄之指导玉麟，可谓无微不至，对于其习字读书，则更用力。余因捧玉麟而识澹盦兄，至今仍为至友之一，亦人生一幸也——澹盦兄：好几个月没有看见你了。你近来身体好么？你的考证著作，进步得怎样？你看见我捧你么？暇时来谈谈，好么？我仍旧在老地方呀——书此以代电话。现在回归本题。

或者问曰："你们捧男戏子，究竟有什么意思？有什么好处？"余答曰："意思是有的，就是见他们年轻可造，想要提拔他们。好处是没有的，不过自以为文人雅士，自以为知音罢了。不过我捧黄玉麟，也得过小好处。是什么呢？玉麟的妻‘四小姐’，曾亲自动手制菜，好几次请我晚餐。那不是好处么？我是永久不忘的。”

“四小姐”与黄玉麟分离之后，玉麟往内地卖艺，而“四小姐”则仍留上海。余于友人席上曾遇见多次。一夕，余因饮酒过度，大胆问曰：“老四，你为什么与玉麟分居呀？”彼曰：“他，他好这样，又好那样。唱戏又不肯好好地唱。我讲话他一句都不听。他不像会上进了……”

传闻老四现又与玉麟同居矣，且玉麟之艺亦大大进步矣。余与彼等已多年不见，详情实在不知。

此种旧事，余本不愿提。其中言语倘有触犯当事人者，千乞赐我无罪。余捧玉麟时所赠之绸额，红底黑字，四周绿边，曾悬之各大戏馆，想早已破烂矣。

一九四三年四月十一日

小难不死

余一生所遭之难甚多，但皆微细而不足以致命。古谚云：“大难不死终有日。”意谓遭灾遇险，有死之可能而竟不然者，后来无不发迹。余所遭所遇者，无伤命之事，无所谓大难者，故至今一无成就。可知小难不死，终无日也。但余之事件，多少有几分恐怖，亦值得一记。

余所遇最大之险，几乎伤命者，在民国三年甲寅（一九一四年）。斯时余任吴淞中国公学英文教员，正午而往，四时归来，除星期例假外，日日如此，不或间断。一日，火车启动略迟，不能依照规定时刻抵炮台湾站。余恐脱课，在其将停未停之际，先行跳下。不料脚将及地，身已翻筋斗而倒矣。幸两腿不近车轮，未曾轧断也。余双手擦伤，四肢麻木，在家吃药静睡一星期，始能再去授课。“行船走马三分险”，诚至理名言也，惜当时不知采用之。余至今右手手心中隐隐有疤斑，即受伤之痕迹也。老友吴致觉兄之弟由苏至昆，车未到站而先一跳，两腿轧断，立时死亡。彼之跳车与余相同，所不同者，彼腿向内而吾腿向外耳。后之旅行者，不论搭车趁船，总宜小心谨慎，总宜缓而不宜赶。

跳车受伤，自己之过误也，与司机者无关。但余亦有因“司机”不慎而几乎受伤之事。民国三年时，余家居北四川路横浜桥左近。赴火车站时，倘搭电车非两易不可，故每日乘人力车。某晨天雨，车至北四川路与靶子路十字街口时，前面来一飞跑之“包车”。与余所坐者，相互一碰。“啪，啪”两响，拖车者二人，一向北，一向南，均掼去一丈有馀，而余则似隐隐有人扶我出车，手提皮箱，直立于马路之上。余之鞋底全脱，而身体无伤。当时有长须黑袍之老教士适经其地，走近吾身而问曰：“伤么？极险！”余曰：“谢你，我没有伤。”彼曰：“天佑，天佑！”倘此为天佑，则余所得天佑独多。请阅下述之事：

民国二十六年（一九三七年）之夏，某日下午，余自河南路搭车往西摩路，旁余坐者，一漂亮西装少年也。车将抵福建路（石路）时，耳际似乎有热气或烫物经过。继闻座上“刺刺”一声，俯首视之，见一小孔，盖空中流弹从窗口飞入，经过二人身旁，穿入座板也。余与旁余坐者，非独身体无伤，且衣裤亦不擦破。枪弹不认人，今日回想，真可怕也。余乘电车，尚遇一较此更险之事。民国八、九年间，家三姊由长沙逃难来申，居哈同路，余往谒后归家时，在静安寺搭车。上车坐定后，心中颇觉摇荡不安。是时头等车中只余一人。余先坐于门口左边，不及一分钟，改坐右边，后又回至左边，又回至右边。其时砰然一声，左边之轮已破底而出矣。设余不改坐，则两脚必受重伤，因数秒钟前吾足尚在其包板之上也。冥冥中似有牵我左而又牵我右者，其天之佑乎？抑祖宗有灵耶？

民国二十六年夏，日升楼左近炮弹之下坠，亦几伤吾命。当时余在福建路办事。十二时许，余与二三同人互问应往何处午餐。有主张冠生园者，有主张大三元者，更有主张先施公司者——意见纷歧，无法合作，遂各走各路，各就其所好者。余往三马路小川菜馆（在证券大楼西，已关闭矣），半小时后，已归原处。诸人正在闲谈说笑时——是时二儿赐民适来问事——忽然空中发轰轰之巨声，探首窗外，见黑气一团，由东南而向西北。继此者除强有力之爆裂声外，砖瓦下坠与玻璃砰砰之声也。石路离浙江路不远，故往先施或大三元午餐，极合理性。设余是日不独往三马路，则死伤之机会甚多。再二儿问事既毕，在旁听讲不肯离去，余心厌之。本拟令其从速返家，欲出之口而又停止者，幸也，否则彼伤命矣。

余乘船亦大不利。二十九岁（民国二年）正月，余往安庆就教职时，几乎坠于江中。余素不知长江船因条约关系，有靠岸与不靠岸之分。靠岸者，招商局之船也。不靠岸者，太古怡和之船也。余贪便宜（价廉），搭怡和而往，但于抵安庆时，大船停在江心，由小船拨客上岸。是夜天冷且雪，从大船至小船？非走过丈馀之“跳板”不可。余呆立船沿，不敢踏上跳板。但后面有叫“走，走”者，又有用手推者。余不得已向前行走，强然上板——脚一软，身一侧，几乎落入江中。幸有大力之“茶房”将我抓住，且带扶带抱，送入小船中。余以五元为酬，可谓微矣。

再有一事，不是搭车趁船，而是遇鬼。先祖母卒于禾中，神回后，湖属亲族均先后归家。余为承重孙，礼宜守七，且扶柩回籍。某日先姑母（适嘉兴钱氏）因事归莲花桥本宅。夜间余一人卧于茶厅之左室中，是时年幼——十六岁——上床即入睡乡。一未醒，因床铺大震而觉。余不知鬼作怪也，毫不惊惧。起身小解饮茶后，周身寒冷异常，即加盖被服重睡。此时灯光半明半暗，余恐其立时熄灭。又起身拨之使亮，不料目甫闭而床又大震。余尚以为群鼠游行觅食也，口作“嘶嘶”以逐之。余嘶嘶之声愈力，床之震动愈甚。震动不停，约十分钟，余大惊而喊。首先接应者张（？）媪也。后来宅中仆婢全体起身，不及天明已将“姑太太”请回矣。其仆禀先姑母曰：“这间屋里，听说有吊死鬼三个。”姑母曰：“你既知道，何不早说？倒要珍官（余之乳名）受惊。这是为老太太丧事临时租来的屋子，我哪里知道是有鬼的。你们放马后炮，可恶之至。你们快把他的铺盖被褥及一切东西，搬到我房间里来。我回家去，叫他睡在我床上。我另外派男仆来陪他——另外加打小铺……”

一九四二年九月十五日

逃难记

本篇追述我个人在民国二十一年（即公历一九三二年）一月二十八日前后所亲身经历的实事——不是正史，而是回忆。其中多痴愚的言行，阅众见了，似非大笑不可。

当时我在闸北任事——商务印书馆编译所英文部。我的家离办事处不过千步之遥，所以每日来往甚觉方便。到了十日以后，马路上东也设铅丝网，西也设铅丝网，走路是一天一天的不方便起来了。再过几天，谣言愈多，情形愈紧；大家知道两国间一定要冲突，或大或小，不能预料。但是大家都不搬场，都不逃难，都似乎“安居乐业”。世上哪里有不怕死伤的人？我们为什么这样镇静呢？

据我所知，有两个原因：（一）警局禁止移动，（二）居民大唱高调。警局的禁止移动，并无告示。不过有人携了铺盖箱子经过宝山路的时候，警士一定上来盘问，并且劝你回家，劝你不出宝山路。居民的高调，不外八个大字：“国既可亡，家岂能存？”所以一·二四（或者一·二五）那天早晨，商务用大号汽车送货至四马路时，旁人误以为搬家，在后面大喊大叫，经警士查问明白之后，始能安然开出宝山路。五区警察署长王君，是我的同乡，与我很亲热。倘然我要搬场，我可以和他商量，他也一定愿意帮忙。但是我当时是一个很要面子的人，不肯“求神拜佛”。

并且我以为闸北居民的高调，也有一部分真理：国家到了这个地步，身家的牺牲，还不应该么？所以亲友来劝告的时候，我总对他们笑笑——决意不入租界，不搬场，不逃难。

亲友中最热心者，劝告我最力者，有（一）李彦士亲家（已故），与（二）夏奇峰先生。李君于一·二六下午来谒。他一见我面就开口道："我所听得的信息，没有一个好的。情形很紧张。怎样，怎样！你的家庭太大了。搬什么？搬到什么地方去？亲家太太呢？令兄呢？他们的意见怎样？……你的藏书，我家中没有容纳之地……我可以代你拿些紧要文件出去。你看怎样？"我答道："大家不搬，我也不搬——听天由命罢。"

夏君来谒的那一天，似乎是一·二七早晨。他问我道："你不怕么？你还不搬家？一二天内，恐怕战争就要开始了。不搬？不怕？"我答道："我不怕枪炮之声。苏州兵变，安庆兵变——枪炮声我听惯了。后来齐卢之战，工人纠纷，也有枪炮声。我都平平安安地经过。当此国难开始的时候，我们应该牺牲。何必怕惧呢？有什么怕惧？我不愿意移家租界，求英美人保护。"他继续称我"先生"而说道："我以为你还是搬入租界为是。从前的事，都是本国人与本国人的事——言语相通，性情相同，容易解决。现在不同了，现在两国相争，是正式战争，不是儿戏。你要小心，你要考虑！无论如何，你们的老太太，你们的小孩子，要趁早出去。他们是受不起惊吓的。我要走了，大先生那边，请你代为致意。我要走了。我看了宝山路的情形，已经胆寒了。"

次日（一·二八）早晨，我依旧到商务去办事，缺席的同人很少很少。十时后家兄笑嘻嘻地到我办事室中来说道："不要紧了，不要紧了！大家可以安心了！我刚巧到五区去打听消息，署长说他负完全责任，保护我们。他说我们是后方，我们的前面有五道防线，有充分的预备，不论何人，决打不进来。他又说租界虽然不在火线内，倒有流弹之险。我们固然在火线内，但……”

家兄没有说完，我就插嘴问道：“我们在火线内？”

他答道：“当然！怎样？”

我道：“在火线内，在火线内！那末我们所居之地，是对方炮火集中之处了。我们非搬家不可，非逃走不可。”

他微笑而说道：“搬到哪里去？”他又对我笑了一笑，离开了我的屋子。

我们兄弟两人，实行“兄友弟恭”主义，平时讲话，无不温温和和，客客气气，那天我对答他的话，未免太响太急。他知道我神经有些错乱，所以速速离去。我自己也知道失言，并且暴露弱点——胆小。然而在胞兄前献丑，有什么关系呢？

到了下午一二时，闸北宝山路的情形大不同了，愈加乱了。携箱子、带铺盖的男女络绎于途。商务缺席的同人，至少在五分之二以上。那时家兄正在旅沪中小学料理教务，还没有回到闸北来。他一进馆——三时左右——五区警署长就来一个电话，说道：“今天晚上，恐怕要动手。你家的老小，赶快出去。”家兄和我马上回家，用包车两辆送老母亲及三个女孩子到三马路老东方——房间托租界友人陈少荪兄代定。我的长次两儿及长媳，因为叫不到车子，跟了他们跑出闸北。

老的小的既经送入租界，我的心境似觉宽些。我从后面到前面家兄的屋子里——我们在同里中居住，我居第四幢屋，他居第一幢。他正在房中写小楷，见了我就问道：“他们已经到了旅馆么？”我道：“电话刚巧来过！他们已经平平安安地在旅馆了。”我坐了“半天”，又迟迟疑疑地问道：“我们——我们怎样？现在辰光还早，我们跑不跑？你有意思出去么？嫂嫂和两位侄儿要跑么？”他答道：“我决意不跑。他们不知道要跑不跑。你要跑，也可以跑。我一个人在此地看家好了。”我道：“倘然你不跑，我也不跑，我陪你。”

数分钟后，我回到自己第四幢屋子里。我向内子道：“老太太和儿女都出去了，你觉得冷静么？你也要出去么？现在辰光还早呀！”她答道：“我全无主见。你怎样？”我道：“我不出去，在此陪大哥。”她道：“很好！我陪你。”我道：“那末等一等他们打起大炮来，你不要怕——你不要哭。我想他们今夜一定要动手的。倘然真的危险，我们明早再逃好了。”

晚餐之后，家兄笑嘻嘻地到我屋子来说道：“是不是？果然不出我之所料，一点事情也没有。我刚巧得到消息，说中日交涉已经圆满解决，两方已经正式签字。市政府马上就要出告示，劝人民安居乐业。天下本无事，庸人自扰之。他们何必逃呢？何必到外面去吃苦呢？”

他虽然这样说，我总觉得可疑。白天情形这样紧，何以到了夜间反而这样松呢？我们坐坐谈谈，饮茶吸烟，听无线电。到了十时左右，家兄、家嫂及两侄回到前面去了。临走的时候，我哈哈大笑，对家嫂说道：“倘然半夜里你们听见什么可怕的响声，你们还是静静地到我这里来。你们外面靠马路，危险较多。”

我的第四女与她的奶娘，已经到了楼上去睡了。家里的男女仆人，一个都没散去，站在旁边听新闻。我吩咐他们去睡，同时说道：“倘然半夜里听见什么声音，你们马上起身，齐集在这间屋子中。你们断然不可叫喊，少开电灯。”大家都面带笑容地跑了。

我与内子，清醒之至，全无睡意。我说道：“不知今夜到底怎样？”她说道：“我们到高的地方，晒台上去望望，好不好？”我说：“很好！我陪你去。”

到了晒台上——其时约晚上十时三刻——情形真的紧张了。探海灯东一闪、西一闪地亮得很！在静寂无声中，我们听到插，插，插的脚步声。我拿起望远镜来向阎家阁路仔细一看，知道是进兵。人人都有枪，脚上穿的，不全是皮鞋。我对内子道：“我们不要多看了，还是回房去罢。”

回到房中不上五分钟，内子听得远远有拍，拍之声。她说道：“那些人真不识相。时势这样恶劣，他们还要拜利市。”——其时正近农历年底。语犹未毕，拍，拍，拍（步枪声），鸪，鸪，鸪（机枪声），拍，拍，拍，拍，鸪，鸪，鸪，鸪，鸪，鸪，就此相继不绝。我们立刻关了房中的电灯，到下面中间的客厅。其时家兄、家嫂、两侄已经从前面来了。他们的仆人及我们的仆人，也都集合在那间厅上。大家面面相觑，闷声不响。我忍无可忍，轻轻地说道：“大家不要怕！枪炮打不到此地来的，你们放心好了，等到明天天亮，我们再想法子出去。”那个时候，还有无线电，不过闸北的电话，已经打不通了。

半夜三时左右，飞机来了。东一个炸弹，西一个炸弹，房屋摇动，有一个姓朱的男仆，全身大抖，我问他道：“你为什么？你为什么这样？”他道：“我冷啊！”我道：“那末，你到火炉旁边去坐罢，不过你不要怕。我们大家在此，要死大家一同死。”

我正在带笑带讲同那个姓朱的仆人讲话时，外面看守大门的阿六恭恭敬敬地走近我身，说道："老爷，我吃不住了，我要告辞了。"我问道："你为什么在这个很紧急的时候告辞？你到哪里去？"他答道："我自己也不知道到哪里去，不过我一定要离开此地。火球一个一个地从天而降，还不跑么？"我道："你有钱么？"他道："老爷，这个你不必管。就是我没有钱，我也能够沿途讨饭（乞食），讨回家去。"我道："好，好，那末你去好了。"他立刻取了铺盖就跑。我喊他回来，给他几张钞票，几块银洋，说道："工钱我前几天已经付清楚了。这几块钱是给你作零用的。"他道："老爷，你真客气，你真周到，我谢谢你，我告辞了，再会。"

那个看守大门的阿六，是我家仆人中的最能干，最胆大者。不论顽童、"毕三"，总怕惧他。在我家新屋中服务一年有馀，他知道怎样防阻小窃，他知道怎样招待来人，真能尽职！不料枪声一响，他就变成这样一个没用的人！

另外一个男仆，名字叫作筱虎，他的行为刚巧与阿六相反。在平常之时，他胆子不大。闹了一件数角钱的小怪事，他三天三夜地避开我，不敢来见我。倘然我责他几句，他非独不敢回嘴，并且马上会哭。等到战争发生，他的胆子马上大了。他不怕枪声炮声，不怕飞机炸弹。他全夜在马路上东奔西走，打听消息，并且随时回来报告。第二天（一·二九）早晨，我们逃入租界之后，他为我们看守房屋，为我们搬运物件……进进出出，若无其事。我家祖宗的遗墨，我收藏古书的一部分，都是他设法为我"抢"出来的。

一·二九那天早晨，我们逃出闸北，逃入租界的情形如下：

晨间约九时，枪声似乎不如夜间的密，不过天空中的飞机似乎更多。商务总厂，已经中弹起火。我们在后园中观望，只见竹篱笆外，背了被服向西逃难的人。我们也有点心不定了。你看看我，问道："怎样？"我看看你，也问道："怎样？"筱虎又回来了，我们问道："怎样？"他道："还是走罢——出后门走，阎家阁有黄包车。向西一条大路——中山路。到了梵王渡，过一小桥，就是租界。你们去罢，我不去，我同老娘姨在此地看守。等到不得已的时候，我们再出来。你们有便人，叫他们带信给我。我们有便人，也托他们带信。你们放心好了，我们不会做亏心事的。"

我们没有办法，只好听他的话，出后门而跑。我们这样出门的共计八人：家兄，家嫂，两侄，我自己，我的内人，及四女和她的奶娘。在阎家阁，只有五辆黄包车，每辆索价五元。我们统统雇了，但是还不够，所以我们随车奔跑，轮流而坐。一到梵王渡，黄包车停了，我们自己走过桥，雇了两辆出差汽车，到老东方去。我们在中山路的时候，看见天空中满是飞机。商务总厂大冒黑烟，我料到它在数天之内一定会烧尽的。

到了老东方，老母亲很欢喜。她说道："你们都来了，很好。事情怎样？大概四五天后，我们总可以回家罢。此处很不适意——房间太小，没有大的。"先母那年已经七十馀岁了。耳力不强，没有听得枪声，没有听得飞机炸弹声。别人也没有把战事消息告诉她，所以她倒全无忧惧之心。我的女儿和大媳，正在房中流泪，因为他们知道战事已经发生，我们不能脱离闸北的缘故。我的长次两儿，全夜在外面打听消息，早晨又出去设法——设法接我们出来。然而哪里办得到呢？下午一时许回旅馆的时候，满面愁容，一见我们，便半哭半笑地大叫"啊，啊"，连一句话都说不出来。

老东方实在太扰杂了！房间固然很小，饭菜也不甚佳。我们住了六七天，知道住旅馆，不是长久之计。我们兄弟二人遂决意送老母亲到二侄女家去暂住。家兄，家嫂及两侄寄居于旅沪的闲空宿舍中。我和内人，两儿，大媳及四女，往李亲家家中（西摩路）借住。如此一天一天地下去——白日看报，夜间听炮——如此过了三十多天，十九路军死的死了，退的退了，闸北已经完全失去了。我的自建房屋，大概在二月八日与十六间被焚——或为炮火，或为放火，原因至今不明。

自己的房屋及其中一切，都被毁了。那末当然非重做人家不可。李亲家虽甚客气，然而我总不能完全靠他。衣服被头，总要自己做的；床铺台桌，总要自己买的。我暗暗与内子商酌，决意找一所可以暂居的房屋。不久，我们即达到目的——在劳尔东路找到一所单幢三层楼。

从西摩路李府搬至劳尔东路新宅，我们觉得一件很痛苦的事：我们所缺的东西太多了，我们所需的东西太少了。我们在闸北的器具衣服，固然烧尽。我们已经补购的器具衣服，倒也不少。但是搬移时总觉得要一样，没有一样。我们想要装藏，没有箱匣，我们想要包裹，没有纸张。后来买些报纸，买些麻绳，买些板箱，勉勉强强地、带拖带掮地移至新处——自己的家庭。

在西摩路避难的时候，我遇到一件最可气人的事。同事钱某，忽然来拜望我。我请他到客厅中去坐。他坐了又立，立了又坐，东张西望，全不安身。最后他静静地对我说道："周先生，恭喜，恭喜！"我问道："喜从何来？"他道："这不是么？我都看见了。这里的东西，统统是闸北搬出来的。差的想必不多了罢。你的运道真好。哪一个同你去搬的？你哪一天去搬的？你自己去不去？这许多东西——器具古玩，都好搬移。”

他的自说自话，我最初完全不懂，后来始知他所见的，他所指的，都是李府的财产。我对他说道：“钱先生，你误会了。你在此地所见的，全是李府的财产。我闸北的器物，一件都没有拿出来。”他笑笑道：“好了，好了！明人不说亮话……让我来讲我们的损失罢。我们的损失真不小呀！前几天，我们趁了停战四小时的机会，到闸北去搬取物件。东也走不通，西也走不通——后来居然达到目的地。开进门去一看，真是痛心。所有年底下买的南货，买的鱼肉素菜，一概不翼而飞——有些是自己坏的。床铺不能搬，台桌不能搬。我只好把几本破书搿了出来。我的衣服被头，一·二八那天早晨已经拿出来了。我拿了破书出门的时候，刚巧遇见张某某。他雇了车子，去搬床铺台桌。我们见了，抱头大哭。”

我插嘴问道：“张君的损失怎样？”他答道：“也有，也有。他日常用的那一支钢笔（自来水笔）不见了，墨水倒翻了，两支顶上等的铅笔也遗失了。这是有形的损失。他还有无形的损失。他住的那所房子，去年八月才顶进来，连电灯装修在内，一共付去四百五十元。将来恐怕不能回到闸北去，似非另找新屋不可——还不是一笔大损失么？”

另外我还遇到一件气人之事：

炮火刚巧停止的那一天，某某借菜馆结婚。我去贺喜，碰见一位同乡，也是亲戚。我快步地跑去招呼他，他快快慢慢地向后倒退——眼睛望我，双手高举。我叫他，他不应。我愈进，他愈退。我自己想道：“他为什么这样？我错认了人么？他不是某君么？”

他已经退无可退了，退到死角落里了。他口中“噢，噢，噢”地叫，又哀求道：“越然兄，我们，我们是朋友，是至亲。我们没有仇恨，我们是好好的。请你不，不，不……。”

写时迟，那时快——我早已停足了。我微笑并温然向他道：“某兄，你见了我，为什么做出这种样式来呀？什么道理呀？”他看见我开口，听见了我的语声，立刻向前来，双手握住我右手，说道：“噢，原来你不，你没有，你好好的。”我问他道：“我不什么呀？我没有什么？”他答道：“对不起，对不起……一言难尽。我听信谣言，再谈罢，再谈罢。”

次日清晨，他特意去拜访家兄，说明昨天倒退的原因。他说道：“湖州城里沸沸传扬，说令弟因为闸北的损失，神经已经反常（发痴）。他们讲得活龙活现，所以我深信无疑。我两天前刚从湖州回来。昨天见了他，我怕得很。我怕他来和我吵闹，所以倒退，避他。其实他是好好的，与从前一样，我听信谣言，闹出那个笑话来，真是丢丑。请你代我求求他，叫他原谅我。”家兄道：“包我身上，他一定原谅你。不过舍弟讲话，素来太爽直，有些半痴半癫式，你也要原谅他。”

写了三四千字，我个人一·二八的故事，已经讲完了。我虽然受到损失，但也得到教训：留得青山在，不怕无柴烧。换句话说，实物的损失，不必注重；身体的康健，倒很紧要。

一九四四年九月十三日

作家的烦闷

我不多作文，并且所作的又不佳——我实在不能“作”又不成“家”。我写这个题目，似乎有点不相称。不过我也得到“烦闷”，我也受过苦楚。下面所述，都是我自己的故事，诸君可以当做小说看。

我先讲我三十六七岁时的烦闷：

我今年已经六十岁了。二十四五年前，我正在设计并编辑那部《英语模范读本》。有一天晚上，我睡得很迟——大约在半夜一点钟之后。我在一点钟之后，虽然上床睡了，然而终不成寐。我虽然把眼睛闭着，然而心思终不肯停止。我想到今天所编课中的毛病，我预定明天应当写些什么，采些什么材料。同时我咳了又咳，咳，咳，咳……咳，咳，咳……唏……

我的内子在隔床问道：“你还没有睡着罢——你这样咳！”她又继续说道：“你今天不要再想心思了。好好儿睡罢——噢，你这样咳，我听了也难过。你要喝热水么？我劝你还是听医生的话。他恐怕你生肺病，他要你少作事，多睡觉……好了，不再讲了。你睡罢！”

那个时代的不睡之夜，何止这一次呢？继此者甚多，前此者亦多。不过有时喉咙争气，不咳。我偷偷地张开双目。回想过去已成之句法，预计将来未成之课文。内子不知道，不拿言语来烦我罢了。后来——后来《模范读本》果然出版了，居然畅销南北东西各省，“风行一时”；所得版税，居然打破商馆自“古”以来的纪录。他人听得了这个消息，他人知道了《模范读本》的畅销，一再仿摹，弄得市上的英语教科书都有点模范气，并且都含些模范语。诸君倘然不相信，请打开旧教科书来细细比较。

《模范读本》出版了，并且生子生孙了。它的编者怎样呢？

它的编者——它的编者“骨瘦如柴”，白天大咳，夜间也咳，睡在床上请医生。然而那个肺病将成的编者，形如田中吓鸟的草人，至今还没有死亡。四十三岁之后，反而一天一天地健壮起来。到了今年六十岁，尚然保持“缚鸡之力”。这是什么道理呀？

此理甚简。就是：少作文多读书——作文是苦工，读书是享受。《模范读本》编成之后，我马上停止写作。

我编辑《模范读本》的时候，每月所入（包括月薪教俸）尚丰，家中人口又少，所以衣食住行均不成问题。但在此之前，另有一个时候，衣食住行都成问题。那年我是三十岁。让我把这个故事讲出来。

三十岁那一年春夏之交，我真烦闷。中公欠薪，累索不得。先母忽从吴兴到上海来游玩。她年纪已经老了，做儿子的不得不尽点义务，请她看戏逛花园。然而我没有钱，我向老同事冯君借了一百五十元，买些米，买些柴，付房金，付车资，几几乎完了。我忽然想得一法：我自言自语道：“让我来编一本书罢。”我竭星期日一天半夜之力，竟编成了一本《英语启蒙读本》。我正拟把稿子去出卖之际，忽又自言自语道：“这种单纯的稿子，恐怕他们不要罢。怎样呢？……让我去请一位名人作一篇序罢。那一个呢？……有了，有了，青年会费吴生（美国人）。”

费吴生君见了我的稿子（手写的），粗粗翻了一翻，就用英语说道：“你要我作序？我的文章并不好。你何不请一位有名的中国人作序呢？你那个朋友，你的老师杨君——杨什么？杨什么？——在交涉使那边办事的。他的英文好得很。你何不请他作一篇序文呢？”

我答道：“我的老师没有在交涉公署办事的，在交署办事的那一位杨君某某是我的得意门生。”

他脸孔一红，说道：“是么？是么？……周君，你请把稿子放在此地，我明天空的时候为你作序。”

三天之后，我去拜望费吴生——不见。一星期后，又去拜望他——见了。他忙得很，正在打字——写信，随口问道：“周君有什么事？”我答道：“对不起。我来取你的序文。”他道：“啊呀！对不起，我忘记了。请你过一天来取罢。”我道：“谢谢你，我下星期来取。”

下星期的某日下午，我从横浜桥趁电车到四川路桥。我在青年会门前转了几个转身，不敢走进去见费君，向他索序文，恐怕他忙，恐怕他不在，恐怕他没有写好；见了面非独取不到序文，并且反而彼此难以为情。我马上向北走，在四川路桥搭电车回横浜桥。那时我真烦闷；一方面我急于要钱来请请我的老母亲，一方面我没有胆量去取回我的稿子。

再过五天，我实实在在熬不住了。我放大了胆走进青年会，走进费君的写字房。他又在桌旁打字——写信。他一见我，就说道："周君请坐。那篇序文，我还没工夫做。不过请你坐一坐。我马上作……周君，你要我写什么，我就写什么。你自己说好了。周君，我讲老实话——你不要见怪。你的稿子，自从那天包好之后，我还没有打开来看过……呀！哪里去了？……好了，在此地。"

啪啪，啪，啪——啪，啪，啪啪，那篇序文打（写）成了。再过一星期，稿子也售去了——大概是五十银元。我的老母亲还没有回湖。我拿了那五十元，还可以请她坐马车，游张园，吃大菜，看戏文。那时物价极低，所以我可以这样阔。现在的五十元，只可以买半刀锡箔烧给她。

我等候那篇序文，虽然等得很苦，等得很烦闷，然而并没有遇到不睡之夜。我遇到不睡之夜，总在编辑《模范读本》时代。自从四十三岁起，直至上一个月——除了先母病逝时特意陪夜不睡外，我每夜安睡，每夜睡足八小时。上一个月（三十二年十二月初），我又遇到不睡之夜，其原因如下：

舍亲钱公，在下午九十点的时候，来了一个电话，要我为他的月刊，作一篇新年论文，至迟次日晚上交卷。我立时立刻答应了。我次日因为另有"要公"，回到房中就立时立刻以"复新之庆"为题，写了一千多字。终了的时候，在十二点左右。马上上床，已经迟了，直到天明，竟不入寐。我静静地不声不响，而内子又在隔床嘿嘿嘿地微笑，且自言自语道："我早知你今夜一定睡不着的。从前编书，编得那个样式，编得夜夜不睡，骨瘦如柴。现在写稿子，所为何事？为的是稿费么？二百元一千字——买米还不到一斗，够买药吃么？现在老了，比不得从前。身体第一要紧，要作'八股'，还是在白天。"

我睡不着，本已烦闷；她的“训词”，更加使我烦闷。后来听到“八股”两字，我不觉狂笑道：“哈哈，你也知道八股么？我今天并没有作八股。我作的是九股，多做了一股，所以睡不着了。”语毕，我又狂笑，不久——据说——我大打我的鼾了，睡着了。

一九四四年四月一日